www.tredition.de

AF217968

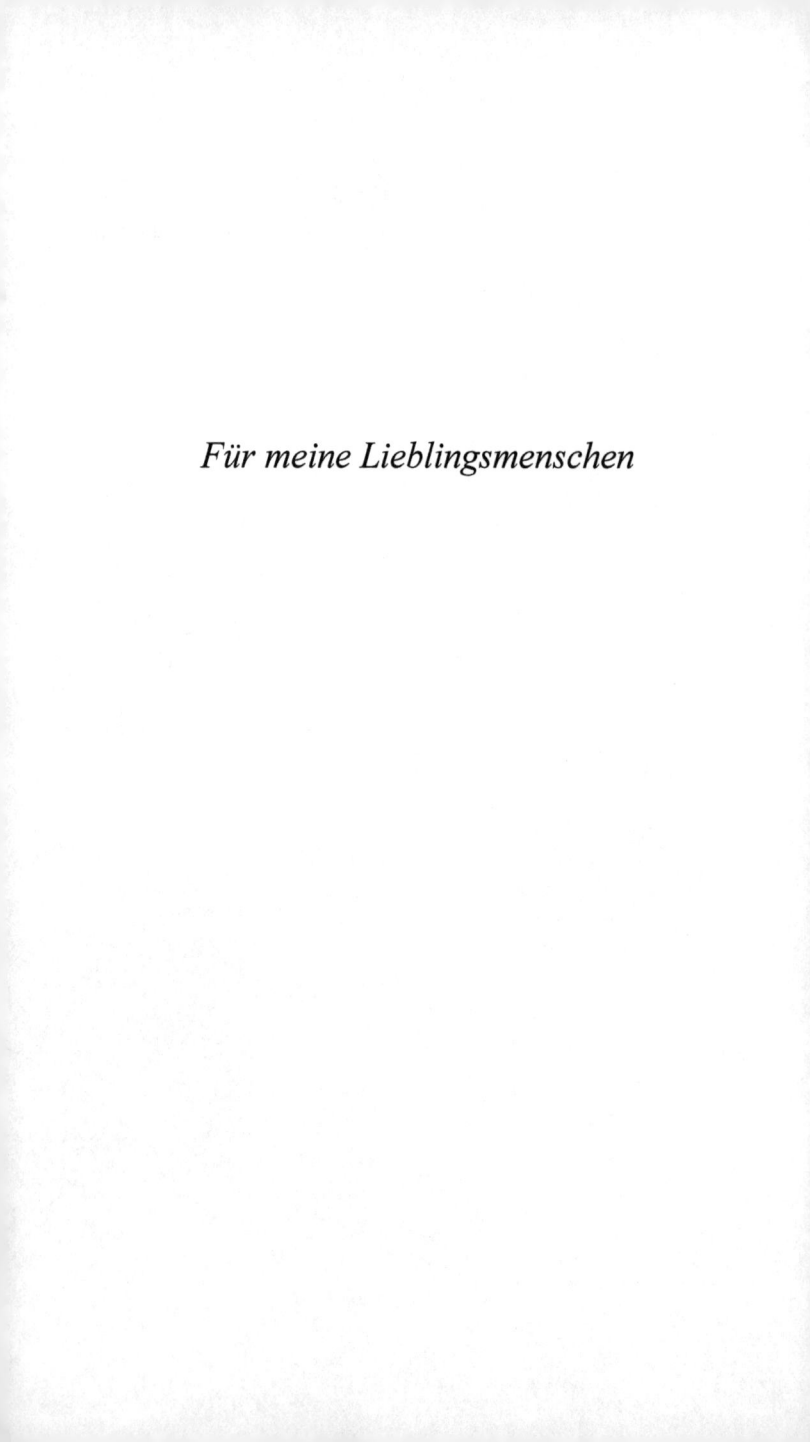

Für meine Lieblingsmenschen

Alexandra Lingk

50 Jahre – da hilft nur noch Humor

Fünfzig Themen, die mit 50 bewegen

© 2021 Alexandra Lingk

Verlag und Druck:
tredition GmbH, Halenreie 40-44, 22359 Hamburg

ISBN
Paperback: 978-3-347-25501-2
Hardcover: 978-3-347-25502-9
e-Book: 978-3-347-25503-6

Inhalt

Vorwort

Die Idee zu diesem Buch entstand
kurz vor dem 50. Geburtstag der Autorin.
Die Umsetzung erfolgte in den Tagen und Wochen
danach, als die Corona-Pandemie einen weiteren Höhepunkt erreicht hatte, Deutschland sich im Lockdown befand und die Zeit trotz sich überschlagender
Ereignisse ein wenig stillzustehen schien.
In dieser Phase der angezogenen Handbremse waren
das Sortieren von Gedanken und das Niederschreiben derselben mehr als nur ein angenehmer Zeitver-
treib. Durch dieses neue Projekt erreichte vielmehr
die Kommunikation mit einzelnen Beteiligten eine
völlig neue Dimension.

Der Austausch verschiedener Perspektiven im immer
wieder spontanen Brainstorming war daher nicht nur
fruchtbar, sondern beinahe schon eine therapeutische
Maßnahme, denn während „da draußen" ungute
Nachrichten nicht abreißen wollten und die Gesamtsituation phasenweise schon sehr bedrückend war,
konnte „drinnen" völlig losgelöst von alledem viel
und herzlich gelacht werden. So hatte die erweiterte
Selbstisolation dann doch ihr Gutes.

Denkwürdig: Der 50. Geburtstag in Corona-Zeiten

Wie begeht man den 50. Geburtstag in Zeiten von Corona? „Richtig" feiern geht nicht, das steht seit Wochen fest, unabhängig, ob Lockdown oder Shutdown, ob „light" oder „heavy". Also gilt es wohl, die Floskel „im kleinsten Kreis" sehr wörtlich zu nehmen. Alles andere wäre in Zeiten wie diesen undenkbar und vollkommen verantwortungslos. Dennoch soll so ein Tag nicht so völlig sang- und klanglos verstreichen. Also muss das Besondere daran auf andere Weise entdeckt werden.

Das fängt vielleicht schon beim selbst gewählten Dresscode an. Angesichts fehlender Feier-Masse wäre ein Tag im „Rudolph-the-red-nosed-reindeer"-Schlaf-anzug nicht nur denkwürdig, sondern überdies sehr gemütlich. Aber ein solcher Aufzug ist für einen solchen Anlass dann doch kaum angemessen; schließlich wird man nur einmal 50 (49 auch, 51 auch, aber egal ...). Alternativ könnte man sich so richtig aufbrezeln. Ja, das ist besser!

Auch genusstechnisch sollte es kein Tag wie jeder andere sein. Wenn schon keine große Feier, dann wenigstens alles vom Feinsten. Selbst wenn die Zahl der möglichen Gäste als äußerst überschaubar bezeichnet werden darf und ich normalerweise keine Buffets für die Mitglieder meines eigenen Haushalts bestelle: Nach dem Motto „Klein, aber fein" wollte ich es mir nicht nehmen lassen, für den Fall, dass doch jemand vorbeikommt, edlen Champagner und tolles Finger-food zu kredenzen – zur Not auch „to go", wozu gibt es schließlich Tupperdosen? Soweit die Überlegungen im Vorfeld.

Und dann war er da, dieser Tag, von dem jeder schon seit Langem sagte: Ist ja schon blöd, dass du nicht richtig feiern kannst. Er begann, wie es sich gehört, um Punkt 0 Uhr. In diesem Moment knallte es, und – dem geschickten Timing der Kernfamilie sei Dank –der Inhalt einer Konfetti-Kanone ergoss sich über mein Haupt und im Umkreis von fünf Metern bedeckten goldene und silberne „50s" und „Happy Birthdays" den Fußboden. Dann plöppte auch schon ein Korken (es sollte nicht der letzte an diesem Tag sein) und ich stieß das erste Mal im biblischen Alter von nunmehr 50 vollendeten Jahren mit meiner Familie an. Dazu wurde der obligatorische Geburtstagskuchen angeschnitten (begleitet von großem Geschimpfe, weil die M&Ms, die als Deko auf dem Schokoguss thronten, nur ein popeliges „Happy Birthday" zierte und nicht – wie bestellt – auf der Rückseite auch noch ein Foto von mir).

Nach einer Nacht mit nicht so viel Schlaf, wie ich für ein halbwegs knitterfreies Antlitz benötigt hätte, warf ich mich dann bereits morgens ins Cocktailkleidchen. Und fühlte mich gut damit. Und dann ging es Schlag auf Schlag. Gratulationen allüberall. Via WhatsApp, via Facebook, per Telefon, hier stand ein Päckchen vor der Tür, da klingelte es „Ich wollte nur ganz kurz gratulieren". Erneutes Korkenknallen, erneutes Anstoßen. Einzeln. Draußen. Mit Abstand. Und Maske. So hätte es auch auf dem Parkplatz des Supermarktes passieren können. Aber natürlich war das hier viel besser. Drinnen im Wohnzimmer ordnungsgemäß nur die kleinste erlaubte Anzahl an Familie und ich turnte zwischen drinnen und draußen hin und her.

Und plötzlich standen sie im Garten. Über Wochen hatten liebe Menschen sich online getroffen, hatten gedichtet, was das Zeug hält und dann die zwei stimmgewaltigsten Sängerinnen als Abordnung geschickt, die mit gebührendem Abstand zueinander und zu mir ein ebenso schönes wie originelles und vor allem berührendes Ständchen darbrachten. Der „Rest" der Kreativen war via Video dazugeschaltet. Pipi in den Augen und Gänsehaut.

Später am Tag noch ein Vortrag meiner Kinder, der mir den Mund offen stehen ließ. Ich hatte zwar mitbekommen, dass sie irgendetwas ausgeheckt hatten und schon befürchtet, dass ich in ungeahntem Ausmaß mein Fett wegbekommen würde (dem lauten Gackern nach zu urteilen, das Tage zuvor durch verschlossene Türen gedrungen war), aber nun saß ich da und war begeistert und höchst amüsiert und sprachlos und gerührt – alles gleichzeitig.

Fazit: Dieser Tag war alles, nur nicht sang- und klanglos. Im Gegenteil: Dieser Tag war etwas ganz

Besonderes, und mehr als einmal habe ich mich inzwischen gefragt, ob ein „normaler" 50. Geburtstag mit einer Riesenfeier und vielen Menschen von einer solchen Intensität hätte sein können, wie es dieser Tag in der denkbar ungünstigsten Zeit mit Kontaktsperren und Lockdown nun war.

In einer Zeit, in der es so viele schlechte Nachrichten gibt, auf dem bisherigen Höhepunkt der Pandemie, waren da so viele Menschen, denen es ein Bedürfnis war, mir durch einen kurzen Besuch „auf Abstand", eine besondere Aufmerksamkeit oder eine originelle Idee diesen Tag schön und unvergesslich zu machen. Das ist ihnen definitiv gelungen. Dafür bin ich von Herzen dankbar.

Der 50. Geburtstag im Allgemeinen

In normalen Zeiten, wenn nicht gerade eine Pandemie das gesamte gesellschaftliche Leben lahmlegt, ist ein 50. Geburtstag nicht selten Anlass für eine Riesenfeier. Vielfach wird dieser Tag als DAS Wiegenfest schlechthin gesehen, allzu häufig fallen Sätze wie „Die Hälfte ist jetzt erreicht" oder „Auf die nächsten 50 Jahre". Da muss ich dann schon ein wenig schmunzeln, denn bei meiner Lebensweise von einem erreichbaren Alter von hundert Jahren auszugehen, ist wirklich optimistisch. Aber man wird sehen. Wie heißt es doch so schön: Man soll nicht dem Leben Jahre geben, sondern den Jahren Leben. So sehe ich das auch – ich bin lieber Genussmensch als Asket, wenngleich ich schon versuche, mich halbwegs ausgewogen zu ernähren und ausreichend zu bewegen. Aber ein bisschen über die Stränge schlagen ab und zu muss einfach sein.

Was sind dann also meine Pläne für die nächsten Jahre? Nun, rein zellmäßig geht es schon lange nur noch bergab. Ehrgeizige Ziele in Richtung Selbstoptimierung sind daher eher fehl am Platze und überdies vergebene Liebesmüh. „50 ist das neue 30", tönt es zwar gerne aus eher überzeugtem als überzeugendem Mund, aber das finde ich ehrlich gesagt ein bisschen albern, um nicht zu sagen, das grenzt dann doch schon an groben Realitätsverlust. Viel cooler, als den Blick für die Realität zu verlieren, ist es doch, sich ihr einfach zu stellen. Denn eigentlich habe ich mit der Zahl 50 kein Problem. Das Älterwerden an sich gestaltet sich insgesamt recht gnädig, weil es meist gemäßigt und eher schleppend vonstattengeht. Man sieht nicht von heute auf morgen aus wie eine Mumie und fühlt sich im günstigsten Fall auch nicht so. Die kleinen Veränderungen kommen vielmehr peu à peu, manche schleichen sich zum Teil hinterhältig an und sind dann einfach plötzlich da – „Wir sind gekommen, um zu bleiben". Mit den Falten ist es irgendwie genauso wie mit Kratzern in einem Auto: Beim ersten ist man total entsetzt, kann sein Unglück überhaupt nicht fassen und denkt, das Leben sei zu Ende, beim zweiten ist man ebenfalls nicht glücklich, aber nachdem man kurzzeitig ein dumpfes Grummeln im Magen verspürt hat, geht es bald wieder und irgendwann nimmt man neue Exemplare mit stoischer Gelassenheit hin, weil man es eh nicht ändern kann. Irgendwann hört man dann auch auf zu zählen. Irgendwann ist eben alles in der Kategorie „gebraucht" angekommen.

Um speziell das Altern der Haut zu verhindern oder zumindest zu verlangsamen, müsste man sich im Prinzip schon, sobald man aus dem Kindergartenalter raus ist, um eine permanent angemessene Durchfeuchtung der Epidermis bemühen. Was einmal vertrocknet ist, hinterlässt halt einfach Spuren. Wer wie ich zu spät damit begonnen hat, muss umso mehr arbeiten, um Schadensbegrenzung zu betreiben. Ich für meinen Teil klebe mir dazu glitschige grüne ellipsenförmige Silikon-Pads unter die Augen. Deren hochgelobte Inhaltsstoffe, wie Waldmoos und ähnlich klingende – natürlich natürliche – Zutaten, sollen Schwellungen am Morgen beseitigen und für nagelneue Spannkraft der Haut sorgen.

Mit einem kleinen Schmunzeln im Gesicht erinnere ich mich bei der Prozedur immer an eine Begebenheit, die sich ungefähr 30 Jahre zuvor in einer Parfümerie zugetragen hat. Als wäre es gestern gewesen, höre ich eine zwar perfekt geschminkte, aber in diesem Moment wirklich besorgt aussehende Püppi vorwurfsvoll zu mir sagen, ich müsse nun aber dringend mit einem Anti-Aging-Produkt beginnen, wenn ich es später nicht bereuen wolle. 30 Jahre später denke ich, okay, das, was man schmeichelhaft als Lachfalten bezeichnet, wirkt auf mich nach einer schlechten Nacht auch schon mal wie Lachgräben, und die Wangen haben auch schon ein wenig vor der Schwerkraft kapituliert und bewegen sich inzwischen „muttimäßig" schon ein wenig nach unten. Doch alles in allem kann ich mit meinem Spiegelbild noch ganz gut leben. Nun gut, ich kenne es ja auch schon seit 50 Jahren. Ungefähr die Hälfte dieser Zeit falle ich auch schon regelmäßig auf die Versprechungen der Schönheitsindustrie herein. Gerade erst wieder: „Du brauchst einen Neustart deiner Haut?", steht motivierend auf der Verpackung und schon landet eine Tuchmaske, die die Haut von täglichen Umweltbelastungen befreien soll,

auf meinem Gesicht. Als Alltagsmaske in Pandemiezeiten übrigens gänzlich untauglich, weil sie Mund
und Nase freilässt. Doch in diesem Fall ist DETOX
das Zauberwort! „Atme tief ein, schließe deine Augen
und lehne dich zurück – genieße deinen Detox-Mo-
ment", motiviert mich der Werbetext. Oh jaaaa, ich
fühle mich augenblicklich so unglaublich entgiftet.
Das ist der Start in ein neues Leben.

Ganz oben auf meiner To-do-Liste für die nächsten
Wochen steht im Übrigen die Anschaffung einer Le-
sebrille. Auch ich habe zwischenzeitlich eingesehen,
dass weder meine Arme kürzer geworden sind, noch
dass das Tageslicht langfristig an Qualität verloren
hat.

Auch der Rest des Körpers meldet in regelmäßige-
ren Abständen kleinere oder größere Negativrekorde.
War es beispielsweise bis vor ein paar Wochen noch
eher der innere Schweinehund, den es einfach nur zu
überwinden galt, um eine insgesamt noch als recht erfreulich zu bezeichnende Fitness zu erhalten, hat sich
jetzt ein weiteres Hindernis in Form eines knackenden
Knies hinzugesellt, und man nimmt Buchstabenkom-
binationen wie MRT in seinen Wortschatz auf. Ab
hier ist positives Denken dringend erforderlich. Immerhin ist das Knacken zum jetzigen Zeitpunkt (meistens) nicht von Schmerzen begleitet und das ist doch
wirklich die Hauptsache. Wen stört es da schon, dass
man, sobald ich eine Treppe hinaufgehe, an Käpt'n
Ahab denken muss, der – getrieben von dem Wunsch,

es Moby Dick endlich heimzuzahlen – wieder einmal keine Ruhe findet und auf dem Oberdeck umherhumpelt?

Doch zurück zum runden Geburtstag. Mehr denn je befasst man sich ab diesem Zeitpunkt auch mit dem Thema Älterwerden und ignoriert nicht mehr geflissentlich und ständig alle Nachrichten dazu. Stattdessen erinnere ich mich just in diesem Moment gerade an einen Netzfund. Der Text der Anzeige lautet sinngemäß: „Ja, sieh es endlich ein, du wirst jeden Tag ein bisschen älter. Und auch dein Gedächtnis lässt früher oder später nach. Natürlich wünschen wir uns alle, möglichst lange ein gutes Gedächtnis zu haben." Richtig, und umso fröhlicher stimmt mich, dass es bei dieser Bestandsaufnahme auch eine gute Nachricht gibt: „Wir können unser Gehirn aktiv unterstützen, um es lange leistungsfähig zu halten. Schon kleine Übungen sind wirkungsvoll und bringen unsere grauen Zellen in Schwung."

Früher hätte ich so etwas weggeklickt. Heute schaue ich mir interessiert an, ob da zufällig etwas dabei ist, das sich mit wenig Aufwand in meinen Tagesablauf integrieren lässt. Und ich lasse mich gerne beruhigen von Sätzen wie „Gelegentliche Vergesslichkeit ist beim Älterwerden normal" und nehme mir vor, den Ratschlag zu befolgen, dass man sich am besten möglichst frühzeitig mit den Begleiterscheinungen des „alternden Gedächtnisses" auseinandersetzen soll.

Aber heißt das nun, dass ich mir keine Gedanken darum machen muss, dass ich quasi permanent auf der Suche nach meinem Handy bin, sondern mich einfach aufrichtig darüber freuen sollte, dass ich es bislang immerhin stets wiedergefunden habe, wenngleich zuweilen auch an äußerst merkwürdigen Orten? Also noch mal: Angeblich ist gelegentliche Vergesslichkeit ein normaler Prozess im Körper.

Das Gehirn möchte sich dadurch offenbar vor Überlastung schützen. Am Ende sollen dann nur solche Informationen weiterverarbeitet werden, die als „wichtig" klassifiziert wurden. Mein Gehirn unterliegt da aber offenbar einer Fehlinformation, wenn es mich ausgerechnet vergessen lässt, wo ich mein Handy wieder einmal abgelegt habe, denn das ist so ziemlich das Wichtigste, was mich in meinem Alltag begleitet, weil es quasi mein ganzes Leben in Daten, Fakten, Abläufen, Terminen und Bildern enthält. Traurig, aber leider wahr und daher auch eines der vielen Dinge, die man mit Humor nehmen sollte.

Offenbar kann gelegentliche Vergesslichkeit aber auch an einer Durchblutungsstörung liegen. Ich merke mir also schleunigst, dass mit regelmäßiger Bewegung das Gehirn ausreichend Nährstoffe und Sauerstoff erhält und durch die dadurch besser versorgten Nervenzellen die Gedächtnisleistung gesteigert wird. Da kann ich mich erst einmal beruhigt zurücklehnen, denn genügend Bewegung habe ich im Allgemeinen (also, wenn keines der ebenfalls alternden Gelenke

Ärger macht …) definitiv. Es macht mich zwar ein wenig stutzig, dass ich dennoch immer wieder mein Handy verlege, doch wer weiß, was sonst noch alles abhandenkommen würde, wenn ich mich nicht ausreichend bewegen würde.

Nun gut, ich nehme mir vor, Körper und Geist mit fünf einfachen Tipps in Schwung zu halten: Ich bleibe in Bewegung und ich trainiere mein Koordinationsvermögen, indem ich mich mit neuen Situationen auseinandersetze (würde ich also nicht den angestammten Parkplatz gleich vor der Tür des Supermarktes nehmen, sondern stattdessen vielleicht sogar mit dem Fahrrad fahren, hätte ich da gleich zwei Fliegen mit einer Klappe geschlagen). Außerdem nehme ich mir vor, mein Gedächtnis künftig mit pflanzlichen Produkten wie Ginkgo oder Ähnlichem zu unterstützen. Dazu arbeite ich noch daran, dass sich aktive Phasen und Erholungsphasen abwechseln und ich beste Voraussetzungen für einen guten Schlaf schaffe. Das wäre doch gelacht, wenn ich damit nicht doch mindestens hundert Jahre alt würde.

Hat man sich einmal etwas ausführlicher mit einem Thema des Schwerpunktes Alterungserscheinungen befasst und beispielsweise Google dazu befragt, wird man auf einmal permanent zugeballert mit unterschiedlichsten Infos aller Art. Das Zauberwort in diesem Zusammenhang heißt wohl „Algorithmus". Dieses böse Internet behält nämlich, um das einmal sehr grob vereinfacht darzustellen, im Gegensatz zu mir alles in seinem virtuellen Gedächtnis, wonach ich dann und wann suche und bietet mir dementsprechend Ähnliches oder vermeintlich dazu Passendes an. Im Rahmen einer Studie hat man herausgefunden, dass Algorithmen offenbar Menschen in allen möglichen Lebensbereichen manipulieren können. Mich natürlich auch, aber was soll's. Hat ja auch einen gewissen Unterhaltungswert, wenn mir ohne eigenes Dazutun ein Artikel aus einer Frauenzeitschrift angeboten wird, dessen Verfasserin sich über den Umgang mit ihr als 50-Jähriger beim Arztbesuch beklagt. Offenbar kommt sie sich beim Gynäkologen zum Beispiel seit dem persönlichen Dekadenwechsel vor wie ein Fossil, weil ihr nun ganz andere Fragen gestellt werden als in anderen Lebensphasen.

Ja du lieber Himmel, das ist dann eben so. Jammern bringt da aber doch nichts! An diesem Punkt denke ich energisch: NEIN! Viel besser, als sich dem heulenden Elend hinzugeben, weil man eben keine zwanzig mehr ist, ist es doch, die Dinge mit Humor zu nehmen. Oberstes Ziel für die nähere und entferntere Zukunft kann für mich daher nur sein, auf eine ganz persönliche Weise das Kind und vor allem auch den Kindskopf in mir zu bewahren. Lachen, wann immer es geht und worüber auch immer es möglich ist. Lachen über andere und über mich und mit anderen.

Aus Kindern werden Leute

Da waren sie doch gerade erst im Kindergarten- und Grundschulalter und hatten doch erst gestern den Wechsel aufs Gymnasium reibungslos über die Bühne gebracht, und schwupps – sind aus ihnen junge Erwachsene geworden und die Eltern-Kind-Beziehung ist eine komplett andere. Der kleine Sohnemann ist nun zum jungen Mann und das Töchterlein zur jungen Frau herangewachsen, und der Einfachheit halber werden sie im Folgenden als „er" und „sie" bezeichnet.

Besonders auffällig ist die Veränderung bei ihm zu beobachten, da er lange Jahre überaus zierlich und von eher kleiner Statur war, als seine Schulkameraden schon längst in die Höhe schossen. Sein Entwicklungsschub kam erst ein wenig später, aber dafür umso ausgeprägter. Doch die Entwicklung hat rückblickend lange vor dem Zeitpunkt begonnen, an dem er mir buchstäblich über den Kopf gewachsen ist und mich in die unfreiwillige Rolle des staatlich anerkannten Familienzwergs gedrängt hat. Man merkt es zunächst gar nicht, aber spätestens, wenn sich statt der andächtig und mit hohem Stimmchen ausgesprochenen Anrede „Mama" irgendwann ein in tiefstem Bass gedröhntes, reichlich gönnerhaftes „Muddi" etabliert hat, ist klar, dass das Ende der Kindheit schon lange da ist.

An das Ergebnis der ebenfalls rasanten Entwicklung der um zwei Jahre älteren Schwester, die ein bisschen gezwungenermaßen und ein bisschen freiwillig auch noch zu Hause lebt, hatte man sich zu diesem Zeitpunkt bereits gewöhnt. Dennoch ist es zugleich interessant und belustigend zu beobachten, was für ein eingespieltes Team beide sind, wie sie sich einerseits gegenseitig beeinflussen und wie sie aber andererseits dennoch mit ihren unterschiedlichen Charakteren jeder auf seine Weise ihren Weg machen.

Sie hat als unglaublich gewissenhafte Studentin in ihrem mittlerweile zweiten Semester (von dreien), das sie ausschließlich online bewältigen kann, ihren Tagesablauf so perfekt strukturiert, dass einem angst und bange werden könnte. Sie hat nach ihren Lehrveranstaltungen feste Zeiten zum Lernen, macht zudem ihr Workout und pflegt darüber hinaus (in Corona-Zeiten online) ihre Freundschaften. Dabei wirkt sie fröhlich und ausgeglichen (solange genug zu essen im Haus ist).

Bei ihm hat man hingegen manchmal den Eindruck, er bewältige viele seiner Aufgaben eher spontan und eigentlich nur deshalb, weil es ihm gerade noch rechtzeitig eingefallen ist, dass er da noch etwas zu erledigen hat. Daher habe ich tatsächlich in Erwägung gezogen, ihm eines dieser T-Shirts zu schenken mit dem Aufdruck „Ich höre nichts, ich zocke". Da ich mir jedoch über seine Reaktion im Klaren war (ein Augenverdrehen, das sowohl Genervtheit als auch

Fassungslosigkeit darüber signalisiert, wie geistlos manche Menschen doch sein können), habe ich es gelassen. Erfreulicherweise bleibt festzuhalten, dass er sein schulisches Pensum offenbar problemlos zu bewältigen und die Lockdown-Phase an ihm bislang keinen bleibenden Schaden zu hinterlassen scheint, obwohl er teilweise die Nacht zum Tag macht und zuweilen eine beinahe unheimliche Symbiose mit seinem Computer einzugehen scheint.

Außerhalb seines Zimmers zeigt sich jedoch manchmal eine weitere, wirklich nicht zu unterschätzende Kompetenz: Er ist in der Lage, eine volle Spülmaschine mit bereits gereinigtem Geschirr zu erkennen und diese dann sogar auch noch eigenständig auszuräumen, wohingegen seine Schwester zum Beispiel nach erfolgreicher Kochorgie und dem Verzehr eines vitamin- und nährstoffhaltig ausgewogenen Mahls auf wundersame Weise zu vergessen scheint, dass da noch hier und da und dort Überbleibsel ihres Arbeitsganges in der Küche herumstehen, wodurch allen später eintretenden Personen der Anblick eines traurigen Schlachtfelds nicht erspart bleibt. Ihr Bruder spricht in diesem Zusammenhang auch gerne von „Mixermassaker".

Dafür aber ist die Kommunikation mit ihr manchmal etwas geschmeidiger als mit ihm. Während sie als End-Teenager schon mit Besonnenheit beispielsweise über argumentative Schwachpunkte meinerseits hinwegschauen kann, macht er es sich zur regelmäßigen

Aufgabe, mir diese unter die Nase zu reiben, kaum dass sie ausgesprochen sind. Vielleicht sind die darauf nicht selten folgenden Diskussionen Grund dafür, dass er, als er die Themenliste für dieses Buch zu Gesicht bekam, beim Thema „mangelnder Respekt" gleich fragte, ob er damit gemeint sei. Da musste ich natürlich ein wenig schmunzeln. Ich konnte ihm dann guten Gewissens sagen, dass meine Intention dabei in eine ganz andere Richtung gegangen ist, aber innerlich hat es mich doch ein wenig gefreut, dass er offensichtlich in einem Anfall von Selbsterkenntnis an den nicht so hundertprozentig geeigneten Ton gedacht hat, den er seinen Eltern gegenüber zuweilen anschlägt (und damit meine ich nicht das Prädikat „alte Schachtel", das er mir in einem bestimmten Zusammenhang einmal verliehen hat – das aus seinem Munde zu hören, ließ mich vielmehr schallend lachen).

Aber auch ich habe im Erwachsenwerden meiner Kinder einen Entwicklungsschub durchlebt. Anstatt mich also beleidigt zurückzuziehen, wenn er mich beispielsweise wieder einmal in seiner jugendlichen Großartigkeit mit der Nase auf meine technische Inkompetenz stößt, halte ich ihm mit wenig schmeichelhafter Wortwahl im Gegenzug seine charakterliche Untauglichkeit vor. Der Vergleich hinkt zwar ein wenig, denn die mir angekreidete Inkompetenz ist unbestritten, während die an ihm kritisierte noch zu verifizieren wäre, aber es wirkt trotzdem.

Abgesehen davon ist so etwas nicht der Dauerzustand. Meistens – ausgenommen, es gilt tatsächlich noch einmal verbal zu verdeutlichen, was es mit dem Terminus Erziehungsberechtigte auf sich hat und wie ich diesen Begriff inhaltlich zu füllen gedenke – lebt es sich mit diesen quasi erwachsenen Kindern wie in einer WG. Das Zusammenleben findet auf Augenhöhe statt, die regelmäßigen Unterhaltungen lassen erkennen, dass die Jugend interessiert, reflektiert und durchaus kritisch die Dinge des Zeitgeschehens wahrnimmt.

Vollkommen versagt habe ich leider in meiner Erziehungsarbeit, was den Bereich Ordnung betrifft. Diesbezüglich habe ich in den vergangenen Jahren wirklich alles versucht: Ich habe an ihr Verantwortungsgefühl appelliert („Du kannst doch nicht wollen, dass ich hier stundenlang deine Sachen bügle und dann wirfst du sie achtlos in den Schrank und lässt sie wieder vollkommen knittrig werden") und dafür Totschlagargumente kassiert („Muddi, du musst die Sachen doch gar nicht bügeln, das ist echt nicht nötig"). Ich habe getobt und gedroht, und ich habe es nicht bei leeren Drohungen belassen, sondern ihnen mit zusammengebissenen Zähnen Konsequenzen vor Augen geführt. Irgendwann siegte dann aber auch bei mir die Erkenntnis, dass ich mir selbst mit einer großen Portion Gelassenheit den größten Gefallen tue.

Seither betrete ich ihre Zimmer mit einer seltsamen inneren Ruhe. Ich lasse sie einfach in ihrem Chaos leben. Ich selbst war früher keinen Deut besser, fällt es mir dann auch wieder ein. Irgendwann relativiert sich das alles. Wenn ich gut drauf bin, nehme ich nun also wortlos Schmutzwäsche mit (auch wenn mir natürlich bewusst ist, dass sie selbst für das Waschen ihrer Wäsche sorgen könnten, aber logistisch und monetär erscheint mir das dann doch eher unsinnig), und wenn ich nicht so gut drauf bin, lasse ich alles liegen und weise allenfalls mit spitzen Fingern und einem süffisanten Spruch auf eventuelle Missstände hin („Oh, Socken!"), jedoch ohne diese zu beheben. Inzwischen reagieren sie sogar öfter einmal und bringen dann doch tatsächlich alles in Ordnung. Nein, ich war noch nie ein Freund drakonischer Strafen, ich habe es immer schon lieber mit feiner Übertreibung versucht („Haben wir denn auch noch Geschirr im Küchenschrank oder steht das jetzt alles hier bei dir rum?").

Am wichtigsten finde ich, dass es im täglichen Miteinander trotz unterschiedlicher Auffassungen in bestimmten Bereichen und trotz vieler Gespräche mit ernstem Inhalt auch immer genug zu lachen gibt. Daran ändert auch eine Pandemie nichts. Die Zeit der Einschränkungen hat allenfalls einen verstärkenden Effekt, was die eine oder andere „gestörte" Verhaltensweise betrifft und dann und wann die Frage provoziert: „Warum sind wir eigentlich so?" Doch was vielleicht auf den ersten Blick philosophisch anmutet, ist lediglich die Bewertung einer Situation, die übel entgleisen kann, wenn vier erwachsene Menschen gerade nichts Sinnvolles zu tun haben und ihrer ganz persönlichen Kreativität und teilweise wirklich verrückten Anwandlungen freien Lauf lassen. Wenn ich ehrlich sein soll, mag ich gerade so etwas ganz besonders.

Man hat im Netz Videos gesehen von Menschen, die sich mit einem in einer Einzimmerwohnung gebauten Hindernisparcours sportlichen Herausforderungen gestellt haben, die Kleinkinder über Stühle und Tische klettern und auf improvisierten Trampolinen herumspringen ließen, um ihrem Bewegungsdrang gerecht zu werden, man hat Menschen gesehen, die auf einem Skateboard liegend in voller Schwimmermontur ihr fehlendes Training kompensierten oder allerhand andere lustige Dinge veranstalteten, um der Tristesse des Lockdowns zu entfliehen. Auch hier kann man sich die Frage stellen „Warum sind die so?" und die Antwort kann nur lauten: „Weil sie es können." Ein Segen, wenn man über die Gabe verfügt, aus Situationen das Beste zu machen, selbst wenn man dabei manchmal auch eher unkonventionelle Wege einschlagen muss.

Mit Humor und ein bisschen Verrücktheit lässt sich die gelegentliche Konfrontation mit den eigenen Schwächen im Übrigen viel besser ertragen. Um wieder zurück auf die Kinder zu kommen, aus denen Leute geworden sind: Es kann schon schlimm werden, wenn man selbst ins Fadenkreuz ihrer Lästereien gerät. Da sind sie einfach gnadenlos. Meine Repliken hingegen, die ich selbst eigentlich auch schon einmal ganz originell oder gar witzig finde, finden dann nur bedingt und dann auch nur dank einer temporären, größtmöglichen Toleranz Anklang.

Umso mehr habe ich mich gefreut, dass sie ihren Geburtstagsvortrag, den sie mir zum Runden gehalten haben, so ausgewogen gestaltet haben. Ich hatte schon im Vorfeld die Befürchtung, ich könne übelst mein Fett wegbekommen. Habe ich dann auch, sie haben wirklich nichts ausgelassen, um mich aufzuziehen, aber gleichzeitig haben sie es geschafft, sehr viel Liebe, Respekt und Anerkennung in ihre Zeilen zu legen. Das und die Tatsache, wie gut sie mich doch kennen, hat mich wirklich am meisten fasziniert.

Sie haben den Vortrag als „Bucket List in Gedichtform" gehalten. Das leitet sich von dem englischen „kick the bucket" ab, was so viel bedeutet wie „den Löffel abgeben". In Reimform haben sie mir also erläutert, was ich dringend in meinem Leben noch erledigen muss, und das, obwohl ich 50 und nicht 95 geworden bin. Aber genau diese Liste macht auch deutlich, warum ich dennoch drüber lachen kann, wenn sie sich mal wieder auf mich eingeschossen haben. Ich weiß einfach, dass sie es niemals böse meinen und beide einfach nur absolut herzensgut sind (ich sehe genau ihre schmerzlich verzogenen Gesichter vor mir, falls sie das irgendwann mal lesen sollten). Das zeigt sich zum Beispiel in deutlich geäußertem Mitgefühl, wenn sie sehen, dass ich humpelnd eine Treppe hinaufwackele, weil mein Knie nicht mitmacht. Es kann dann natürlich sein, dass sie mich zuerst mit meinem Alter aufziehen, aber ich weiß trotzdem, dass sie sich eigentlich um mein Wohlbefinden sorgen und einfach nur wollen, dass es mir gut geht.

Aus diesem Grund verzeihe ich auch großzügig andere Ausreißer, wie zum Beispiel kürzlich, als es um das Tischabräumen ging. Eigentlich sind sie schon zu alt für solche Kindereien, aber es wird regelmäßig diskutiert, warum gerade der eine oder die andere das machen solle. Als ich dann in den Raum werfe, warum denn ausgerechnet ich das dann machen solle, kam dann doch tatsächlich wie aus der Pistole geschossen die Antwort: „Du bist die Frau." Für den Bruchteil einer Sekunde war ich wirklich konsterniert. Aber gut, ich hätte jetzt die Wahl gehabt, mich zu vergraben und mich zu fragen, an welchem Punkt in der Erziehung ich so grenzenlos versagt habe, dass ich ein chauvinistisches Monster herangezüchtet habe. Ich hätte ihm auch schmallippig einen Vortrag über Gleichberechtigung halten können. Oder ich hätte ganz einfach darüber lachen und es als den üblichen Humor abhaken können. Ich habe mich dann guten Gewissens für Letzteres entschieden.

Silvester in Corona-Zeiten

Auch für den letzten Tag eines insgesamt eher bescheiden daherkommenden Jahres stellt sich wieder die Frage aller Fragen: Gammellook oder in Schale werfen? Wie tritt man diesem Jahr 2020 am würdevollsten in den Hintern? Ich entscheide mich für „in Schale werfen" – der Gammellook war in der letzten Zeit zu häufig an der Tagesordnung, und wenn wir später einmal Fotos von dem Übergang in ein hoffentlich deutlich besseres Jahr 2021 anschauen, sollen nicht die ersten Dinge, die ins Auge stechen, der ausgebeulte Pulli und die Leggings sein. Dass es von diesem Tag Fotos geben sollte, stand längst fest: Man benötigt schließlich einen visuellen Beweis dafür, dass das Jahr 2020 auch wirklich weg ist.

In den vergangenen Jahren war es an Silvester nicht selten darum gegangen, möglichst viele Leute und ihre noch vielfältigeren Interessen unter einen Hut zu bekommen, in diesem Jahr geht es darum, zu reduzieren, wo immer es auch geht. Die Vorgaben sind – nach genauerem Lesen, Suchen nach weiteren Quellen und Vergleichen des Wortlauts, hinreichenden Überlegungen, wie „öffentlicher Raum" genauer definiert werden könnte und schließlich unter Zuhilfenahme aller zehn Finger und im Besinnen auf Vernunft und gesunden Menschenverstand – klar und eindeutig: Zum Jahreswechsel sollten sich maximal fünf Personen aus zwei Haushalten zusammenrotten.

Daher ist die Feierkonstellation in meinem Fall ziemlich klar: Nach dem Motto „Wir bleiben zu Hause" begeht also ausschließlich die Kernfamilie (erstmals seit Jahren wieder einmal gemeinsam) den Übergang in das Jahr 2021. Das hat etwas Denkwürdiges und Besonderes, habe ich im Vorfeld gedacht. Und ich bin – auch wenn das ein wenig egoistisch anmutet – froh, dass dank der fortgeschrittenen Jugend der beiden der Unterhaltungswert des Abends gesichert sein dürfte. Das Fernsehprogramm spielt uns sicher ebenfalls in die Karten. Ich muss nur sehen, dass ich nicht gerade später am Abend TV schaue, sondern dann irgendwie anderweitig aktiv werde, sonst schlafe ich aus Gewohnheit auf dem Sofa ein, noch bevor das neue Jahr seine erste Minute erlebt.

„Erst einmal in Ruhe essen", lautet die Losung, die das Familienoberhaupt schon im Vorfeld ausgegeben hat. Das bedeutet in unserem Fall, so viel ist bereits vorab sicher, wir werden beim Raclette sitzen, einer isst Stunde um Stunde immer weiter und drei schauen ihm dabei zu, weil sie schon längst fertig sind. Aber auch das kann nett und mit den richtigen Getränken auch in jedem Fall unterhaltsam sein. So viel zur Planung.

Am Tag selbst wird nun mehr als deutlich, dass dieser sonst feste Feiertermin im Kalender in diesem Jahr tatsächlich anders sein wird. Während zum Beispiel der Familienvater um die frühe Nachmittagszeit normalerweise ein Nickerchen hält, um sich auf die bevorstehenden Strapazen angemessen vorzubereiten, begegnet er mir jetzt mit einer Flasche Politur und einem weichen Tuch, und wenig später sehe ich ihn das Messingschild unserer Klingel auf Hochglanz polieren. Es geschehen schon seltsame Dinge an diesem Tag. Erst später sollte ich übrigens erfahren, dass er das nicht allein aus einem übersteigerten Reinlichkeitsempfinden heraus gemacht hat, sondern, um ein Vorher-Nachher-Bild in seinen WhatsApp-Status zu packen mit den Worten: „So, der Dreck von 2020 ist weg, 2021 kann kommen. Einfallsreich isser ja, das muss man ihm lassen!

Während er das Klingelschild verschönert, versuche ich dasselbe mit meinem Gesicht. Statt Politur verwende ich dazu meine neueste Errungenschaft der Marke „Man gibt die Hoffnung niemals auf". Mit den Ringfingern klopfe ich vorsichtig und zart ein garantiert naturreines „Kaffee Augen Lift Serum" in die Haut um meine Augen herum ein, um dem Jahr 2020 wenigstens auf diese Weise noch durch einen spontanen Verjüngungseffekt ein gewisses Strahlen zu entlocken.

Als der Vater das Klingelschild wieder draußen befestigen will, fällt er fast über eine Flasche Sekt, die wohlmeinende Freunde uns mit lieben Silvestergrüßen vor die Tür gestellt haben. In der Not weiß man doch immer, auf wen man sich verlassen kann. Wir schreiben umgehend zurück, dass wir die Flasche natürlich nur gemeinsam leeren werden, und zwar, sobald das wieder möglich sein wird. Aber apropos Flasche leeren: Zwischenzeitlich haben der Zweitgeborene und ich uns darauf verständigt, dass ein ungewöhnlicher Tag auch ungewöhnliche Handlungen rechtfertigt und weil das so ist, beschließen wir bereits nachmittags um 14 Uhr, uns einen ersten Drink zu genehmigen. Doch damit wir das Ende des Tages auch noch erleben, lassen wir dabei noch ein wenig Vernunft walten und teilen uns einfach einen für zwei.

Mit wohliger Wärme im Bauch geht es dann weiter mit dem obligatorischen Fernsehprogramm. Da wäre zunächst die Silvesterfolge von „Ein Herz und eine Seele" zu nennen. Alle Jahre wieder braut Ekel Alfred hier seinen Silvesterpunsch. Durch das jahrelange Schauen kennt man die Dialoge aus dem Effeff und unter Lachen und Johlen rufen immer alle einstimmig, wenn es dann endlich so weit ist: „Punsch, es heißt Punsch, du dusselige Kuh." Denn vor lauter Probieren und Abschmecken ist Alfred Tetzlaff schon so angetrunken, dass er seine (auch sonst nicht allzu ausgeprägten) guten Manieren ganz vergisst. Dieser und viele andere Sätze des Hauptcharakters lassen deutliche Rückschlüsse auf die Gesinnung und das Weltbild dieses Prototyps aller deutschen Spießbürger zu. Er vereint alle Vorurteile dieser Welt in sich und meckert und schimpft über alles und jeden. Damit ist der in der Serie beschriebene Charakter (oder vielleicht auch der fehlende Charakter) heute aktueller denn je, will mir scheinen. Meckerer, Nörgler, Schwarzseher und Miesmacher sind dank der unbegrenzten Möglichkeiten gerade in den sozialen Medien immer stärker auf dem Vormarsch.

Doch auf der anderen Seite gibt es heute ein fast schon überbordendes Problembewusstsein, das lautstark und auf allen Gebieten eine so ausgeprägte Korrektheit in Denken und Handeln fordert, dass es mich ehrlich gesagt stark verwundert, dass diese Sendung noch nicht auf dem Index gelandet ist bei all dem noch nicht mal latenten Rassismus und Sexismus, den man innerhalb einer halben Stunde erleben darf. Ich für meinen Teil bin froh für diese unzensierte Form von Satire – das wirkt zumindest auf mich echter und ich kann mich darüber ausschütten vor Lachen, ohne betroffen zu überlegen, wem jetzt wer ans Bein gepinkelt haben könnte. Denn wenn es ganz übel kommt, ist da ja immer noch Else, die Gutmütige, Schlichte, die mit ein bisschen Zuneigung schon vollkommen zufriedenzustellen ist und schließlich beim Abschlusstango mit ihrem völlig betrunkenen Göttergatten glücklich ausruft: „Wie das noch geht, wie in alten Zeiten!"

Im Anschluss daran wird das Pflichtprogramm mit „Dinner for One" und – für mich als Rheinländerin natürlich gar nicht mehr aus dem silvesterlichen Tagesablauf wegzudenken – „Dinner op Kölsch" mit dem großartigen Ralf Schmitz und der kongenialen Annette Frier fortgesetzt. Diese drei Sendungen sind immer die Grundlage für ein gelungenes Silvesterfest, selbst wenn es so gediegen und ruhig angedacht ist wie in diesem Jahr.

Wie gefühlt tausend andere Menschen begeben wir uns also zum Raclette-Essen. Wieder einmal stelle ich fest: Es ist wirklich förderlich für das gemeinschaftliche Miteinander, wenn man sich während des Essens nicht nur mit der reinen Nahrungsaufnahme befasst, sondern sich kleine Portionen selbst zubereitet und dann darauf warten muss, bis sie fertig sind, allenfalls hie und da ein wenig nascht und ein Schlückchen nimmt. Gemütlichkeit, dieses typisch deutsche Wort, das so schwierig in andere Sprachen zu übersetzen ist, dass es der Einfachheit halber vielfach übernommen wurde, kommt einem hierbei spontan in den Sinn. Und genau das ist es auch: richtig gemütlich. Hinterher bleibt man einfach sitzen und erzählt weiter. Und trinkt noch ein Schlückchen. Und später, sehr viel später (wenn auch das Familienoberhaupt endgültig fertig ist mit Essen und Trinken), wird dann noch gespielt, dabei Musik gehört und gelacht.

Um Mitternacht gibt es ABBAs „Happy New Year" aus dem Smartphone statt Böller aus Polen. In der näheren Umgebung werden offenbar Reste aus dem Vorjahr noch in den Himmel geschossen, aber es hält sich alles in Grenzen, und es ist überhaupt nicht schlimm, dass es insgesamt viel ruhiger ist. Im Gegenteil, das passt viel besser zu den Flocken, die auf einmal durch die Luft tanzen und das Jahr 2020 jetzt auch optisch und endgültig mit einer weißen Schicht zudecken.

Was am Ende gleich bleibt bei aller aktuellen Veränderung, sind die Gedanken, die man sich macht, wenn das neue Jahr gerade begonnen hat. Natürlich fragt man sich auch dieses Mal, was es bringen wird.

Vermutlich wünscht sich jeder in erster Linie wieder etwas mehr „Normalität", was immer der eine oder andere damit verbinden mag. Normalerweise endet mit Silvester die besinnliche Zeit und zumindest im Rheinland entsteht ein nahtloser Übergang in die fünfte Jahreszeit. Doch auch das ist in diesem Jahr anders, sodass man bei den Planungen für die nächsten Monate nicht wie üblich sagt „Erst einmal kommt Karneval", sondern man sagt stattdessen „Erst einmal kommt kein Karneval", und verbunden mit dieser Erkenntnis fällt es einem dann auch gleich wieder ein, dass sich Planungen für die nächsten Monate auch eher schwierig gestalten, solange diese große Ungewissheit immer noch an uns allen (oder zumindest an vielen) nagt.

Also bleibt nichts anderes übrig, als abzuwarten, was das neue Jahr dann so bringen mag. Aber man kann es auch so machen, wie der junge Mann, der frühmorgens am 2. Januar im Radio zu hören war: Auf die Frage, was er sich fürs neue Jahr wünsche, sagte er: Gesundheit, und, gefragt nach seinen Vorsätzen, meinte er: „Nicht den Spaß am Leben verlieren." Das ist doch wirklich mal absolut nachahmenswert.

Regenbogenpresse

Unter Regenbogenpresse werden gemeinhin illustrierte Wochenzeitschriften verstanden (daher manchmal auch einfach der Begriff „Illustrierte"). Meistens geht es darin um Klatsch und Tratsch über Persönlichkeiten oder auch einfach nur Personen aus dem Adel und dem Showbusiness. Vielfach enthalten sie Koch- und Backrezepte (und für die Ausgewogenheit dann auf den nachfolgenden Seiten auch noch Diätideen), dazu Horoskope, Ratgeber zur Kindererziehung, Vorschläge für schöneres Wohnen und gewisse esoterische Elemente. Diesem Inhalt und vermutlich auch der beabsichtigten Zielgruppe ist es zu verdanken, dass man solche Illustrierte auch „unterhaltsame Frauenzeitschriften" nennt. Sie haben klangvolle Namen wie „Goldrevue" oder „Echo der aktuellen Frau" oder so ähnlich und verleiten durch ihr buntes Äußeres und nicht zuletzt durch ihre Schlagzeilen zum Kauf (ja, richtig gelesen, da wird nichts nur noch heruntergeladen, sondern tatsächlich in Papierform gekauft).

Schlagzeilen allein genügen natürlich nicht, um sich ein fundiertes Urteil zu bilden. Doch wer in erster Linie „unterhalten" werden will, hat vielleicht gar nicht das Bedürfnis, sich auch ein „Urteil" zu bilden. Obwohl: Bildet man sich nicht automatisch auch beim Lesen ein Urteil? Ich erinnere mich beispielsweise noch an die Schlagzeile „Wir waren in unserer Ehe immer zu dritt", mit der über das unglückliche Leben

Prinzessin Dianas an der Seite ihres gefühlsmäßig anderweitig gebundenen Ehemannes Prinz Charles berichtet wurde. Und natürlich haben sich Tausende Leserinnen beim Lesen sofort ein Urteil gebildet: Es lautete nicht selten „der Mistkerl" oder „die arme Frau" oder Ähnliches.

Im Zusammenhang mit Schlagzeilen wird heute vor allem in den sozialen Medien immer wieder schnell deutlich, dass Menschen, wenn sie unqualifizierte Kommentare abliefern, die entsprechenden Artikel dazu überhaupt nicht gelesen, sondern lediglich auf die Überschrift geachtet haben. Natürlich könnte man sich im Umkehrschluss fragen, ob es an der Qualität der Überschriften liegt, die Nutzer zu Kommentaren veranlassen, die inhaltlich weder korrekt noch sinnvoll sind. Damit sind wir dann wieder zurück bei der Regenbogenpresse, denn wenn es um Qualität von Schlagzeilen geht, ist sie ganz vorn mit dabei. Allerdings ist es offenbar so, dass die Verantwortlichen Qualität ganz anders definieren als zum Beispiel jemand wie ich. Für die Betreiber der Gazetten bedeutet Qualität, dass im Printbereich die Auflage hoch ist und dass es online viele Klicks gibt, dass der Rubel rollt also. Für mich ist Qualität in diesem Bereich nur so etwas Unbedeutendes wie „sauber recherchiert" oder „wahrheitsgemäß berichtet". Damit kann zumindest die Regenbogenpresse für meinen Geschmack so gar nicht punkten. Das ist der Grund, warum ich mich normalerweise fernhalte von Blättchen und Formaten dieser Art.

Doch ich kann nicht hier über Dinge schimpfen und wild herumkritisieren, ohne Belege dafür abzuliefern (ich bin ja schließlich nicht Donald Trump). Ich habe mich also dazu entschlossen, den Selbstversuch zu machen und beim letzten Einkauf zähneknirschend drei dieser bunten Blättchen mit in den Einkaufswagen gelegt. Vorsichtshalber habe ich zusätzlich zur Mund-Nasen-Bedeckung auch noch eine Mütze aufgesetzt. Unter der Maske war ich gänzlich ungeschminkt (da muss ich gerade an den genialen Spruch „Ungeschminkt sein ist gut für die Haut, aber leider nicht für das Aussehen" denken – sorry an die mir gerade unbekannte Verfasserin für das Ausleihen ihres geistigen Eigentums ohne jede Gegenleistung, melde dich, und ich mache es dann irgendwie wieder gut) und das nach einem arbeitsreichen Tag im Home Office – Augenränder haben mich also noch zusätzlich entstellt, sodass mich hoffentlich niemand erkennen konnte.

Allein die Reaktionen zu Hause waren danach schon bezeichnend: „Was kaufst du denn für einen Scheiß?", „Das ist wohl nicht dein Ernst, oder?", „In welchem Wartezimmer hast du die denn geklaut?", „Na das ist ja genau die richtige Lektüre fürs Klo."

Ich sitze nun also hier und nehme mir das erste Blatt vor. Es zeigt im Mittelpunkt breit grinsend Florian Silbereisen, und die dazugehörige Schlagzeile lautet: „Sein Weihnachten mit Helene" … Ja sind die etwa? Ist das denn die Möglichkeit? Auf Seite 8 muss man sich dann allerdings erst durch ein längeres Interview mit Florian Silbereisen quälen, um dann zu erfahren, dass „sein Weihnachten mit Helene" darin besteht, am 1. Feiertag die Helene-Fischer-Show im TV zu schauen. Wenn das nicht Vorspiegelung falscher Tatsachen in Reinform ist. Okay, ist es nicht, man baut auf die Fantasie und die Sensationslust der Leserinnen. Einige von ihnen, die möglicherweise der irrigen Hoffnung anheimgefallen sind, dass diese beiden liebenswerten Menschen vielleicht wieder ein Paar sein könnten, werden natürlich bei der Lektüre bitter enttäuscht. Aber das Leben ist nun einmal kein Ponyhof. Immerhin, um den Florian muss man sich aber ab sofort trotzdem keine Sorgen mehr machen. Denn auf Seite 8 ist ebenfalls zu lesen: „Man muss kein Astrologe sein, um zu wissen: 2021 wird sein Jahr!" Ich gebe zu, jetzt bin ich wirklich erleichtert. Damit ist die Spannung aber auch schon wieder verpufft. Die restlichen „Informationen" verteilen sich auf ein paar unvorteilhafte Fotos von Fürstin Charlene von Monaco, einen Jahresrückblick darüber, wer „uns erfreut" und wer „uns enttäuscht" hat. „Silvester wird schick" erfahre ich noch und dann war es das auch schon.

Illustrierte Nummer 2 hat ein etwas festeres Cover und wirkt dadurch einen Hauch hochwertiger. Vielleicht liegt es auch daran, dass auf dem Titel gleich zwei Kronen abgebildet sind. Die fette Schlagzeile dazu lautet: „Victoria: Ihr Triumph über Kate." Das ist an mir glatt wieder vorbeigegangen, dass die zwei offenbar einen Wettstreit ausgetragen haben. Es geht dabei wohl um die Frage, wer sich „Königin der Herzen" nennen darf, und offensichtlich hat die schwedische Thronfolgerin da die Nase vorn. Immerhin darf sich Kate dafür „Vorzeige-Mama" nennen, das ist doch auch schon mal etwas. Ich arbeite mich durch den Blätterwald hindurch, finde aber wirklich nichts, was mich dazu bewegen würde, auf einer Doppelseite zu verharren. Lediglich ein Bericht über die Mandelhaine auf Gran Canaria weckt mein Interesse. Aber Reisen steht momentan nicht ganz oben auf der Liste und nur Bilder gucken ist dann auch irgendwie blöd. Zwei Seiten später werde ich darüber informiert, dass der Schauspieler XY weiß, dass viel trinken und Mineralstoffe wichtig sind, um Infekte abzuwehren. Das beruhigt mich nun wirklich kolossal, aber damit bin ich dann auch schon wieder mit diesem Exemplar fertig.

Bei Illustrierter Nummer 3 lockt der Aufmacher „Günther Jauch: Überraschende Lebensbeichte S. 72/73". Wer dahinter vielleicht einen Skandal oder ein Melodrama vermutet und gleich die Seiten 2 bis 71 überschlägt, um die ganze Aufmerksamkeit einer zweiseitigen Story zu widmen, wird herb enttäuscht: Gerade mal eine knappe halbe Seite lang ist die „Lebensbeichte", in der man eigentlich nur erfährt, dass er recht hartnäckig um seine Frau geworben hat, indem er immer wieder in einer bestimmten Kneipe vor der Damentoilette auf sie gewartet hat. Dazu ein übergroßes Foto und fertig. Wer sich die Mühe gemacht hat, die Seiten 2 bis 71 zumindest zu überfliegen, erfährt, dass Helene die Normalität zurückerobern möchte (das Patentrezept dazu würde mich tatsächlich interessieren) und dass Inka Bause alles hinschmeißt (garniert mit der unheilschwangeren Überschrift: „Oh nein, was ist denn da los?"). Das Rezept für Hackbraten mit Käse-Speck-Kruste liest sich sogar ganz lecker. Wenn ich gleich daran denke, die Seite herauszureißen, hat sich die Investition von 1,89 Euro fast gelohnt.

Viel Lärm um nichts also – so könnte man das zusammenfassen, was von den meisten Blättern als „brandaktuell" vermarktet wird. Man könnte auch „Fake-News" brüllen und ein Riesenfass aufmachen. Aber was würde das bringen? Ich mache das in meinen Augen einzig Richtige: Ich beende dieses Experiment und befülle nun nach vollzogener Lektüre, die vielleicht insgesamt eine knappe Viertelstunde eingenommen hat, meine Altpapierkiste.

Gedanken zum Wendler

Doch eine Person aus diesem Kitsch-Universum hat in der letzten Zeit aus mir unerklärlichem Grund immer wieder meine Aufmerksamkeit geweckt, und schon oft musste ich mir kritische Fragen des Nachwuchses anhören, warum ich mir denn Nachrichten über den überhaupt „gebe" und warum ausgerechnet der mich nicht so kalt lässt, wie der Rest der Unterferner-liefen-Pseudo-Promi-Riege. Es geht um den einzigen Möchtegern-Star, dessen Nachnamen ein bestimmter Artikel vorangestellt wird: der Wendler bzw. in diesem Fall müsste es grammatisch korrekt vermutlich heißen „den" Wendler.

Dieser zusammengesetzte Begriff allein ist für mich schon gleichbedeutend mit Fremdscham. Psychologen der Universität Marburg haben übrigens nachgewiesen, dass beim Fremdschämen offenbar die gleichen Areale im Gehirn aktiviert werden wie beim Mitleid dafür, dass andere Menschen körperliche Schmerzen erleiden. Aber ist das die Begründung dafür, dass ich nicht gähnend über Wendler-News hinwegklicke, -wische oder -blättere? Wirklich Mitleid?

Meine Erklärung ist eine andere und natürlich noch nicht einmal halb so wissenschaftlich. Ich glaube inzwischen einfach, dass Fremdschämen ein Gemütszustand ist, der sich bewusst provozieren und genießen lässt. Es gibt ja zum Beispiel auch genügend Menschen, die sich gerne Horrorfilme anschauen, die sich dem „Thrill", dem Nervenkitzel, hingeben und das Gruseln toll finden. Auf diese Idee käme ich zum Beispiel nie, dafür ist mir mein seelisches Gleichgewicht zu wichtig. Das nimmt aber beispielsweise beim Fremdschämen keinen Schaden – zumindest noch keinen erkennbaren. Im Gegenteil: Als Lästerschwester der alten Schule kann ich es durchaus ein wenig genießen, wenn sich Menschen aus freien Stücken und voller Überzeugung aufs Peinlichste und vor allem in aller Öffentlichkeit produzieren.

Vielleicht liegt es aber auch einfach an Oliver Pocher, der – was natürlich auch nicht gerade die feine Art ist – ständig und immer wieder den Finger in diese öffentliche intellektuelle Wunde legt und damit seinerseits ständig in den Schlagzeilen landet. Ob das am Ende besser oder schlechter ist und ob Herr Pocher nicht eventuell den Staub, den er aufwirbelt, auch vor seiner eigenen Haustür kehren könnte, diese Bewertung sei jedem selbst überlassen. Fakt ist, dass ich dank Herrn Pocher mehr über den Wendler erfahren habe und erfahre, als ich das aus eigenem Antrieb heraus jemals geschafft hätte.

Alles begann mit einer inzwischen legendären Video-Persiflage – danach kannte auch ich das Lied „Egal", wusste, dass es eine Frau namens Laura gibt, die ihr Schatziii so sehr liebt, dass sie ihm nicht nur einen nagelneuen Pick-up vor die Tür stellt, sondern den Angebeteten schließlich auch ehelicht. Ich erfuhr dann bei einer weiterführenden Medienrecherche, dass sie bereits die eine oder andere RTL-Sendung optisch bereichert haben soll und dass auch der Wendler selbst seinen Karrierehöhepunkt bei diesem Sender an der Seite von Dieter Bohlen in der Jury von „Deutschland sucht den Superstar" (DSDS) erleben sollte. Sollte! Doch dann kam alles anders.

Anstatt alle bisherigen Unkenrufe Lügen zu strafen und zu zeigen, dass da womöglich wirklich Potenzial in ihm steckt und er den Millionenvertrag nicht ohne Grund angeboten bekommen hat, verstrickt sich dieser Mensch während der Corona-Pandemie in ein Netz aus wirren Gedanken und Verschwörungstheorien und redet sich fortan einfach nur noch um Kopf und Kragen. Und anstatt nach einem medienwirksamen Absturz (Werbepartner ziehen sich zurück, Verträge werden gecancelt, eine Hiobsbotschaft jagt die nächste) einfach mal ein wenig im Hintergrund zu bleiben, inszeniert er dann auch noch diese Sache mit dem Adventskalender für seine Frau Laura (oder sie oder beide).

Jeden Tag im Dezember darf sie ein Türchen öffnen und hinter jedem Türchen verbirgt sich ein Geschenk, so kostspielig, dass Ottilie Normalverbraucherin vermutlich eines davon nur mit sehr viel Glück zum Geburtstag, zu Weihnachten und zu Ostern zusammen bekommen hätte. Das sei Laura von Herzen gegönnt, denn das muss ja nun wirklich wahre Liebe sein, allerdings wäre es vermutlich cleverer vom Wendler gewesen, wenn er seine Liebe auf eine andere Weise gezeigt hätte, zum Beispiel indem er sie nicht mit hineinzieht in seine immer größer werdende mediale Misere.

Doch die beiden scheinen nicht nur seelenverwandt zu sein, sondern teilen sich offenbar auch eine ausgewachsene Profilneurose. Nur so ist es zu erklären, dass Laura aus jedem Tag und jedem Türchen-Öffnen ein Social-Media-Event macht und alle ihre Follower teilhaben lässt an ihrem Luxusglück. Doch da ist wieder der böse Oliver Pocher, der hemmungs- und schonungslos seine investigativen Fähigkeiten einsetzt und das Ganze als große Fake-Show mit hohem Plagiatanteil enttarnt.

Unabhängig davon versorgt der Mann, der sich selbst nicht nur als „German King of Pop", sondern offenbar auch als Heils- und Weisheitsbringer wahrnimmt, seine Fans (und davon gibt es augenscheinlich immer noch sehr viele) fast schon notorisch mit fragwürdigen Infos und noch fragwürdigerem Geschwurbel – vorzugsweise auf einer für meinen Geschmack extrem fragwürdigen Plattform namens „Telegram". Dort schimpft er auch gerne und ausführlich über böse, gleichgeschaltete Medien. Diese berichten im Übrigen zum Jahresende 2020 hin, dass der Wendler gerade sein „großes Comeback" im TV bejubelt. Beinahe zeitgleich erscheint aber auch eine Meldung, der Wendler habe den Papst kritisiert. Was für eine merkwürdige Konstellation! Jetzt haben sie mich an der Angel, jetzt will ich genauer wissen, was dahintersteckt (obwohl mir natürlich bewusst ist, dass das jetzt vermutlich so weitergeht und mein persönliches, auf

Basis meiner Netzaktivitäten entstehendes Nachrichtenangebot sich dadurch qualitativ sicher nicht verbessern wird) und surfe ein wenig durch die verschiedenen Online-Artikel, die ich zu meinen Suchbegriffen finde.

Nun gut: Was als Ankündigung eines großen Comebacks möglicherweise viele neugierig macht und dadurch für Klicks sorgt, entpuppt sich als die bereits abgedrehten Folgen von DSDS, bei denen der Wendler noch mitgewirkt hatte, bevor er dann alles hinschmiss. RTL hat sich zunächst entschlossen, diese Folgen dennoch zu senden. Nicht mehr und nicht weniger. Noch vor der Ausstrahlung der neuesten Staffel zeichnen indes die Leser des Internetmagazins „dwdl.de" (die Bedeutung der Buchstaben ist auch trotz intensiver Recherche nicht herauszubekommen, vielleicht stehen sie für „der Wendler denkt langsam" oder „der Wendler dankt Laura", vielleicht aber auch für „Deutschland will dringend lästern" – EGAL!) die Show bereits mit dem „Goldenen Günter" aus und wählen sie so zur „ultimativen Peinlichkeit des Jahres 2020".

Der Sender RTL reagiert übrigens auf seine eigene Weise: Während der ersten ausgestrahlten Casting-Folge dürfen sich die Zuschauer über eingeblendete Fotos, „Memes" und Kommentare freuen, die den Wendler auf jede nur erdenkliche Weise hochnehmen. Das zumindest entnehme ich den Medien, da ich zu denen gehöre, die sich die Sendung nicht angeschaut haben. Ob das nach dem Desaster wenigstens positiven Einfluss auf die Quote nimmt, ob bei der nächsten Folge mehr oder weniger Menschen einschalten werden in der Hoffnung oder Befürchtung, dass es so weitergeht, das steht zu diesem Zeitpunkt noch in den Sternen. Doch Halt! Noch während ich dies schreibe, hat der Wendler erneut für Schlagzeilen gesorgt. Um seiner Missbilligung hinsichtlich der erneut verschärften Corona-Maßnahmen Ausdruck zu verleihen, hat er auf seinem Telegram-Account folgende empörte Frage gepostet: „KZ Deutschland?", was RTL nun zum Anlass genommen hat, ihn restlos aus den noch verbleibenden Casting-Folgen herauszuschneiden. Natürlich hat der Wendler die beiden Buchstaben nur als Abkürzung für etwas ganz anderes als das allgemein damit Verbundene verwendet. Das zumindest behauptet er schon bald vehement. In seinem Telegram-Account ist daraufhin zu lesen: „KRISEN ZENTRUM DEUTSCHLAND?" Beim Googlen danach bin ich übrigens versehentlich zunächst auf des Wendlers Zweitaccount gelandet. Dort wurde ich begrüßt mit den Worten: „Mein 2. Kanal falls der echte gesperrt wird." Das nenne ich mal clever! Satzzeichen sind übrigens obsolet.

Obwohl man nun eigentlich wirklich genug von Verwirrungen aller Art zu lesen und zu hören bekommen hat, komme ich doch noch mal auf die Sache mit der Papstkritik zurück. Bei meiner Recherche dazu habe ich nämlich ein Foto gefunden, auf dem auch wieder eine Telegram-Nachricht des Wendlers zu sehen ist. In Großbuchstaben empört er sich dort, dass der Pabst (sic!) ein Unterstützer des Great Reset sei. Als in Verschwörungstheorien nicht besonders Bewanderte muss ich nun auch noch „Great Reset" googlen und erfahre, dass es sich dabei um eine neue Weltwirtschaftsordnung handelt, die angeblich von einer globalen Finanzelite geplant und bereits in Gang gesetzt wurde und der die Corona-Pandemie nun in die Hände spielt. Alles klar, jetzt verstehe auch ich, was gemeint ist.

Wendlers scharfsinnige Schlussfolgerung entspringt übrigens einer von ihm geteilten Mitteilung von Eva Herman, die ihrerseits inzwischen ebenfalls in erster Linie dadurch glänzt, Verschwörungstheorien und erstaunliches Gedankengut als die eine und echte Wahrheit auf Telegram zu verbreiten. Im aktuellen Fall regt sich die früher sehr seriös wirkende ehemalige Tagesschau-Sprecherin und inzwischen langjährige Verbreiterin steiler Thesen beispielsweise wahnsinnig darüber auf, dass der Papst zur Bewältigung der Pandemie seine Hoffnung auf einen Impfstoff setze, der mit Zellen von abgetriebenen Föten hergestellt werde. Eine solche Nachricht greifen dann sogar – allerdings mit anderen Vorzeichen – auch wieder die „normalen" Medien vor dem Hintergrund des Clickbaitings gerne auf.

Das mit den Föten klingt erst mal richtig gruselig, sodass ich mich nun auch hier noch schlaumachen muss, was es damit auf sich haben könnte (und allmählich verstehe, wie sich Halbwahrheiten in Windeseile verbreiten können, wenn genau dieser Schritt nicht erfolgt). Der Vollständigkeit halber also: Der Corona-Impfstoff enthält Zelllinien, also Zellen einer bestimmten Gewebeart, die in der Tat von zwei abgetriebenen Föten stammen. Die Schwangerschaftsabbrüche fanden jedoch bereits in den 60er-Jahren in Schweden statt. Sie wurden nicht zum Zweck der Forschung durchgeführt, sondern aus persönlichen Gründen und waren legal. Die daraus hervorgegangenen Zelllinien werden bereits seit Jahrzehnten in der Forschung als Wirtszellen verwendet, um Viren zu züchten, zu erforschen und letztlich zu bekämpfen. Forscher schätzen, dass mithilfe dieser Zelllinien Impfstoffe produziert werden konnten, die rund 4,5 Milliarden Krankheiten verhindern konnten und etwa 10,3 Millionen Leben gerettet haben.

Damit kann man Eva Herman und den Wendler aber nicht überzeugen. Das entspringt ja alles der „gleichgeschalteten Presse", die auftragsgemäß die Impfung preist anstatt die Giftspritze (O-Ton der Wendler) zu verurteilen. Immerhin glauben sich aber Eva Herman und der Wendler gegenseitig. Und hören sich gegenseitig zu. Deshalb darf auch nur Eva Herman den Wendler interviewen. Und vielleicht auch, weil sie ihn mit einer historischen Persönlichkeit vergleicht: „Es hat mich an Martin Luther erinnert, der gesagt hat: Hier stehe ich, ich kann nicht anders."

Dass er nicht anders kann, davon darf man getrost überzeugt sein. Dass er als ein weiterer großer Reformator in die Geschichte eingehen wird, darf hingegen bezweifelt werden. Was bleibt, ist die Erkenntnis, dass sich jeder selbst so gut blamiert, wie er kann. Was ebenfalls bleibt, ist die Frage, was bei ihm schiefgelaufen sein könnte. Damit ist quasi nahtlos der Übergang zum nächsten Thema geschaffen: Was stimmt eigentlich nicht mit diesen Querdenkern und anderen „kritischen" Geistern, die sich zurzeit auf unterschiedlichen Wegen und mit immer wieder neuen Ansätzen Gehör verschaffen (wollen)?

Von Corona-Leugnern und Querdenkern

Es gab mal eine Zeit, da konnte der Begriff Querdenker durchaus in einem positiven Zusammenhang erscheinen. Als Querdenker galten früher einmal Menschen, die vielleicht nicht ganz geschmeidig, aber dafür in der Lage sind, komplexe Zusammenhänge zu erkennen und gleichzeitig zu differenzieren. Menschen, die auch einmal im wahrsten Sinne des Wortes um die Ecke denken oder gar über den sprichwörtlichen Tellerrand hinausschauen können.

Seit in der Corona-Pandemie allerdings selbsternannte Querdenker lautstark ihre Rechte einfordern, sich auf zweifelhafte Weise gegen eine vermeintliche Diktatur wehren und dabei viele andere Menschen durch ihren Egoismus wissentlich in Gefahr bringen, ist der Begriff Querdenker zumindest für mich leider nur noch negativ konnotiert. Seit das Virus von allen Bereichen des gesellschaftlichen Lebens Besitz ergriffen hat, ist nichts mehr, wie es einmal war. In der momentanen Situation sind für mich Querdenker in erster Linie leider nur Menschen, die Dinge glauben oder verbreiten, welche von belächelnswerter Desinformation bis hin zu gefährlichem Schwachsinn reichen.

Nehmen wir zum Beispiel einmal Sucharit Bhakdi. Er war einmal ein renommierter Mikrobiologe, befindet sich aber seit acht Jahren im Ruhestand. Das, was er in seinen YouTube-Videos als selbsternannter Experte thematisiert, war auch in seinen aktiven Zeiten offenbar nicht eigentlicher Gegenstand seiner Forschungen. Und offenbar gefällt es ihm nicht, dass die Inhalte seiner Videos von überzeugten Corona-Leugnern immer wieder zur deren kruder Argumentation herangezogen werden. Vielmehr fühlt er sich missverstanden. Aber erst, seit der Vorwurf laut wurde, er sei ein Corona-Leugner. Er hält das Virus nach eigener Aussage für eine durchaus ernst zu nehmende Infektionskrankheit, hat aber in seinem Buch „Corona – Fehlalarm?" die Maßnahmen zur Eindämmung der Pandemie scharf verurteilt und dazu aufgerufen, die Maske abzunehmen. Das wiederum spielt eingefleischten Corona-Leugnern eindeutig in die Karten, die es als große Belastung empfinden, wenn sie zum Einkaufen im Supermarkt Mund und Nase mit einem Stück Stoff bedecken müssen (EDIT: seit Ende Januar mit einer medizinischen oder einer FFP2-Maske). Dazu muss man dann auch wissen, dass sich auch ein Herr Bhakdi „erniedrigt" fühlt, wenn er in einem Flugzeug eine Maske tragen muss.

Was die Corona-Impfung betrifft, behauptet Bhakdi, sie ziehe schwere Nebenwirkungen nach sich, nennt aber keine Quellen dafür und mehrere Faktenchecks haben ergeben, dass seine Aussagen ungenau und oft übertrieben sind. Zudem sagt er, dass keiner der Studienteilnehmer im Vorfeld an Vorerkrankungen gelitten habe. Das ist schlicht und ergreifend falsch und wurde eindeutig widerlegt. Ebenso hat man seine übrigen Argumente mehrfach einem seriösen Faktencheck unterzogen und herausgefunden, dass nichts so dramatisch ist, wie er es darstellt. Dennoch gibt es beispielsweise eine Online-Petition, in der sich jemand auf Sucharit Bhakdi beruft und seine Kompetenz unter anderem darin begründet sieht, dass dieser „erimitierter" Professor der Gutenberg-Universität in Mainz sei. Ich selbst bin ungebildet, ich weiß nicht was „erimitiert" bedeutet und musste im Fremdwörterlexikon nachschauen. Leider habe ich den Begriff auch dort nicht gefunden. Aber ich vermute nun ganz forsch, der Petitionssteller könnte das Attribut „emeritiert" gemeint haben. Na ja, so ein kleiner Vertipper, das kann ja mal passieren. Da muss man ja nicht gleich Schlimmeres in Bezug auf den Geisteszustand befürchten.

Viel interessanter ist in diesem Zusammenhang aber, dass sich die Universitätsmedizin und das Institut für Medizinische Mikrobiologie und Hygiene eben dieser Gutenberg-Universität an entscheidenden Stellen von Bhakdis Positionen distanzieren, da sie sie als irreführend und falsch betrachten. Nur der Vollständigkeit halber sei hier übrigens erwähnt, dass Sucharit Bhakdi im vergangenen Dezember ausgezeichnet wurde: Er erhielt den Satirepreis „Goldenes Brett vorm Kopf" für seine unwissenschaftlichen Verharmlosungen der Covid-19-Pandemie.

Auch interessant ist der Werdegang Attila Hildmanns: Dieser ehemals als Vegan-Koch bekannte und durchaus auch erfolgreiche Herr erzählt seinen Anhängern nun lieber von dem drohenden Völkermord aufgrund der bevorstehenden Zwangsimpfung, vom nahtlosen Übergang in eine Diktatur, vom bösen Bill Gates, der die Weltherrschaft schon längst an sich gerissen hat und von Untergrund-Laboren, in denen an Kindern experimentiert wird. Doch bevor er sich von einer neuen Weltelite unterjochen lässt, will er sich mit Waffengewalt wehren und lieber sterben, als ein Leben lang Sklave zu sein. Diese leidenschaftlich getätigte Aussage rief dann sogar die Kriminalpolizei zu Ermittlungen auf den Plan. Eigentlich könnte man ja wirklich laut lachen über all diese geistigen Verirrungen und Verwirrungen. Aber es hängen 60.000 Follower an den Lippen dieses Mannes und da hört der Spaß dann irgendwann auf. Da sind mir dann doch diejenigen lieber, die ich persönlich einfach nur als „ein bisschen irre, aber harmlos" empfinde. Menschen wie „Jana aus Kassel" zum Beispiel.

Jana aus Kassel gelangt durch einen Auftritt der besonderen Art zu trauriger Berühmtheit. Man fragt sich bei diesem Auftritt automatisch, was da in der Kindheit schiefgelaufen sein könnte. Zumindest an der Vollständigkeit ihrer Schulbildung darf gezweifelt werden, fühlt sie sich doch wie Sophie Scholl (was sie von einer Redekarte abliest), da sie seit Monaten aktiv im Widerstand sei, Reden halte, auf Demos gehe, Flyer verteile und auch – „seit gestern" – Versammlungen anmelde. Außerdem fühlt sie sich der Widerstandskämpferin, die nebenbei bemerkt nicht nur für

ihre Überzeugung im Kampf gegen den Nationalsozi-
alismus ihr Leben riskierte, sondern selbiges schließlich auch verlor, offenbar besonders nahe, weil sie
auch gerade 22 Jahre alt ist (wohingegen Sophie
Scholl dieses Alter erst gar nicht erreichen durfte – sie
wurde im Alter von 21 Jahren von den Nazis hinge-
richtet). Das Ganze ruft Jana aus Kassel leicht stam-
melnd von einer Bühne herunter, und als jemand
schließlich vor diese Bühne tritt und mitteilt, dass er
für einen solchen Schwachsinn „keinen Ordner mehr"
mache, fragt sie sich (halb ins Mikro, halb daneben
gesprochen), von welchem Schwachsinn dieser Jemand eigentlich spreche und teilt ihm mit, dass sie
doch „gar nichts gesagt" habe (was rein inhaltlich
auch den Tatsachen entspricht). Irgendwann verlässt
sie, die vorher mit großem Pathos verkündet hatte,
dass sie „nie aufhören wird zu kämpfen", dann heulend die Bühne. Was von diesem Auftritt bleibt, sind
neben einer fetten Portion Fremdscham viele großartige Persiflagen. So ist zum Beispiel im Netz vom
ZDF Magazin Royale das herrliche Video „Jana aus
Kassel – Das Musical" zu sehen, das die Banalität der
auf der Querdenker-Demo lauthals verkündeten Aussagen mit herrlichem Wortwitz und auf musikalisch
wunderschöne Weise auf die Schippe nimmt. Ein kul-
tureller Hochgenuss. Es muss also definitiv nicht immer das „Original" sein.

Leider sind es mittlerweile sehr viele Menschen,
die nicht gerade kognitiv überzeugen, aber dafür laut

und heftig und dank des Internets mit großer Reichweite ihren geistigen Kompost unters Volk bringen. Wie mir geht es übrigens vielen anderen, die davon auf die eine oder andere Weise Kenntnis erlangen, auch. Sie benutzen dann in den sozialen Medien Worte wie „Leerdenker" oder „Verquerdenker", um ihrer Fassungslosigkeit darüber Ausdruck zu verleihen, dass es tatsächlich möglich ist, dass so wenig Inhalt auf so viel Aufmerksamkeit stößt.

Einige asiatische Länder haben es vorgemacht, wie man verantwortungsbewusst und phasenweise durchaus erfolgreich mit der Pandemie umgehen kann. Das sind aber Länder, in denen Selbstdisziplin ohnehin etwas größer geschrieben wird als bei uns. Dort jammert keiner, wenn man sich gerade mal nicht mit zwanzig Leuten zum gemütlichen Betrinken treffen darf, hier wird gleich aus vermeintlich berufenem Munde von „Diktatur" gesprochen. Und unter nahezu jedem Online-Artikel, der sich mit den Maßnahmen befasst, wird das eigene kritische Denkvermögen gerne auf folgende oder ähnliche Weise unter Beweis stellt: „Kann es sein, dass unsere Regierung gar kein Interesse daran hat, uns die Grundrechte wieder zurückzugeben? Im Lockdown haben sie uns doch so schön unter Kontrolle."

Auf solche Kommentare folgen dann zum Glück immer viele Gegenreaktionen, etwa mit Fragen, wo man denn Grundrechte entwendet habe oder mit dem

Hinweis, dass der Staat selbst nicht das geringste Interesse daran habe, alles an die Wand zu fahren, sondern lediglich nach einem gangbaren Weg in die Normalität zurück bei gleichzeitig maximalem Schutz der Menschen suche. Manchmal sind die Reaktionen auch etwas ironischer, etwa, dass man froh sein könne, wenn Menschen wie der Fragensteller „unter Kontrolle" seien. Wenn also der kritische Geist so richtig Gegenwind erhalten hat, kann es passieren, dass er mangels Argumente ein anderes Ass aus dem Ärmel zieht: „Hab ich's wieder mal geschafft, einigen den Blutdruck hochzujagen. Geil, wie dieser Provokations-Post durch die Decke geht." Aus dem kritischen Denker wird also übergangslos ein raffinierter Provokateur. Natürlich, das ist die einzige Möglichkeit, das Gesicht zu wahren, denn eine logische Erklärung für sein Gesabbel kann er ja natürlich nicht liefern.

Leider gibt es aber nicht nur Gegenwind für solche verbalen Auswürfe, sondern auch Zustimmung unterschiedlicher Art. Entweder nutzen andere kritische Geister die Möglichkeit, selbst auch einmal kurzzeitig auf der Kommentarbühne ein wenig allgemeine Aufmerksamkeit zu erhaschen oder es geht ihnen einfach nur darum, ihren Anspruch auf ihre individuelle Freiheit lautstark einzufordern. Mehr denn je sollte jedoch klar werden, dass neben dem im Grundgesetz verankerten Recht auf individuelle Freiheit jeder Mensch auch eine Verantwortung in der und für die Gesellschaft hat. Das scheinen viele der Querdenkenden nicht wirklich realisiert zu haben.

Übrigens, zwar ein bisschen aus dem Zusammenhang gerissen, aber da es mir gerade einfällt: Besonders lustig finde ich es, wenn in der allgemeinen Berichterstattung von „Corona-Gegnern" die Rede ist. Sind wir denn nicht alle „Corona-Gegner"? Als würde es in diesem ganzen unschönen Schlamassel auch nur einen „Corona-Freund" oder „Corona-Befürworter" geben, der diesem vollkommen überflüssigen Virus wohlgesonnen ist. Diese sprachliche Ungenauigkeit trägt zusätzlich dazu bei, dass vieles in diesem Zusammenhang einfach nur absurd wirkt. Genauso absurd, wie die Tatsache, dass die „Querdenker-Demos" zu allem Überfluss auch noch eine willkommene Bühne sind für Menschen mit rechtsradikalem und anderem inakzeptablem Gedankengut in ihren kranken Köpfen. Das ist nun etwas, das man leider gar nicht mit Humor nehmen kann. Es ist einfach nur beängstigend zu sehen, wohin Teile dieser Gesellschaft abdriften – manche als Überzeugungstäter, manche als Mitläufer, manche einfach nur schrecklich einseitig informiert und offenbar auch etwas simpler strukturiert.

Nach wie vor gibt es erschreckend viele Infizierte, erschreckend viele Tote und nach wie vor immer noch erschreckend viele Menschen, die selbst angesichts abgebildeter Kühlcontainer für Leichen als Erstes mit den Hinweis dahergetorkelt kommen, die Statistiken seien manipuliert, und man möge doch bitte ganz klar unterscheiden, ob die „an" oder „mit" Corona verstorben seien, schließlich gebe es in der Statistik auch Unfalltote, bei denen das Virus nachgewiesen sei. Natürlich wird „die Statistik" Fehler enthalten, und natürlich lässt sich über die Wirksamkeit der ergriffenen Maßnahmen diskutieren, aber das ändert doch nichts an der Tatsache, dass man Corona und seine fatalen Auswirkungen verdammt ernst nehmen muss.

Leider reagieren diese Leute aber häufig und gerne, sobald sie mit reellen oder gar sachlichen Argumenten konfrontiert werden, umgehend mit Plattitüden wie „Herr wirf Hirn vom Himmel" und beenden damit eine konstruktive Diskussion, bevor sie beginnen konnte. Wenn ich so etwas dann mitlese, denke ich automatisch an ein Zitat aus der Bergpredigt: „Warum siehst du den Splitter im Auge deines Bruders, aber den Balken in deinem Auge bemerkst du nicht?" (Matthäus 7,3)

Außerdem fällt mir in diesem Zusammenhang (Stichwort „an oder mit Corona") spontan ein witziger Sticker ein, den ich kürzlich auf WhatsApp erhalten habe und der auf sehr besondere Weise diese mit Vehemenz geforderte Differenzierung ad absurdum führt:

Sie: „Findest du, dass ich in der Quarantäne zugenommen habe?"

Er: „Na ja, du warst nie richtig schlank."

Todeszeit: 16.23 Uhr

Todesursache: Corona

(Verfasser: mir leider unbekannt)

Donald Trump

Vor ziemlich genau vier Jahren habe ich begonnen, Gedanken über Donald Trump aufzuschreiben. Damals war er gerade erst zum Präsidenten der Vereinigten Staaten gewählt worden. Zu dieser Zeit fand ich seine in meinen Augen doch recht stark eingeschränkte Wahrnehmung der Welt noch irgendwie amüsant. Doch das Amüsement wich im Laufe der Zeit einer immer größer werdenden Fassungslosigkeit. Dennoch hätte ich es lange Zeit nicht für möglich gehalten, dass diese stark eingeschränkte Wahrnehmung das wertvolle Gut der Demokratie so extrem gefährden könnte, wie es kürzlich geschehen ist. Zum Glück hat am Ende die Demokratie gesiegt. Der 20. Januar 2021 ist ein überaus denkwürdiger Tag, denn mit der Inauguration von Joe Biden wurde das Kapitel „POTUS Trump" zumindest offiziell endlich ad acta gelegt. Immerhin hat Donald J. Trump mit seinem großkotzigen Gehabe, seiner Überheblichkeit, seiner unendlichen Arroganz und nicht zuletzt seinen vielen Fehlentscheidungen, die er allein aus egoistischen Motiven getroffen hat, dazu beigetragen, dass ich George W. Bush jetzt rückblickend fast schon für einen richtig netten Kerl halte.

Nach wie vor gibt es allerdings auch genügend Deutsche, die der Ansicht sind, Donald Trump habe als Präsident einen wirklich guten Job gemacht (den besten!), denn unter seiner Ägide habe es zum Beispiel keine Kriege gegeben (stimmt, wenn man seine

Drohnenkriegsführung einmal großzügig außen vor lässt) und er sei auch hierzulande Opfer einer Hetzkampagne der bösen Medien. Jedem, der diese Meinung vertritt, sei dies unbenommen. Meine Meinung ist da eine andere und da braucht es auch gar keine vermeintlich tendenziösen Presseberichte über ihn. Da genügt es, sich seinen Habitus auf den vielen bewegten Bilder anzuschauen (wenn er beispielsweise Leute grob und respektlos einfach wegschiebt, weil er sich selbst für die wichtigste Person auf einem Foto hält und daher auf jeden Fall im Vordergrund stehen muss) oder sich seine verbalen Auswürfe in den sozialen Medien zu Gemüte zu führen.

Niemand liebt Superlative so sehr wie Donald Trump. Bei ihm ist alles „am meisten": Er der erfolgreichste Präsident aller Zeiten. Seine Gattin ist natürlich dementsprechend die Spitzenreiterin unter allen je dagewesenen First Ladies. Meryl Streep hingegen, die noch vor seinem Amtsantritt gewagt hatte, ihn zu kritisieren, erhielt von ihm automatisch aus diesem Grund das Prädikat „am meisten überschätzte Schauspielerin aller Zeiten". Aber ehrlich: Wie kann sie es auch wagen, ihm nicht bedingungslos zu huldigen? Pfui, Meryl! Doch so macht sich eben jeder die Welt, wie sie ihm gefällt.

Gefühlt jeden Tag, teilweise auch jeden Tag mehrmals, seitdem Joe Biden zum Wahlsieger erklärt wurde (deutlicher übrigens, als Trump seinerzeit Hillary Clinton besiegt hatte), wiederholt Trump in unterschiedlichen Versionen seine Mär von der gestohlenen Wahl. Wer das positiv sehen möchte, könnte vielleicht denken: Der hat Durchhaltevermögen, das zeigt Kampfgeist. Für mich ist er allerdings nur eine notorische Nervensäge, ein selbstverliebter Mensch, der einfach nicht akzeptieren will, dass die Mehrheit der restlichen Amerikaner ihn offenbar nicht für so großartig hält, wie er sich selbst.

Manchmal, in sehr seltenen Fällen, dehnt er seine Selbstverliebtheit auch auf sein näheres Umfeld aus. So tweetet er am 1. Weihnachtsfeiertag die Feststellung, seine Frau sei die beste First Lady aller Zeiten gewesen (natürlich, sie ist ja auch *seine* First Lady, da kann sie ja nur die Beste sein) und retweetet dann eine Nachricht des Magazins Breitbart von nationaler Bedeutung: Dort beschwert sich der Verfasser darüber, dass die „Snobs der Modepresse" die „eleganteste First Lady" (man beachte: der nächste Superlativ!), die die Vereinigten Staaten jemals gesehen haben, vier Jahre lang von den Covern der Magazine verbannt hätten. Und das, obwohl sie zuvor als international anerkanntes Model ihre Brötchen verdient hat! Dem kann der gute Donald natürlich nur zustimmen, erhält dadurch sein ewiges Gejammer über „Fake News", wenn ihm etwas nicht passt, einmal von einer ganz anderen Seite Nahrung.

Richtiger wird die Behauptung des Breitbart-Schreibers aber auch dadurch nicht, denn die Presse hat sich sehr wohl immer wieder mal mit Melanias Outfits beschäftigt, allerdings manchmal auch kritisch, was natürlich nicht gerne gesehen wurde und was die First Lady auch einmal veranlasst hat, sich als

„meistgemobbten Menschen der Welt" zu bezeichnen. Auch so kann selektive Wahrnehmung aussehen.

Am 2. Weihnachtsfeiertag nennt Donald Trump den Supreme Court, als dieser nicht zu seinen Gunsten entscheidet, „völlig inkompetent und schwach". „Wir haben den absoluten Beweis, aber sie wollen es nicht sehen." Aha! Das ist aber auch eine Unverschämtheit von diesem Supreme Court, dass die Mitglieder da jetzt nicht nach seiner Pfeife tanzen, wo er doch immerhin drei der Richter selbst ernannt und damit eine konservative Mehrheit auf viele Jahre gesichert hat. Konservativ, das heißt natürlich auch, dass man Donald Trump, den Konservativen, in jeder Hinsicht unterstützen und ihm immer recht geben muss. Also wie um alles in der Welt kommen diese Richter denn jetzt dazu, sich ein eigenes Urteil zu bilden und das auch noch anhand von Fakten? Wo bleibt der Deal? Unglaublich!!!

Wenn schon der Supreme Court nicht mitzieht, muss eben weiter Stimmung gemacht werden. Quasi jeden Tag ist daher unter mindestens einem seiner Tweets zu lesen: „This claim about election fraud is disputed" – diese Behauptung über Wahlbetrug ist umstritten. Zu guter Letzt wird sich Twitter dann gezwungen sehen, den Account dauerhaft zu sperren.

Der Jahreswechsel steht schon unmittelbar bevor, da tut Donald, der Notorische, es wieder: Er lässt die Wahl in Wisconsin anfechten. Und immer noch kann er sich in all seinen trotzigen Versuchen, das Unabwendbare, eindeutig Belegte doch noch zu seinen

Gunsten umzuswitchen, seiner lautstarken Fans sicher sein, die ihn in den Netzwerken unterstützen und die für ihn spenden – weiter und weiter und immer weiter. Absolut lukrativ, wenn man bedenkt, dass der geringste Anteil dieser Gelder tatsächlich der „Aufklärungsarbeit" des „Wahlbetrugs" zugutekommt, aber das ist offenbar in den Augen seiner Jünger nicht weiter relevant.

Auch in deutschsprachigen Kommentarspalten hat Donald Trump nach wie vor seine Fanbase. Dort wird gerne einmal der Untergang der Medien herbeigeredet, weil diese nicht anerkennen, dass es doch wirklich stichhaltige Beweise für Wahlbetrug gebe. So echauffiert sich ein Nutzer beispielsweise, dass niemand darüber berichtet habe, dass aufgrund eines Wasserrohrbruchs der Zutritt zu einem bestimmten Wahllokal in den Staaten gesperrt gewesen sei. Und genau in dem Moment hätten natürlich die Demokraten Boxen geholt mit „Stimmzetteln nur für Biden" und hätten diese in die Maschinen geworfen. Und alles sei „auf Videoband" aufgenommen worden. Auf die Frage nach einem Link für die Videoaufnahme als Beweis und die Frage nach einer Quelle verschwindet der Nutzer seltsamerweise in der Versenkung und wird zumindest in diesem Artikel als Kommentator nicht mehr gesehen.

Aber ganz ehrlich, wer braucht auch schon Beweise? Es genügt doch, wenn Donald SAGT, dass es Wahlbetrug war. Zum krönenden Abschluss dieser eigentlich nicht mehr zu überbietenden Liederlichkeiten wird schließlich noch von mehreren Medien der Mitschnitt eines Telefonats veröffentlicht, in dem Donald Trump offensichtlich den Wahlleiter von Georgia massiv unter Druck gesetzt und de facto bedroht hat, noch Stimmen zu „finden", die das Ergebnis der Wahl in diesem Bundesstaat zu Trumps Gunsten verändern. Dieser Wahlleiter hat – im Gegensatz zu vielen republikanischen Politikern, die mit Blick auf eigene Wiederwahlen oder aus Feigheit dem Irrsinn Trumps lange gefolgt sind – meinen vollen Respekt. Sich mit einem narzisstischen Choleriker anzulegen ist sicher nichts, was an Nr. 1 einer jeden persönlichen Bucket List steht.

Sprach ich eben von einem „krönenden Abschluss"? Man glaubt es kaum, aber es gibt doch noch eine Steigerung. Am Tag, an dem im Washingtoner Kapitol Joe Biden auch formell als nächster Präsident anerkannt werden soll, bricht in der US-Hauptstadt das Chaos aus. Ein randalierender Mob völlig eskalierter Trump-Fans stürmt das Kapitol und erschüttert auf beispiellose Weise die Werte der einst anerkanntesten Demokratie der Welt. Von ihrem Idol Trump zuvor in einer Rede noch einmal kräftig angestachelt, skandieren sie „Stoppt den Diebstahl". Bezeichnenderweise spricht Trumps offenbar ebenso verblendete Tochter Ivanka auf Twitter zunächst von „Patrioten", löscht dies aber später in einem Anfall von Cleverness wieder. Trump selbst fordert die Aufständler zwar via Twitter halbherzig zum Rückzug auf, nennt sie aber „etwas ganz Besonderes", spricht davon, dass er sie liebt und wiederholt dann schnell noch einmal seine unbelegten Behauptungen über den Wahlbetrug.

Am Ende des Wahnsinns ist nicht nur das Twitter-Konto des Präsidenten dauerhaft gesperrt – andere soziale Netzwerke ziehen nach und die Demokraten leiten ein weiteres Amtsenthebungsverfahren ein. Mehrfach werden Befürchtungen laut, es könne „noch Schlimmeres" passieren, weil Donald Trump „mental nicht gesund" sei. Meine Worte, seit vier Jahren!

In den letzten Stunden seiner Amtszeit begnadigt er noch seinen ehemaligen Chefstrategen Steve Bannon, der wegen Betrugs angeklagt war. Den hatte er zwar, wie so viele andere, gefeuert, als er ihm nicht nützlich erschien, aber vielleicht hofft er nun mit seiner Begnadigung, sich die Dienste eines guten Unterstützers für seine Mission „Make Donald Great Again" zu sichern. Spontan fällt mir dabei der Spruch „Gleich und gleich gesellt sich gern" ein.

Was bleibt nun schließlich von Präsident Donald Trump? Er war, und das ist sicher nicht nur meine persönliche Einschätzung, ein Präsident ohne diplomatisches Geschick, ohne Empathie, ohne jegliche menschliche Größe. The real Donald tönte „America first" und meinte eigentlich „Donald first", verfolgte also mitnichten die verbindende Prämisse „wir zuerst", sondern setzte auf ein eher spaltendes „ich zuerst".

Doch etwas Positives bleibt von ihm dennoch. Er hat bei mir zumindest vier Jahre lang für zusätzliche

Bewegung gesorgt. Tag für Tag habe ich den Kopf ge-schüttelt in einer Intensität wie nie zuvor in meinem Leben.

Prioritäten

„Ich zuerst" scheint auch die Devise vieler Menschen zu sein, die sich sehr schwer damit tun, sich in der Pandemie einzuschränken und auf eigenes Entertainment zu verzichten im Sinne des großen Ganzen. Somit kann man, je nachdem, wo die jeweiligen Prioritäten liegen, auch schon einmal von ausgewachsenem Egoismus sprechen. „Ich möchte endlich mal wieder besoffen Leute anpöbeln dürfen", fällt mir dazu ein Ausspruch ein, den ich neulich auf Facebook las. Nun, das ist etwas, das jetzt auf meiner Prioritätenliste nicht so ganz oben angesiedelt ist, aber jedem das Seine. Zunächst einmal zumindest.

Gerade in Zeiten der Pandemie sind unterschiedliche Prioritäten normal. Ich habe zum Beispiel großes Verständnis für die Jugend, die sich in Zeiten wie diesen besonders eingesperrt fühlt und vermutlich mehr als die meisten anderen wieder ohne schlechtes Gewissen in großen Gruppen unterwegs sein und feiern möchte. Kein Verständnis habe ich für diejenigen Jugendlichen, die sich derzeit aber tatsächlich über die Regularien hinwegsetzen und sich einfach die Freiheit nehmen, die sie haben wollen. Feiern kann ganz klar nicht Priorität Nummer 1 sein, wenn eine Vielzahl an Menschen dadurch Gefahr läuft, auf Intensivstationen zu landen, wo man schließlich um ihr Leben kämpfen muss.

Doch es sind nicht nur Jugendliche, die auf nicht nachvollziehbare Weise auf ihre Freiheit und ihre Bedürfnisse pochen. Wie oft in der letzten Zeit musste man den Medien entnehmen, dass es wieder einmal einen Corona-Ausbruch zu beklagen gibt im Zusammenhang mit Glaubensgemeinschaften, die offenbar der Ansicht sind, dass die Einschränkungen, die mit der Corona-Schutzverordnung einhergehen, für sie doch ganz sicher nicht gelten können. Immerhin wähnen sie sich ja im Auftrag und im Dienste des Herrn bei ihrem sakralen Tun. Es ist ja sehr schön, dass sie in ihrem Glauben offenbar Trost, Hoffnung und Kraft für diese schwierige Situation finden. Noch schöner wäre es, wenn aus den singenden Mündern ausschließlich Lobpreisungen herauskämen und nicht virenverseuchte Aerosole, die sich in Windeseile verbreiten, je lauter der Gesang wird. Da man das aber weder sehen noch hören kann, ist Singen aus gutem Grund tabu und das gilt eben auch für die besonders Gläubigen. Dummerweise ist es nämlich so, dass sie dadurch sehr großes Unheil anrichten können und auch angerichtet haben. Wenn dann sogar noch herauskommt, dass sich einige auf ganz geschickte Weise einer drohenden Quarantäne zu entziehen versuchen, muss man sich allen Ernstes fragen, wie „Nächstenliebe" bei solchen Menschen denn eigentlich definiert wird.

Aber ich will jetzt ganz sicher nicht den moralapostolischen Finger heben. Ich bin nur manchmal ein kleines bisschen sauer über die vielen Uneinsichtigen, die ihre eigenen Prioritäten über alles andere stellen.

In diesem Zusammenhang kommt mir einer der Facebook-Kommentare in den Sinn, der mir in der letzten Zeit wahrhaftig aus der Seele gesprochen hat. Dessen Verfasser hatte es nicht so sehr mit Diplomatie. Vielmehr beschimpfte er die Dauernörgler und schwor dabei, „jedem Schwachkopf, der noch ein einziges Mal was vom schlimmsten Weihnachten aller Zeiten faselt", einen Silvesterböller um die Ohren zu hauen. Zu diesem Zeitpunkt war offenbar noch nicht klar, dass es keinen Verkauf von Böllern geben würde. Aber im Stillen konnte ich ihm nur recht geben.

Ganz übel verhält es sich mit denen, die der festen Überzeugung sind, „die da oben" in der Regierung wollten uns mit all diesen Maßnahmen und Einschränkungen gängeln, unterdrücken und klein und gefügig halten. Menschen, die sich aus Überzeugung an diese Regeln halten, werden als „Schlafschafe" belächelt, nur weil bei einigen besonders Lauten ihr Egoismus Priorität Nummer 1 besitzt. Es scheint, dass dieser Egoismus bei diesen besonders Lauten so stark ausgeprägt ist, dass er den gesunden Menschenverstand auf Standby setzt, sofern er denn vorhanden ist. Mit dem lateinischen Begriff unserer Gattung, „Homo sapiens" meint man sinngemäß den wissenden Menschen, sapiens bedeutet übersetzt so viel wie verständig, vernünftig, klug, gescheit, weise, einsichtsvoll. All diese Attribute vermisst man allerdings bei den besonders lauten Leuten schmerzlich. Da fragt man sich zwangsläufig, ob es sich denn wirklich irgendwie „lohnen" muss, besonders Schützenswerte auch durch das eigene Verhalten zu schützen und nicht dem eigenen Vergnügen zuliebe in Gefahr zu bringen.

Wer das Glück hat, sich mit einem Senioren unterhalten zu können, den die Pandemie noch nicht dahingerafft hat, dem es glücklicherweise immer noch gut geht, weil er sich sehr vor- und umsichtig verhält und sich in einem vor- und umsichtigen Umfeld bewegt, der erfährt auf eine besondere Weise, warum einige vorzugsweise egoistische Prioritäten in Lockdown-Zeiten leicht überzogen anmuten. Denn wer tatsächlich noch erlebt hat, wie es ist, wenn einem Bomben um die Ohren sausen, wenn man in einem muffigen Keller sitzt voller Angst, dass man das Tageslicht nicht mehr zu sehen bekommt oder wer sich noch gut an Hunger und Elend und Frieren in bitterster Kälte erinnern kann, dem muss es schon sehr albern vorkommen, wenn Leute sich beschweren, dass es keine Weihnachtsmärkte gibt und wie furchtbar es doch ist, dass man noch nicht mal mehr einen Glühwein am Stand trinken oder holen darf (weil entweder der Herdentrieb oder die Gewohnheit die Menschen offensichtlich dazu verleiten, an diesem Stand gemeinsam mit etlichen anderen zu verweilen). Meine Güte, dann macht man den Glühwein eben zu Hause selbst und gibt sich im heimischen Vorgarten die Kante. Ab der dritten Tasse merkt man eh nicht mehr, wo man ist und kann sich, wenn man am nächsten Morgen verkatert aufwacht, in dem guten Gefühl sonnen, auf diese Weise vielleicht sogar irgendein Menschenleben gerettet zu haben.

Doch auch abseits der Pandemie gilt es, Prioritäten zu setzen. In der Arbeitswelt beispielsweise. Im Allgemeinen versteht man unter dem Begriff Priorität den Vorrang einer Sache. Das Ziel dabei ist, Ergebnisse schneller und im günstigsten Fall sogar besser zu erreichen. So muss man sich natürlich die Frage stellen, wie man sich selbst seine eigenen Aufgaben am besten einteilt, allerdings gilt es auch zu überlegen, ob es sinnvoll sein könnte, ob nicht auch ein anderer das aus dem einen oder anderen Grund übernehmen könnte. Das Stichwort in diesem Zusammenhang lautet Effizienz. Das Gegenteil von Effizienz ist Ineffizienz, doch davon mehr in einem gesonderten Kapitel (s. „Amtsschimmel").

Prioritäten helfen auch dabei, in einem chaotischen Alltag die Orientierung zu behalten. Manchmal fällt es schwer, alle Aufgaben und Verpflichtungen so zu strukturieren, dass man den Überblick behält. Vielfach hält man sich zu lange an Kleinigkeiten auf und oft kommt auch noch Unvorhergesehenes dazwischen. Wer bewusst Prioritäten setzt, befasst sich mit der Frage: Was ist mir wichtig?

Die beiden jugendlichen Personen in meinem Haushalt zum Beispiel checken ihre Nachrichten offenbar nach einem festen Schema und somit nach Prioritäten: Die noch schulpflichtige Person schaut zuerst auf Teams nach (wie löblich), und wenn das erledigt ist, erfolgt ab dann bei beiden die gleiche Rangordnung: Es fängt an mit WhatsApp, dann Snapchat und erst zum Schluss Instagram.

Da ich schon einmal bei den Prioritäten der Jugend angelangt bin: Beide legen großen Wert auf üppige Mahlzeiten, allerdings würde sie jederzeit ihre Priorität eher auf das Frühstück als auf das Mittagessen legen, während er sich auch schon einmal die Reste der Lasagne vom Vorabend zum „Frühstück" reinpfeift, also deutlich mehr Wert auf eine warme als eine kalte Mahlzeit legt.

Natürlich sind Prioritäten immer auch Ansichtssache. Seit die Pandemie das Land im Griff hat, ist es beispielsweise für hartgesottene Fußballfans nahezu unerträglich, dass sie ihren favorisierten Verein nicht oder nur in kleinster Anzahl im Stadion unterstützen können. Wer hingegen mit Fußball wenig am Hut hat, fragt sich, ob es nicht noch Unwichtigeres geben könnte, über das sich scheinbar weite Teile der Nation den Kopf zerbrechen. Das Gleiche gilt für Menschen, für die geschlossene Skipisten im Winter das größte Unglück sind, während Menschen, die nicht Ski fahren, nicht begreifen können, wie man sich von etwas so Unwichtigem derart zermürben lassen kann.

Wichtig ist am Ende, dass man sich über seine Prioritäten im Klaren ist. Wer noch einen Schritt weitergehen möchte, kann sich überlegen, ob er mit ihrer Erfüllung nur sich oder vielleicht auch noch ein paar anderen einen Gefallen tut. Letzteres wäre im Zweifelsfall unbedingt der zu bevorzugende Weg.

Wo ist der Respekt geblieben?

Was beim ersten flüchtigen Hinhören zunächst klingt wie eine Textzeile aus dem Liedklassiker „In der Weihnachtsbäckerei", soll hier ein etwas ernsteres Thema einläuten.

Man sagt, Respekt ist und bleibt die wertvollste Währung. Dem kann ich mich nur uneingeschränkt anschließen. Respekt vor anderen Menschen zu haben, bedeutet, ihnen Achtung entgegenzubringen. Ein respektvolles Verhalten meint die Fähigkeit, gegenteilige Meinungen zu akzeptieren und unter Umständen auch einmal Rücksicht zu nehmen. Jeder Mensch hat das Bedürfnis, respektvoll behandelt zu werden. Im Gegenzug ist es daher die Pflicht jedes Menschen, selbst respektvoll zu handeln. Das ist allerdings etwas, das manchen scheinbar wirklich schwerfällt.

In diesem Zusammenhang fällt mir der Begriff „Kinderstube" ein. In meiner Kinderstube wurde Respekt sehr großgeschrieben. Vielleicht sogar ein wenig zu groß, aber das ist auch ein bisschen dem Zeitgeist geschuldet. Manche Dinge halte ich heute dementsprechend immer noch für sehr wichtig, andere wiederum sind obsolet. So halte ich beispielsweise die Aufforderung, beim Gruß doch immer „das schöne Händchen" zu geben, für überholt. Nicht erst seit Corona ist bekannt, dass übermäßiges Händeschütteln – egal, ob mit dem schönen oder dem offensichtlich nicht so schönen Händchen – nichts Gutes nach sich zieht. Was ich aber immer noch für wichtig halte, ist das höfliche Grüßen. Überhaupt Höflichkeit: Sie hat vielerlei Gesichter. Man kann höflich mit jemandem sprechen oder auch auf der anderen Seite höflich schweigen. Beides ist auf seine Weise dazu gedacht, zur Gefühlswelt des Gegenübers etwas Gutes beizutragen.

Höflichkeit und Respekt liegen sehr nahe beieinander. Das kann man sehr gut am Beispiel der Pünktlichkeit erkennen. Wenn jemand zum Beispiel permanent unpünktlich ist, ist das für denjenigen, der warten muss, nicht nur extrem nervtötend, sondern es vermittelt ihm auch das Gefühl, nicht wertgeschätzt zu werden. Wer sich jedoch bemüht, pünktlich zu sein, geht damit auch respektvoll mit der Zeit anderer Menschen um. Ich selbst bin leider öfter einmal einer der „Auf-den-letzten-Drücker"-Fraktion. Das liegt daran, dass ich mich schnell einmal mit irgendwelchen Dingen verzettele oder mir noch etwas einfällt, was ich dringend erledigen muss oder sich mir plötzlich unerwartete Hindernisse in den Weg stellen. Doch ich habe es mir vor langer Zeit schon zur Angewohnheit gemacht, Bescheid zu geben, wenn es mehr als fünf Minuten sind, die über den vereinbarten Zeitpunkt hinausgehen. Auf diese Weise lasse ich zumindest niemanden im Ungewissen warten. Außerdem bitte ich im Anschluss für meine Verspätung um Entschuldigung – als Zeichen meines Respektes.

Ein Ort, an dem man sehr häufig mit respektlosem Verhalten konfrontiert wird, ist das Internet. In den

Kommentarspalten sozialer Medien geht es manchmal gar nicht so sozial zu. Vielmehr fragt man sich häufig, was in den Köpfen der Menschen vorgeht, die andere mal eben so als „idiotisch" bezeichnen, nur weil sie eine andere Meinung vertreten. Ich selbst habe mich darüber einmal in meinen eigenen vier „Online-Wänden" ausgelassen, habe geschrieben, wie sehr es mich nervt, ständig Zeuge von respektlosem Verhalten zu werden, „von ekstatisch ausgelebtem Egoismus, von mal eben so dahingeschlotzter Geringschätzung anderer Menschen. […] Ernst gemeinte oder besorgte Beiträge werden mit Lachsmileys verhöhnt oder mit Beleidigungen versehen, Mahnungen zur Vernunft mit empathielosen Antworten quittiert." Da liest man dann schon einmal „Was willst du arme Wurst hier eigentlich sagen? Wenn man schon auf dein Profil guckt, sieht man, was für ein Loser du bist" oder auch „Lern doch erst mal Deutsch!". (Sprach's und beglückte die Leserschaft im nächsten Satz mit der Schreibweise Sierenen. Kein Kommentar …)

So oder so ähnlich erlebt man es Tag für Tag. Man muss vermutlich hinnehmen, dass es einem Großteil der im Netz Agierenden schlicht und ergreifend egal ist, dass ihr provokantes Verhalten möglicherweise Gefühle verletzt. Das hängt auch damit zusammen, dass manche sich in vermeintlicher Anonymität hinter der Tastatur oder am Smartphone sicherer fühlen und dadurch „mutiger" werden, als wenn sie ihre Meinung am Stammtisch in einer Runde strammer Biertrinker zum Besten geben müssten. Nun kann man darüber zwar vortrefflich lamentieren, aber ändern wird man dadurch vermutlich nicht sehr viel. Hinzu kommt, dass Respekt auch eine Sache ist, die sehr subjektiv empfunden wird. Mancher fühlt sich möglicherweise schon respektlos behandelt, wo ein anderer noch denkt, er habe nur einen netten kleinen Witz gemacht.

Doch vor lauter Virtualität könnte man glatt vergessen, dass Respektlosigkeit natürlich auch im realen Leben vorkommt, so zum Beispiel in der Arbeitswelt. Ich erinnere mich mal an eine Mittagspause, die schon sehr lange her ist. Da saß ich inmitten einer Männerrunde (ich weiß selbst nicht mehr, wie es dazu kommen konnte) und wurde nicht nur Zeuge, sondern Teil eines Gespräches, das in seinem Verlauf zotiger und zotiger wurde und eindeutig in eine doch eher frauenfeindliche Richtung driftete. Nun bin ich beileibe keine von den ganz radikalen Feministinnen, im Gegenteil: Je nach Schwerpunktthema lache ich und mache auch schon einmal mit bei den Zoten, denn ich halte vieles, was seinen Ursprung eher in fanatischer Motivation hat, für kontraproduktiv. Da das offenbar bekannt war, nahm man auch nicht allzu viele Blätter vor den Mund.

Irgendwann wurde es dann aber doch selbst mir zu bunt und ich entschloss mich, es der illustren Runde mit gleicher Münze heimzuzahlen. Betretenes Schweigen war das Ergebnis. Ob es mir dabei gelungen ist, zu vermitteln, dass der Übergang zwischen „Ich habe doch bloß einen Witz gemacht" und respektlosem Verhalten fließend ist, entzieht sich meiner

Kenntnis – in dieser Konstellation ist die Runde danach nicht mehr zusammengekommen. Ein Schelm, wer Böses dabei denkt.

Um nun wieder zum Anfang dieses Themas zurückzukehren: Die einen vermissen das Rezept, die anderen den Respekt. Humor kann in beiden Fällen sehr hilfreich sein. Und er ist im Zweifel das beste Rezept, um auf mangelnden Respekt zu reagieren.

Was bleibt vom positiven Denken?

Hiermit stellt sich gleich die nächste Frage und es folgt sogar ein Ansatz, diese Frage zu beantworten. Vor längerer Zeit habe ich zu Beginn eines Jahres angefangen, eine Art Online-Tagebuch zu schreiben und dies auf einem Blog zu veröffentlichen. Grundtenor und Zweck der Übung dabei waren, das positive Denken in den Vordergrund zu rücken und an jedem Tag etwas Gutes zu finden sowie Miesepetrigkeit und Dauerpessimismus keine Chance zu lassen. Das Ganze habe ich ein Jahr lang durchgehalten. Ein nicht immer einfaches Unterfangen. Auf jeden Fall hat mich dieser Selbstversuch aber damals gelehrt, dass sehr vieles mit einer positiven Grundeinstellung besser zu handhaben ist. Die Frage ist natürlich, wie lange geht so etwas gut, wenn das Experiment beendet ist und man es nicht mehr ganz so intensiv betreibt mit dem positiven Denken.

Natürlich – zu dieser Erkenntnis bin ich auch damals bereits gelangt – gibt es immer mal Situationen, in denen nicht alles so läuft, wie man das gerne hätte. Und gerade im „Corona-Jahr" 2020 gab es solche Situationen im Übermaß und nicht selten hat man gedacht: Neee, das jetzt nicht auch noch! Viel zu viel von dem, was für uns alle zuvor noch so selbstverständlich war, ging auf einmal nicht mehr. Heute scheint es zum Beispiel unendlich weit weg zu sein, dass man tatsächlich mal einen Urlaub gebucht hat,

und das einzige „Problem" daran waren vielleicht un-
günstige Flugzeiten. Heute wäre man froh, wenn man
– vom Umweltgedanken einmal abgesehen – einfach
sorglos in ein Flugzeug steigen könnte, völlig egal, ob
es morgens um 6 Uhr oder abends um 10 Uhr ist.

Was aber in diesem Zusammenhang vom positiven
Denken bleibt, ist die Fähigkeit, sich darauf zu besinnen, dass solcherlei Einschränkungen eigentlich weitestgehend ohne Probleme hingenommen werden
können. Klar, die Lebensqualität wird eingeschränkt,
aber gleichzeitig wird das Bewusstsein für alles andere geschärft, was noch möglich ist. Dabei weiß ich
natürlich selbst, dass es viele in dieser Krise besonders hart trifft: Die einen arbeiten am absoluten Limit
und die anderen können beziehungsweise dürfen nicht
arbeiten und haben große existenzielle Sorgen. Mit
diesem Wissen ist es dann noch ein wenig leichter, de-
mütig und dankbar zu sein. Dankbar, wenn man das
große Glück hat, den Lockdown unter günstigsten Voraussetzungen zu erleben: Das Arbeiten im Home
Office ist möglich und die Kinder sind schon längst
aus dem Gröbsten heraus und darüber hinaus so strukturiert, dass man nicht noch zusätzlich ein Auge auf
sie haben muss. Vier Leute, die gleichzeitig ins Bad
wollen, sind zwar nicht der Traum vom Glück, aber
das ist ein Luxusproblem, das man leicht in den Griff
bekommt. Ebenso bietet die nähere Umgebung im
ländlichen Bereich nach wie vor alle Möglichkeiten,
um sich ein bisschen frische Luft um die Nase wehen
zu lassen und sich die Beine zu vertreten, ohne dabei

auf Menschenmassen zu treffen. Die Internetverbindung ist so stabil, dass ein Homeschooling in bester Qualität locker möglich wäre (so denn die Bildungsvermittelnden die entsprechenden Voraussetzungen dafür schaffen könnten) und auch den lokalen Einzelhandel kann man ein wenig unterstützen, indem man Dinge kauft, die einem zuvor per Videochat präsentiert worden sind.

In diesem Zusammenhang fällt mir sehr positiv auf, mit welcher Kreativität der Krise begegnet wird. Das fängt bei den vielen Geschäftsideen an, die mutige Menschen trotz unsicherer Zeiten einfach einmal umsetzen und hört bei den unzähligen Möglichkeiten auf, die man entdeckt, wenn es darum geht, einen Gläserschrank aus- oder umzuräumen. Manche nutzen ihr handwerkliches Geschick und ziehen mit einfachsten Mitteln erfolgreich einen kleinen Online-Laden auf. Andere entwickeln großartige Fähigkeiten darin, die Menschen in den sozialen Netzwerken auf wundervolle Weise zu unterhalten.

Vom positiven Denken bleibt auf jeden Fall auch, dass die Krise die Familie auf eine ganz neue Weise zusammengeschweißt hat und dass Jung und Alt im Bewusstsein dieser besonderen Situation mit einer Mischung aus Humor und Ernsthaftigkeit, aber auf jeden Fall mit aller Acht- und Sorgsamkeit auf teilweise völlig neuen Wegen miteinander umgehen.

Normalerweise wäre momentan der Karneval in den Sälen schon voll im Gange. Stattdessen ist jetzt alles viel ruhiger als sonst, natürlich auch viel weniger bunt, und der kalte Januar tut ein Übriges. Wenn man hieraus etwas Positives mitnehmen möchte, dann, dass man sich in der ungewohnten Ruhe und mangels Ablenkung auch über Dinge klar werden kann und sich auch einmal mit Themen befasst, die man sonst vielleicht aus Zeitmangel außen vor lässt. Dabei kann es auch dazu kommen, dass man sein Leben hinterfragt und sich ebenso die Frage stellt, ob es gut und sinnvoll ist, wenn „danach" alles wieder so wird wie „davor". Man mistet also nicht nur real aus (hierzu später mehr), sondern auch gedanklich. Das ist sicher nicht immer nur positiv, aber positiv daran ist, dass es eine Entwicklung in Gang setzt oder manchmal auch zu verspäteten Erkenntnissen führen kann.

Vom positiven Denken bleibt weiterhin, dass der Blick in der Krise geschärfter ist für die schönen Kleinigkeiten des Alltags. Als Beispiel sei ein Montagmorgen genannt, an dem man als Erstes die Nachricht eines übellaunigen Menschen zu lesen bekommt, der seine eigenen Bedürfnisse und Ansprüche an erster Stelle sieht und es eine Unverschämtheit findet, dass ich in einigen Dingen nicht mit seiner Sicht der Dinge übereinstimme. Wenn man also aufgrund einer solchen Nachricht fast schon geneigt ist, herumzuschimpfen, dass die Woche ja richtig sch... anfängt, und dann das Telefon klingelt und eine liebe Kollegin fragt, ob man einen Kaffee möchte, dann ist dieser vermeintliche Fehlstart in den Tag fast schon vergessen und die Aussicht auf einen Kaffee mutet an wie ein großes Freudenfest. Die Situation als solche wird dadurch zwar nicht verbessert, aber man kann sich der wohltuenden Erkenntnis überlassen, dass man es nicht ausschließlich mit Menschen zu tun hat, die sich wie Idioten aufführen.

Doch bei alledem zählt am Ende eigentlich nur, dass man diese Krise irgendwie gesund übersteht. Mein Bedauern darüber, dass dies vielen Menschen nicht vergönnt war und sein wird, ist unermesslich und mein Mitgefühl kennt keine Grenzen. Denen, die jetzt mit schlimmen Folgen zu kämpfen haben oder als Hinterbliebene mit dem Schicksal hadern, wünsche ich von Herzen, dass sie die Kraft des positiven Denkens für sich entdecken.

Gleichberechtigung im Haushalt

Ich gehöre zu den Glücklichen, die in Sachen Haushalt in einer wirklich gleichberechtigten Partnerschaft leben und damit offenbar eines der ganz großen Ziele bereits erreicht haben. „Eine Partnerschaft auf Augenhöhe beginnt im Haushalt", wird ein Beziehungscoach in einem Artikel der ZEIT zitiert.

Dann ist es wohl besagte Augenhöhe, wenn der Göttergatte sich einfach ohne große Worte den Feudel schnappt und loslegt, und sei es nur aus dem Grund, weil ich es wieder einmal nicht gemacht habe, weil ich vielleicht andere Dinge für wichtiger erachtet habe oder mal wieder nicht in die Pötte gekommen bin. An alle Herren, die sich durch so etwas womöglich immer noch in ihrer Männlichkeit verletzt fühlen (und die soll es ja tatsächlich geben): Lasst euch gesagt sein, DAS ist wirklich cool! Und es ist bestimmt nicht so, als würde ich mich dabei in dem Gefühl sonnen, der „Boss" zu sein. Das scheint ja auch immer noch ein weit verbreitetes Vorurteil zu sein. Aber das Gegenteil ist der Fall: Ich bin heilfroh über diese natürliche Souveränität.

Denn seien wir doch mal ehrlich: Es gibt doch kaum jemanden, der wirklich Freude an Hausarbeit hat. Streng genommen ist sie doch – abgesehen von Tätigkeiten wie Kochen, die tatsächlich noch in die Kategorie Hobby fallen könnten – ein lästiges Übel. Daher sehe ich es als Zeichen gegenseitigen Respekts und gegenseitiger Rücksichtnahme, wenn sich jeder auf seine Weise so einbringt, dass dieses lästige Übel nach Möglichkeit auf ein Minimum reduziert werden kann. Hinzu kommt, dass wir beide auch in allergrößter Not nicht allzu päpstlich sind und dann einmal lässig über bestimmte Dinge hinwegsehen können.

Natürlich ist mir bewusst, dass es auch ganz anders laufen kann. Ich beglückwünsche mich also schnell selbst einmal und richte meine Danksagung an meine Schwiegermutter, die sich konsequent geweigert hat, ihrem Sohnemann seinen Kram hinterherzuräumen und an die Ausbilder der Marine, die offenbar erfolgreich seinen Blick für die Dinge des Alltags geschärft haben.

Das einzige Problem bei all dem Glück: Manchmal drängt sich der Verdacht auf, dass wir uns hinsichtlich unserer jeweiligen Priorisierungen ein klein wenig besser absprechen könnten. Beide haben wir ein gewisses Bedürfnis nach Struktur und Ordnung, allerdings zum Teil recht unterschiedliche Vorstellungen davon. Während es ihm sehr wichtig ist, dass keinerlei Papiere unordentlich herumliegen, dienen eben diese Papiere für mich oft als Gedächtnisstützen. Sie erinnern mich vielleicht daran, dass ich zum Beispiel noch eine Rechnung überweisen (wobei ich so etwas meistens sofort erledige, aber manchmal kommt eben etwas dazwischen) oder irgendetwas Organisatorisches klären muss. Hat er also aufgeräumt, quasi Tabula rasa gemacht, sind diese Papiere für mich „aus den

Augen, aus dem Sinn". Da kann es dann schon einmal vorkommen, dass eine Zahlungserinnerung ins Haus flattert, die ich dann vollkommen fassungslos natürlich umgehend begleiche.

Etwas merkwürdig verhält es sich beim Thema „Klamotten". Während es passieren kann, dass von mir gebügelte und bereits in den Schrank gelegte Shirts wieder herausgenommen und neu gefaltet werden, weil ich das Format nicht marine-spindgerecht gewählt habe, reicht die Toleranz in Sachen „der Stuhl" ins Unermessliche. Jeder kennt diese Institution des Ablagestuhls. Bei uns gibt es sie in mindestens zwei Räumen, diese Sitzgelegenheit, auf der niemals jemand sitzen könnte, weil sie von einem Haufen Kleidung belegt ist, die nicht mehr frisch genug ist, um zurück in den Schrank zu wandern, aber noch viel zu frisch, um in die Wäsche geworfen zu werden.

Ich habe es glaube ich schon einmal erwähnt, dass ich niemand bin, den man als krankhaft ordnungsliebend bezeichnen würde, aber manchmal macht mich der Anblick des Stuhls wahnsinnig. Dann mache ich kurzerhand einen Rundumschlag, auch auf die Gefahr hin, dass mir später eröffnet wird, dass ich da eine vollkommen unnötige Aktion gestartet hätte. Wie gesagt: Bei den Prioritäten gibt es Angleichungsbedarf.

Irgendwo habe ich mal gelesen, dass die Übernahme der Arbeiten im Haushalt häufig immer noch einem traditionellen Rollenmuster entspricht: Frauen sind demnach eher mit der Wäsche und mit Putzen beschäftigt und Männer mit Rasenmähen und Bohren. Beim Thema Putzen kann ich das so – wie bereits beschrieben – nicht bestätigen, bei den anderen Dingen stelle ich fest, dass ich nicht das geringste Problem damit habe, einem „traditionellen" Rollenbild zu entsprechen. Ebenso wie ich nicht das Bedürfnis verspüre, durch motorische Fähigkeiten beim Reifenwechseln zu glänzen, fehlt mir der Ehrgeiz, mit der Schlagbohrmaschine umgehen zu können. Das speist sich aber vielleicht auch aus einem gewissen Überlebenstrieb heraus, denn meine Fähigkeiten in diesen Bereichen halten sich in überschaubaren Grenzen. Das kann man aber doch ändern, werden einige besonders Engagierte rufen wollen. Kann man, ja, muss man aber nicht.

Gleichberechtigung entsteht auch dann, wenn jeder die Möglichkeit hat, sich auf seine Kernkompetenzen zu besinnen. Von Beginn seiner Schullaufbahn an war daher ich diejenige, die den Nachwuchs konstruktiv, fördernd und fordernd begleitet hat. Das gehört ja nun irgendwie auch mit zum Haushalt. Ebenso bin ich bis zum heutigen Tag für jeglichen Schriftverkehr zuständig. Das ist etwas, das mir einfach leicht von der Hand geht und davon profitiert am Ende jeder.

Und wenn es schon um das Profitieren geht, darf hier ein Bereich nicht ausgespart werden: das Kochen, für den einen eine Angelegenheit, die eben dazu gehört, weil man zumindest ab und an eine warme Mahlzeit haben möchte und für den Hausgebrauch sogar ein paar nette, wohlschmeckende Rezepte vorhanden sind, für den anderen hingegen ein wunderbares Hobby. Ich verrate nicht zu viel, wenn ich sage: Wenn ich koche, ist es die Pflicht. Wenn er kocht, ist es die Kür. Mich kann kochen auch schon einmal stressen, ihn entspannt es. Das Ergebnis kann sich immer sehen lassen und ruft allgemeine Begeisterung hervor, und da übernehme ich doch mit Freuden die niederen Arbeiten wie Tisch denken und abräumen. Dazu kann man im Sinne der Gleichberechtigung natürlich auch noch andere Familienmitglieder einspannen. Die bekommen dann auch schon gleich mit, wie man die Dinge sinnvoll aufteilen kann. Spätestens jetzt haben wir es dann nicht mehr nur mit Gleichberechtigung zu tun, sondern mit einer klassischen Win-win-Situation. Was will man da noch mehr?

Im Supermarkt

Supermärkte sind etwas Tolles. Das Warenangebot ist umfangreich, die Vielfalt teilweise erschlagend und man findet wirklich alles, was das Herz begehrt. Dazu erschallen aus den Lautsprechern unzählige Hinweise auf Sonderangebote, nette Einkaufstipps fürs Abendessen und in der Vorweihnachtszeit auch gerne „Last Christmas" in Dauerschleife. In Zeiten des Lockdowns ist der Gang in den Supermarkt unterhaltungstechnisch nicht selten das Highlight des Tages. Allerdings kann er auch zum ungewollten Abenteuer werden.

Latschte man früher einfach irgendwie hinein, beginnt es heute damit, dass man in vielen Supermärkten oder Discountern verpflichtet ist, einen Einkaufswagen zu benutzen. „Damit kann man besser Abstand halten", erklärte mir jemand auf meine Frage hin, warum das nun Vorschrift sei. Meine Antwort dachte ich mir als friedliebender Mensch in diesem Fall nur: „Abstand halte ich im eigenen Interesse auch, wenn ich nur meinen Einkaufskorb am Arm trage. Dafür gibt es aber genügend Leute, die mir auch mit Einkaufswagen mehr auf die Pelle rücken, als mir lieb ist."

Da ich mich aber grundsätzlich an Regeln halte, und zwar so sehr, dass böse Zungen tatsächlich schon einmal meinten, mich als „obrigkeitshörig" bezeichnen zu müssen, nehme ich also selbstverständlich einen Einkaufswagen. Was sage ich selbstverständlich? Glaubt man den Medien, ist das keineswegs eine Selbstverständlichkeit. Im Süddeutschen hat offenbar ein Mann eine Angestellte, die ihn darauf hingewiesen hat, dass er einen Einkaufswagen mitnehmen müsse, derart angebrüllt und fertiggemacht, dass diese ein paar Tage lang arbeitsunfähig war. Für solche Ausraster fehlt mir dann doch irgendwie das Verständnis. Etwaige Bedenken hinsichtlich der Hygiene hätte man ja noch nachvollziehen können. Doch selbst diese werden von vielen Märkten inzwischen zerstreut, denn sie halten die Möglichkeit bereit, die vorher bereits von Tausenden Händen berührten Griffe des Wagens mittels Einmalhandtüchern und Desinfektionsmitteln zu dekontaminieren. Und selbst wenn nicht, hat auch jeder Supermarktbetreiber so etwas wie ein Hausrecht, auf das er sich berufen kann und das sollte man dann vielleicht auch einfach so akzeptieren.

Dennoch kann man sich natürlich mit der Frage nach der Sinnhaftigkeit beschäftigen, denn zumindest meine Erfahrung hat mich gelehrt, dass sehr viele Menschen offensichtlich nicht in der Lage sind, einen Einkaufswagen dem Verkehr des Supermarktes entsprechend angemessen zu führen. Das sind vermutlich dieselben, die sich später bei der Ausfahrt in die Linksabbiegerspur einreihen, um dann aber nach rechts auf die Straße zu fahren. Am Ende gestikulieren sie noch wild, weil man selbst sich bereits auf der rechten Spur befindet und dummerweise das Gleiche vorhat.

In einem Supermarkt gibt es unzählige Stellen, die man einfach nur als Nadelöhr bezeichnen kann, weil dort beispielsweise kurzfristig Produkte gelagert werden, die erst noch in die eigentlich dafür vorgesehenen Regale verräumt werden sollen. Außerdem gibt es vielfach Sonderregale mit Aktionsware, die nirgendwo anders Platz findet als mitten im Gang. Grundsätzlich ist das auch gar kein Problem, denn meistens werden diese Sonderregale dann so platziert, dass rechts und links davon noch genau eine Einkaufswagenbreite frei bleibt.

Clevere Einkäufer stellen ihren Wagen dann mit vernünftigem Abstand von solchen Nadelöhren ab, wenn sie ihn nicht jeden Meter mit sich führen wollen. Es gibt aber auch Menschen, die ihren Wagen tatsächlich so parken, dass ein Durchkommen schlicht nicht mehr möglich ist. Auch hier denke ich mir oft lieber meinen Teil und nehme den Umweg durch den vorherigen Gang in Kauf. Anderer Leute Wagen fasse ich in der Regel eher nicht an. Wer weiß, wo sie vorher mit ihren Händen waren und ein bisschen Hypochondrie sei mir gerade in diesen schweren Zeiten doch wirklich gegönnt.

Habe ich dann das Regal meiner Wahl schließlich erreicht, kann es natürlich passieren, dass sich jemand – mit oder ohne Wagen – keine zwanzig Zentimeter neben mir aufbaut und umständlich damit beginnt, jeden einzelnen Joghurtbecher auf Sorte und Mindesthaltbarkeitsdatum hin zu überprüfen. Sollte mein böser Blick über meine Maske hinweg überhaupt Beachtung finden, wird ihm mit Unverständnis begegnet. Vielleicht haben manche Menschen aber auch einfach nur Schwierigkeiten damit, die theoretisch geforderten 1,50 Meter im praktischen Leben umzusetzen.

Ich gebe zu, in solchen Situationen entdecke ich unschöne Charakterzüge an mir und mutiere ansatzweise zum Menschenhasser. Aber ich habe mir ja vorgenommen, möglichst alles irgendwie mit Humor zu nehmen. Also verpacke ich meine Erlebnisse im Supermarkt gerne in Anekdoten und versuche, sie zu Hause möglichst unterhaltsam unters Volk zu bringen. So zum Beispiel die Geschichte an der Wursttheke. Dort musste eine Fleischereifachverkäuferin eine Kundin ermahnen, hinter der auf dem Boden markierten Linie zu verweilen, damit der gebotene Abstand gewährleistet war. Die Versuche der Kundin, mit den Füßen hinter der Linie zu bleiben, aber sich dennoch mit Kopf und Oberkörper über die Theke zu beugen, um die Wurstwaren besser in Augenschein nehmen zu können, waren nicht nur lustig anzusehen, weil vollkommen zum Scheitern verurteilt, sondern hatten auch eine weitere Ermahnung der Verkäuferin zur Folge. Die Antwort der Kundin lautete daraufhin nur: „Wenn ich meine Brille nicht dabeihabe, muss ich eben näher rangehen. Ich sehe sonst nichts." Manchmal kann Logik so einfach sein.

Hat man seine Einkäufe im Supermarkt ohne größere Zwischenfälle erledigen können, kommt mit dem Bezahlvorgang an der Kasse noch einmal eine besondere Herausforderung auf die Einkaufenden zu. In „Friedenszeiten", also wenn nicht gerade eine Pandemie selbst einfachste Abläufe auf den Prüfstand stellt, ist es manchmal schon nicht nachvollziehbar, warum Menschen hinter einem am Kassenband denken, die Geschwindigkeit der Abläufe beeinflussen zu können, wenn sie nur nachdrücklich genug aufrücken und ihre Waren dicht hinter beziehungsweise fast in die des Vordermannes quetschen. In Zeiten aber, in denen Abstand halten das Gebot der Stunde ist, kann man es überhaupt nicht verstehen und zweifelt schon einmal an der Zurechnungsfähigkeit mancher Zeitgenossen.

Und dann gibt es natürlich auch noch diejenigen, die im Familienverbund „strategisch" einkaufen. Will heißen, sie bauen sich mindestens zu dritt an verschiedenen Kassen auf, die den Anschein erwecken, bald geöffnet zu werden, während andere Menschen sich brav in vorhandene Schlangen einreihen. Wenn es dann soweit ist, dass tatsächlich eine weitere Kasse geöffnet wird, erschallt aus einem der Münder ein triumphierendes „HIER" und der Rest der Bagage stürzt ohne Rücksicht auf Verluste an allen anderen vorbei.

Auch immer wieder ein Grund zu unbändiger Freude sind Leute, die nach getätigtem Einkauf an der Kasse verweilen, um zunächst umständlich ihr Wechselgeld nachzuzählen (was ja noch nachvollziehbar ist), es dann ebenso umständlich zu verstauen und dann damit beginnen, akribisch ihren Kassenbon zu überprüfen und mit dem Inhalt des Wagens abzugleichen. Um nicht falsch verstanden zu werden: Natürlich sollen diese Leute kontrollieren dürfen, ob bei ihrem Einkauf alles mit rechten Dingen zugegangen ist. Aber es wäre einfach zu schön, wenn sie bei aller Sorgfalt nicht vergessen würden, dass da noch weitere Personen gerne in den Genuss kämen, ihre eigenen Einkäufe bezahlen zu können, und sie daher für die Lektüre des Zettels vielleicht einfach ein, zwei Schritte beiseitetreten würden.

Aber so ist das eben mit allem, was auch nur im Ansatz gesunden Menschenverstand voraussetzt: Manchmal klappt es auf Anhieb und manchmal leider gar nicht. Dann bleibt nur, möglichst gelassen mit Situationen dieser Art umzugehen. Alles andere ist nicht gut fürs Herz und lässt die Haut noch eher altern, und das kann man nun gar nicht gebrauchen, wenn die Zahl 50 erst einmal überschritten ist.

Gutmütigkeit

In meinem eigenen Leben habe ich schon oft fest-gestellt, dass Gutmütigkeit schon auch einmal an Doofheit grenzen kann, nämlich genau dann, wenn man nicht in der Lage oder willens ist, zu erkennen, dass es auch Menschen gibt, die Gutmütigkeit scham-los ausnutzen. Inzwischen musste ich sogar feststel-len, dass diese Eigenschaft offensichtlich vererbbar ist und dass es Menschen gibt, die in direkter Linie mit mir verwandt sind und ebenfalls in die Kategorie „so gutmütig, dass man fast schon doof sagen könnte", fallen.

Gerissene Menschen beschweren sich lauthals über zu große Belastungen, und meistens werden sie ge-hört. Mitunter zieht man sie gar aus dem Verkehr, da-mit sie keinen Schaden nehmen. Gutmütige hingegen bekommen die Sonderschichten aufgedrückt. Nicht selten auch, weil sie nicht Nein sagen können und weil sie natürlich immer zu denen gehören, auf die man sich verlassen kann. Es ist für andere im Umgang mit sehr gutmütigen Menschen ja auch sehr einfach.

Wer gutmütig ist, hat auf jeden Fall mehr Arbeit, denn besonders die nicht gutmütigen Menschen er-kennen recht schnell, wenn sie es mit jemandem zu tun haben, an den sie lästige Aufgaben und Ähnliches schnell und einfach delegieren können. Dadurch er-scheinen diese Menschen manchmal clever, während ein gutmütiger Charakter vielleicht naiv wirkt, weil er noch nicht einmal merkt, dass er ausgenutzt wird. Gerade in der heutigen Zeit, in der viele Menschen, wie es scheint, über ein sehr ausgeprägtes Ego verfügen, zieht der Gutmütige dadurch schon einmal den Kürzeren. Weil er freundlich sein möchte, weil er als guter Mensch gelten möchte. Weil er jemand ist, der sich nicht nachsagen lassen möchte, er sei nicht hilfsbereit. Hilfsbereitschaft ist doch eine Tugend!

Das eigentliche Problem liegt wohl darin, dass gutmütige Menschen im schlimmsten Fall ihre eigenen Bedürfnisse verleugnen, weil sie so sehr damit beschäftigt sind, die der anderen zu berücksichtigen. Wichtig ist daher, sich rechtzeitig bewusst zu machen, dass man von seinem Naturell her eher zur Sorte „gutmütiger Trottel" gehört, der tendenziell einfach alles zu ermöglichen versucht, wenn er darum gebeten wird. Wichtig ist deshalb auch, dass man das mit dem „Nein sagen" zwischendurch immer mal ein bisschen trainiert. Schon der französische Schriftsteller Nicolas Chamfort beschrieb die Fähigkeit, das Wort „Nein" auszusprechen, als den ersten Schritt zu persönlicher Freiheit. Denn neben krankhaftem Egoismus gibt es durchaus auch so etwas wie gesunden Egoismus, mit dem man sich selbst ein wenig vor anderen, aber auch vor sich selbst schützen kann.

Was ist aber nun, wenn dieses „Nein" über Jahre ausgeblieben ist? Da kann es durchaus passieren, dass man, wenn man sich irgendwann einmal in einer Situation befindet, in der man nun wirklich nicht helfen kann oder man sich mit Blick auf eine erbetene Gefälligkeit wirklich unwohl fühlt, wenn also in diesem Moment ein Nein unvermeidlich wird, unmittelbar als Reaktion darauf ein lapidares „Ich wusste gleich, dass ich mich auf dich nicht verlassen kann" erhält. Damit dann souverän umzugehen, wird gerade einem Menschen, der einfach nur freundlich und nett sein will, sehr schwerfallen. „Je gutmütiger ein Mensch ist, desto öfter wird er verletzt", habe ich irgendwo mal gelesen. Und ich kann nur bestätigen: Da ist etwas dran.

Doch es geht nicht nur um Gefälligkeiten, die man anderen erweist. Wer ständig gute Miene zum bösen Spiel macht, nicht in der Lage ist, berechtigten Ärger auch einmal zu zeigen, der wahrt zwar immer die Regeln der Höflichkeit, tut sich selbst und seinem Seelenfrieden aber nichts Gutes. Im Extremfall frisst man alles in sich hinein und dort drinnen staut es sich dann über einen möglicherweise längeren Zeitraum so richtig schön an.

Und dann ist er plötzlich da, der berühmte Tropfen, der das Fass schließlich doch zum Überlaufen bringt. Dann kann es passieren, dass man scheinbar wegen einer Lappalie ausrastet, nur weil man vorher nicht rechtzeitig den Mund aufgemacht hat. Um das Resultat dessen mal ein wenig bildhaft zu umschreiben: Natürlich könnte man in diesem Fall denken, dass Gewitter eine durchaus reinigende Wirkung auf die Luft haben könnten. Ebenso könnte es aber auch passieren, dass kein Gras mehr dort wächst, wo man zuvor verbal hingetreten hat.

Ich habe übrigens mal an einem Test teilgenommen, der sich mit der Frage beschäftigt hat, ob man eventuell ein Zuviel an Gutmütigkeit mit sich führe. Bei diesem Test wurden 10 Fragen gestellt, und was soll ich sagen? 11 von ihnen habe ich mit „Ja" beantwortet.

Nichtsdestotrotz bin ich trotzdem irgendwie auch ein bisschen froh, dass nicht nur ich selbst zu den „Doofen" gehöre, sondern auch von einigen anderen gutmütigen Menschen umgeben bin. Denn letztlich ist es doch das gute Gemüt in diesen Menschen, das ein Zusammenleben schöner macht, weil man weiß, dass man es mit Menschenfreunden zu tun hat. Nur gegen die anderen, gegen die muss man lernen, sich zur Wehr zu setzen. Denen muss man ihre Grenzen aufzeigen und da sollte man dann auch lernen, zwischendurch mal nicht nett zu sein. Klappt nicht immer, aber – wenn man sich wieder und wieder daran erinnert – immer öfter.

Die deutsche Sprache

Kürzlich stach mir folgende Anzeige ins Auge: „Biete Bungalow, großer, uneinsichtiger Garten." So etwas lässt mich amüsiert schmunzeln. Es kommt gar nicht so selten vor, dass man etwas Bestimmtes im Kopf hat, aber haarscharf am richtigen Ausdruck vorbeigreift. Der uneinsichtige Garten hat auf jeden Fall etwas Charmantes. Und außerdem kann man dort offenbar nicht hineinsehen. Das gefällt mir.

Was mir gar nicht gefällt, sind Aussagen à la „Es gibt keinen zweiten Planet" oder „Politiker trafen den US-Präsident. „EN" möchte ich dann immer schreien, es heißt im Akkusativ auf die Frage wen oder was „den Planeten" und „den Präsidenten".

Nach der Präposition „wegen" folgt übrigens der Genitiv. „Ich muss den Chef noch wegen meinem Urlaub fragen" ist schlicht und ergreifend falsch. „Wegen meines Urlaubs" mag vielleicht für das nicht ganz so geübte Ohr ein bisschen hochgestochen klingen, ist aber die einzig richtige Formulierung in diesem Zusammenhang. Dieses Thema ist mir seit meiner Schulzeit in Fleisch und Blut übergegangen. Damals stand vernünftige Grammatik offenbar noch auf dem Lehrplan. Ob das heute auch noch der Fall ist, entzieht sich meiner Kenntnis. Fakt ist aber, dass viele gerade in den sozialen Medien heute so schreiben, als wüssten sie gar nicht, dass es so ulkige Dinge wie Satzbau und Wortbildung überhaupt gibt.

Bei mir war damals allerdings nicht der Deutschunterricht für diese spezielle Art der Wissensvermehrung verantwortlich. Nie habe ich die deutsche Grammatik besser verstanden als im Lateinunterricht. Man könnte sogar sagen, dass ich erst seitdem einen gewissen Grammatik-Fetisch mein Eigen nenne und – trotz fehlender eigener Perfektion – daher oft das dringende Bedürfnis verspüre, mein Umfeld beziehungsweise in erster Linie meine Familie gerne und akribisch auf die nachweislich falsche Verwendung von Fällen hinzuweisen. Oft steckt einfach nur eine gewisse Nachlässigkeit dahinter, also muss ich sie fast schon zwanghaft darauf aufmerksam machen. Dafür kassiere ich dann auch voller Gelassenheit das Klugscheißer-Etikett von ihnen. Das wiederum ist mir deutlich lieber, als ein „Klugscheißer Etikett", denn mit dem „Deppen-Leerzeichen" komme ich noch schlechter klar als beispielsweise mit dem „Deppen-Apostroph" bei „Biggi's Bademoden".

Es erschüttert mich ein wenig, dass heute offenbar nicht mehr sehr viel Wert auf halbwegs korrekte Grammatik, Orthografie und Interpunktion gelegt wird. So zumindest wirkt es auf mich, wenn ich vorzugsweise in den Online-Medien jeden Tag mindestens einen Artikel finde, der entweder unter Zeitdruck nicht vernünftig redigiert wurde oder dessen Verfasser es leider nicht besser wusste. „Ist doch vollkommen wurscht", meinen manche. „Hauptsache, man weiß, was gemeint ist."

Für mich ist es aber wichtig. Gerade in den Kommentarspalten der sozialen Medien lässt sich nämlich häufig ein eindeutiger Zusammenhang zwischen gefährlicher Halbbildung und mangelhafter sprachlicher Qualität feststellen (die klassische Legasthenie jetzt mal ausgenommen). Es kann aber auch einfach sein, dass manche überhaupt nicht mitbekommen, was sie schreiben (oder dass ihr Smartphone vollkommen außer Kontrolle geraten ist oder der Sprachassistent einen schlechten Tag hatte). Ich halte es daher auf jeden Fall für hilfreich, das, was man (immerhin) öffentlich und somit (theoretisch) für die gesamte Welt lesbar postet, zumindest noch einmal kurz zu kontrollieren. Dann ließen sich Beiträge wie der folgende vermeiden: „Haben die nix anderes zu tun. Also di ein Niveau von einer Frau die gerade ein Baby bekommen hat und von einer die vom Alter her doch erwachsener reagieren sollte, ganz trairig." „Trairig" – das finde ich im Übrigen auch. Dieser Kommentar hat aber immerhin vier Likes bekommen. Irgendwie würde aber natürlich auch etwas fehlen, wenn alle sich Mühe gäben und man solche Wort-Baracken nicht mehr zu lesen bekäme.

Doch trotz aller Vorliebe für eine korrekte deutsche Sprache muss ich gestehen, dass auch ich sie –

wie bereits erwähnt – sicher nicht zu 100 Prozent beherrsche und überdies auch gerne einmal den einen oder anderen Anglizismus nutze, wenn er gerade wirklich passend ist (ich meine natürlich jetzt nicht so abgelutschte Sachen wie „Location" oder „Meeting").

Abgesehen davon spiele ich ab und an auch wirklich gerne manchmal das Spiel der Verklausulierung oder gar der derben Umgangssprache. Sprache hat immer auch ein wenig mit Emotion zu tun, und wenn ich zum Beispiel so richtig sauer bin, werfe ich auch gerne mal alles in einem Topf. Denn ich schimpfe viel lieber über die „fuc*ing Sonntagsfahrer" als über die „nicht so besonders geistreich agierenden Verkehrsteilnehmer", die einen LKW mit denselben 102 Stundenkilometern überholen, mit denen sie mich vorher in der 80er-Zone einer Baustelle von hinten genötigt haben.

Ein anderes Thema: die Rechtschreibreform(en). Reformen der deutschen Sprache gab es im Laufe der Geschichte immer wieder einmal. Die erste, die ich „live" und bewusst mitbekommen habe, war die Rechtschreibreform, die 1998 in Kraft trat. Erklärtes Ziel dieser Reform war, die deutsche Sprache in ihrer geschriebenen Form zu vereinfachen. Wie ich bei meiner Recherche feststelle, war ich offenbar nicht die Einzige, die das kalte Grausen bei der Umsetzung bekam. All das, was ich vor dieser Zeit blind und im Schlaf korrekt zu Papier gebracht hatte, hatte keine Gültigkeit mehr. Wer davon mit Sicherheit profitierte, war der Duden. Dummerweise lässt sich aber nicht immer eindeutig feststellen, wann eine gewisse Portion Unsicherheit und damit der Griff zum beziehungsweise der Klick aufs Nachschlagewerk angebracht sein könnte.

Zeitungen und Verlage rebellierten und kündigten an, zur alten Rechtschreibung zurückzukehren. Wer konnte es ihnen verdenken bei Wortverschandelungen wie Majonäse und Ketschup. Doch es gab auch Befürworter der Reform, die wiederum diejenigen, die in den Neuerungen nun gar keine Vereinfachungen sehen konnten oder wollten, als Ewiggestrige beschimpften. Kurzum: keine gute Situation. Über Jahre hinweg war das Chaos perfekt, die Reform wurde reformiert, manches daraufhin wieder in den Urzustand versetzt, anderes weiterentwickelt. Der Grislibär wälzt sich zwischenzeitlich nur noch im Schnee von gestern, das Nessessär wird von vielen der Einfachheit halber als „Kulturbeutel" bezeichnet und von denen, die der französischen Sprache mächtig sind, wieder in der originären Schreibweise buchstabiert. Majonäse heißt heute zum Glück auch wieder Mayonnaise.

Es gab jedoch auch das eine oder andere Sinnvolle, das geändert worden ist. Insgesamt wird dies vom Gros der Schreibenden heute wohl ohne Murren und Knurren akzeptiert, wobei es nach wie vor unzählige Menschen gibt, die an der korrekten Verwendung von „das" und „dass" schlicht und ergreifend scheitern.

Für manche ist es aus logischer Sicht nicht nachzu-
vollziehen, anderen ist es einfach vollkommen gleichgültig. Ob ich „dass" schreiben muss oder „das", ist
für mich keine Frage. Ich bin sogar in der Lage, korrekt zwischen seid und seit zu unterscheiden. Habe ich
irgendwann einmal auswendig lernen müssen und
seither sitzt es. Aber ich persönlich schlittere auch
heute noch gerne auf dem dünnen Eis zusammenge-
setzter Verben und der ein oder anderen Groß- oder
Kleinschreibung, wenn es sich nicht um vollkommen
eindeutige Substantive handelt. Das ist wohl etwas,
mit dem ich leben muss, aber auch ganz gut leben
kann.

Und zu guter Letzt gibt es noch etwas, das die deutsche Sprache seit geraumer Zeit in Bewegung versetzt: die gendergerechte Sprache. Sie ist etwas, das
mich emotional so sehr beschäftigt, dass ich ihr dann
doch lieber ein eigenes Thema widmen werde.

Gendern

Um eines gleich vorwegzunehmen: Ich bin eine absolute Verfechterin der Gleichstellung von Männern und Frauen und auch aller anderen Geschlechterformen, die sich durch diese beiden Begriffe nicht repräsentiert fühlen. Gendern ist ein umgangssprachlicher Begriff für „Gender Mainstreaming", und das bedeutet, dass Maßnahmen zur Gleichstellung dort ergriffen werden, wo Politik und Gesellschaft Handlungsbedarf sehen. Am Ende des Gender Mainstreamings steht also im Idealfall die vollkommene Geschlechtergerechtigkeit.

Laut Bundesministerium für Familien, Senioren, Frauen und Jugend bezeichnet Gender Mainstreaming „die Verpflichtung, bei allen Entscheidungen die unterschiedlichen Auswirkungen auf Männer und Frauen in den Blick zu nehmen." Dieser Verpflichtung kommen manche mehr nach und andere weniger. In Anlehnung an das Grundgesetz geht es letztendlich um die Pflicht, „die tatsächliche Durchsetzung der Gleichberechtigung von Frauen und Männern zu fördern und auf die Beseitigung bestehender Nachteile hinzuwirken." (Vgl. hierzu auch Art. 3, Abs. 2 des Grundgesetzes)

Und damit sind wir auch gleich schon bei des Pudels Kern (Anm.: Hier kann auch ein weiblicher Pudel gemeint sein) angelangt. Da steht nämlich nirgendwo: „Der Zweck heiligt die Mittel" oder „Auf Biegen und

Brechen". So kommt es mir – und nicht nur mir, sondern auch sehr vielen anderen Menschen – aber vor, wenn es um die Bemühungen einiger Offizieller beziehungsweise Engagierter geht, die deutsche Sprache geschlechtergerecht anzupassen. Da scheint es nur noch darum zu gehen, das generische Maskulinum zu verteufeln und folgerichtig zu verbannen. Wer noch nicht davon gehört haben sollte: Unter generischem Maskulinum versteht man die lange Zeit übliche Zusammenfassung von Personen beiderlei Geschlechts unter der männlichen Form. Wenn früher beispielsweise von „den Lehrern" die Rede war, ging es sowohl um männliche als auch weibliche Lehrer.

Doch das generische Maskulinum darf nicht mehr sein! So haben es problembewusste Menschen vor ein paar Jahrzehnten beschlossen und seither propagiert und eine inzwischen immer seltsamer anmutende Umsetzung dieser Sichtweise vorangetrieben. In jener Zeit habe ich einen Artikel gelesen, der von einer Frau verfasst worden ist, und den intelligenten Titel trägt „Kompetenz hat kein Geschlecht". Dem Inhalt dieses Artikels kann ich auch viele Jahre später im zarten Alter von 50 Jahren immer noch uneingeschränkt zustimmen und seit ich ihn damals gelesen habe, lehne ich mich – zumindest als Privatperson – gegen diese sprachliche Bevormundung auf. Ich habe ja wirklich gar kein Problem damit, wenn man grundsätzlich versucht, Sprache geschlechterneutral zu gestalten und ich habe mich auch inzwischen an verschiedenste Anreden von „liebe Bewohnerinnen und Bewohner" bis

„liebe Mitbürgerinnen und Mitbürger" gewöhnt und komme auch klar mit Satzerweiterungen wie „alle meine Freundinnen und Freunde" oder auch „es waren 50 Ärztinnen und Ärzte anwesend".

Aber es hört bei mir einfach auf, wenn mich das Gefühl überkommt, die deutsche Sprache werde auf eine Weise zusammengestaucht, dass nur noch lächerlicher und vor allem sprachlich katastrophaler Müll von ihr übrig bleibt. Und das genau passiert bei dem, was ich im Folgenden der Einfachheit halber „gendern" nenne.

Mein schlimmstes Leseerlebnis war und ist in diesem Zusammenhang das Wort „Freund*innenschaft". Kann man nicht einfach zufrieden sein mit der Tatsache, dass dieses Wort überhaupt kein Beispiel für das offenbar so verhasste generische Maskulinum ist? Kann man nicht einfach die Tatsache akzeptieren, dass das Wort Freundschaft grammatisch bereits weiblich ist, da es den Artikel „die" führt? Muss man so etwas, nur weil der erste Wortteil generisch maskulin scheint, auch noch kaputt gendern? Es ist doch ganz einfach: Es gibt kein Wort namens „Freundeschaft", dem man eine Ergänzung „Freundinnenschaft" hinzufügen müsste, um der Vollständigkeit Genüge zu leisten. Wenn man es ganz genau nehmen würde, müsste ein gegenderter Begriff „Freundschaft" dann eher „Freund*inschaft" heißen, aber das ist natürlich nicht weniger fürchterlich und nicht weniger falsch.

Es ist für mich beinahe unerträglich, wenn meine Muttersprache (eigentlich hätten die ganz Korrekten längst gendergerecht den Begriff „Elternsprache" daraus machen müssen – haben sie wahrscheinlich schon, nur ist es noch nicht zu mir vorgedrungen) von relativ offizieller Stelle und zumeist aus recht bildungsnahem Munde so zerstört wird. Etwas ganz besonders Furchtbares habe ich in diesem Zusammenhang in der Instagram-Story von Renate Künast gelesen (nein, ich folge ihr nicht, dieser Beitrag hat sich mir einfach ins Sichtfeld gedrängt): Dort gab sie auf die Frage hin, ob es nicht korrekterweise anstatt „Bürgermeister*in" eher „BürgerInnenmeister*in" heißen müsse, die vielsagende Antwort „Bürger*innenmeister*in". Ob sie das jetzt ironisch meinte oder nicht, entzieht sich meiner Kenntnis. Ich fürchte jedoch, sie meinte es ernst.

Meine Tochter sitzt zu Hause in ihren Online-Vorlesungen und macht sich ständig Sorgen, dass die Verbindung irgendwie gestört sein könnte. Doch das liegt nur an dieser Pause, die die ganz Gewissenhaften jetzt auch beim Sprechen machen, wenn sie von Patient[Pause]innen und Therapeut[Pause]innen sprechen. Stottern ist eine Störung des Redeflusses, die für Betroffene überaus belastend ist. Wie sich jemand freiwillig in eine vergleichbare Situation bringen kann, will mir nicht in den Sinn.

Ein weiteres verstörendes Beispiel sei an dieser Stelle noch genannt: Auf dem Instagram-Account eines Gymnasiums, also einer Anstalt, die Bildung – unter anderem in der deutschen Sprache – vermittelt, ist die Rede von „Elterinnen und Eltern". Das ist doch krank! Für mein Verständnis steht der Begriff „Eltern" doch an sich schon im Plural und ist ein zusammenfassender Begriff für Mütter und/oder Väter. Oder habe ich etwas verpasst, und Eltern gemeinsam sind „ein Elter" und „eine Elterin"? Dann müsste es folgerichtig bei gleichgeschlechtlichen Elternteilen „Elterin" und „Elterin" beziehungsweise „Elter" und „Elter" heißen? Geht es noch absurder? Ja.

Ich erhielt vor einiger Zeit einen Brief mit der Anrede: „Liebe Mitglieder und Mitgliederinnen" und musste dem Verfasser leider den folgenden Zotenklassiker um die Ohren hauen: Wenn überhaupt, müsse er dann schon „Mit- und Ohneglieder" schreiben. Bisschen platt, aber für mich die einzig mögliche Reaktion in diesem Moment. Nur noch einmal zur Verdeutlichung: Es heißt DAS Mitglied, ergo ist der Begriff an sich schon Neutrum, also sächlich, und nicht etwa männlich und daher muss der Begriff nicht aus falsch verstandener Neutralität verweiblicht werden. Nix generisches Maskulinum! Man könnte das Wort Mitglied also herrlich als per se genderneutral bezeichnen. Aber ein paar ganz Neurotische sehen dann im Plural das „er" und hauen sicherheitshalber gleich mal ein „innen" hinterher.

Bei ZEIT online habe ich neulich gelesen, man gehe davon aus, dass jeder Mensch eine*n Doppelgänger*in habe. Würde ich diesen Satz aufdröseln, hieße es in einem der beiden Fälle: Man geht davon aus, dass jeder Mensch eine Doppelgängerin habe. Das ist sprachlich schlicht und ergreifend falsch, weil es der Mensch heißt und nicht die Mensch. Ganz ehrlich: Da lasse ich mir lieber Ignoranz und mangelndes Problembewusstsein unterstellen, als einen solchen Mist zu unterstützen. Natürlich hat sich Sprache im Laufe der Zeit immer wieder verändert, aber das war in den meisten Fällen keine so krampfhaft herbeigeführte und in vielen Fällen wirklich unsinnige Veränderung. Grundproblem an der Sache ist offensichtlich, dass vielfach nicht verstanden oder auch einfach nur ignoriert wird, dass genus (= das grammatische Geschlecht) eben nicht gleich sexus (= das biologische Geschlecht) ist.

Ganz besonders schlimm finde ich im Übrigen, dass das eigentliche Problem, nämlich die vielfach noch fehlende Gleichstellung zwischen Frau und Mann mit diesem Unsinn überhaupt nicht angegangen wird. Bei den Verfechtern der Sprachanpassung herrscht die Meinung vor, dass, wer die Gleichstellung der Geschlechter will, sie auch beide ansprechen muss. Aber was bitte nützt ein Personalchef, der zwar perfekt das Gender Mainstreaming in seinen Geschäftsbriefen beherrscht, aber dennoch die Frauen im Unternehmen mit geringerem Gehalt nach Hause schickt, obwohl sie die gleiche Leistung erbringen wie ihre männlichen Kollegen? Jemand, der sich dieses Missstandes nicht bewusst ist oder sein will, ändert seine Haltung auch nicht, wenn er gezwungen wird,

„Kolleginnen und Kollegen" zu schreiben. Ebenso wird es sich mit dem Vorgesetzten verhalten, der sich zwar das Thema „Frauenförderung" ganz groß auf die Fahne schreibt, aber wirklich wichtige Positionen dann doch lieber mit Männern besetzt. Aber das nur am Rande.

Doch zurück zum generischen Maskulinum: Dieses wird zwar gerne und vehement verteufelt, doch bei der vermeintlichen Behebung dieses Missstandes vermisse ich dann nicht nur Stringenz, sondern – wenn man es schon durchziehen möchte – auch Konsequenz. Es gibt nämlich zum Beispiel kaum eine Berichterstattung, in der es um „Einbrecher*innen" oder „Bankräuber*innen" geht. Vielleicht geht es den Berichterstatterinnen und Berichterstattern in einem solchen Moment selbst auf, wie lächerlich das Ganze eigentlich ist. Doch wenn es tatsächlich um das Erreichen von Gleichstellung mit aller Konsequenz geht, prangere ich es an, dass die Einbrecherinnen und Bankräuberinnen, überhaupt die meisten Verbrecherinnen, kaum Erwähnung finden.

Aber es ist wirklich bemerkenswert, dass inzwischen so viele Menschen mit einem so differenzierten Problembewusstsein ausgestattet sind, dass sie ihre ganze Kraft darauf verwenden, die Gleichstellung in der Sprache zu verankern. Wenn das dann irgendwann mal geklappt hat, wenn man also die Menschheit mit grauenhaften Wortkonstrukten und furchterregenden Satzbauten an den Rand des Wahnsinns getrieben hat und tatsächlich niemand mehr über den Mieter spricht, sondern über die „männliche Person, die etwas gemietet hat", dann kann man sich vielleicht auch den wirklichen Problemen zuwenden, zum Beispiel Themen wie Diskriminierung, Diffamierung und sexueller Belästigung am Arbeitsplatz.

Doch genug der sarkastischen Äußerungen. Man kann sich über die Auswüchse der Bemühungen um die Gleichstellung in der Sprache immerhin auch königlich amüsieren. Dazu sollte man sich einfach vor Augen führen, dass viele Worte zwar grammatisch maskulin sind, inhaltlich aber eben nicht. Nur, weil sich ein paar kluge Menschen genau auf diesen Sachverhalt besonnen haben, konnte sich beispielsweise die Bezeichnung „Barhocker*innen" offenbar noch nicht im allgemeinen Sprachgebrauch etablieren. Doch bei genauerem Hinsehen gilt es hier erst recht, zu differenzieren. Natürlich kann man unter dem grammatisch maskulinen Barhocker eine Sitzgelegenheit verstehen, bei der es rein gar nichts zu gendern gibt, allerdings könnte es auch die Beschreibung eines Mannes sein, der an der Bar Platz genommen hat. In diesem Kontext wäre dann „Barhocker*innen" sogar nach korrektem Gender-Verständnis tatsächlich angebracht, vorausgesetzt, es säßen Männer und Frauen an der Bar.

In meinen bisherigen Ausführungen las es sich so, als seien vorwiegend Frauen die treibende Kraft bei der Veränderung der Sprachgewohnheiten. Doch kürzlich fiel mir ein Leserbrief auf, in der ein Mann mit Nachdruck darum bat, diskriminierungsfrei zu schreiben, weil er sich wünscht, dass sich alle Menschen wertgeschätzt fühlen. Dazu kann ich als Frau nur sagen: Ich persönlich brauche für ein Gefühl von Wertschätzung keine Wortendung. Ich bevorzuge das Zeigen von Wertschätzung durch passende Worte und Taten. Darüber hinaus verweist der Herr noch auf eine Webseite des Journalistinnenbundes (sic!), die gute Beispiele für diskriminierungsfreie Wortwahl gebe. Dazu kann ich nur in meiner grenzenlosen Einfalt sagen: Für mich liest sich Journalistinnenbund (ohne Sternchen und ohne I!) wie eine Vereinigung ausschließlich weiblicher Mitglieder der schreibenden Zunft. Das könnte man, wenn man es streng nimmt, auch als Diskriminierung der männlichen Kollegen werten. Vielleicht hat der problembewusste Mensch aber auch nur vergessen, das Wort korrekt zu kennzeichnen.

Das Jahr 2021 ist noch jung, als feststeht: Auch der Duden wird künftig „gendern". Nun ist es also so weit: Selbst das Nachschlagewerk, dem ich Zeit meines Lebens das meiste Vertrauen geschenkt habe, überarbeitet in seiner Online-Ausgabe 12.000 Personen- und Berufsbezeichnungen. Die Münchner Linguistin Elisabeth Leiss nennt diese Entwicklung „grotesk" und „völlig unverantwortlich". Ich bin zwar keine Linguistin und kann wenig zu den Auswirkungen sagen, aber zumindest in Sachen „grotesk" bin ich – wie man hier unschwer anhand des bisher Gesagten erkennen kann – voll auf ihrer Seite.

Und selbst wenn kritisiert wird, dass zum Beispiel bei der Frage nach dem Lieblingsschauspieler fast ausschließlich Männer genannt werden und Frauen eben genau durch dieses generische Maskulinum „unsichtbar" würden, so kann ich für mich nur feststellen, dass es ja jedem unbenommen ist, auch nach der Lieblingsschauspielerin zu fragen. Ich persönlich messe dieser Endung wirklich keine allzu große Bedeutung bei. Mir kann es auch glatt passieren, dass ich schreibe: Ich bin ein Freund von flotten Wortspielchen. Klingt auch irgendwie fließender als „Ich bin eine Freundin von ..."

Unter Aufbringung größter Selbstdisziplin habe ich zu Beginn des Kapitels „Verfechterin" geschrieben (nachdem mir zunächst doch tatsächlich ein „Verfechter" herausgerutscht war). Aber das lag sicher wieder nur an meinem mangelnden Problembewusstsein. Vielleicht habe ich aber auch eine nihilistische Ader oder ein Identitätsproblem, wer weiß das schon? Wahrscheinlich brauche ich eine Therapie. Auf jeden Fall ist mir bewusst, dass ich mit dieser Haltung ein Dorn im Auge eines oder einer jeden Gender-Mainstreaming-Verfechters*in bin. (So! Geht es noch schlimmer? Spätestens beim Genitiv sollte doch jeder sehen, dass dieser Unfug vollkommen untragbar ist ...) Doch so leid mir das auch tut: Diese Haltung werde ich grundsätzlich beibehalten müssen. Ich plädiere für den Schutz des generischen Maskulinums im Sinne einer lesbaren, unverstümmelten Sprache. Ich bin auch gerne bereit, dafür wieder und wieder zu Beginn einer jeglichen Publikation oder eines Briefes darauf hinzuweisen, dass ich das generische Maskulinum zugunsten einer besseren Lesbarkeit nutze, sich aber bitte dennoch jedwede Geschlechtsform angesprochen fühlen soll.

Ich gelobe gerne, sofort dabei zu sein, wenn sinnvoll gegendert wird. So las ich zum Beispiel kürzlich davon, dass jemand „jede*n verstehen kann, der frustriert und unzufrieden ist". Hier habe ich gegen das Sternchen nicht das Geringste einzuwenden, weil es den Lese- und Sprachfluss kaum stört (sofern man diese komische Sprechpause weglässt). Außerdem kann ich auch irgendwie damit leben, wenn beispielsweise von „Teilnehmenden" die Rede ist. Das Wort „Studierende" hingegen – als reines Partizip leider meistens falsch verwendet – verursacht mir Magenschmerzen.

Ich gelobe weiterhin, jederzeit und gerne das Ersuchen von Sparkassenkundinnen, die in ihren Verträgen nicht als „Kunden" bezeichnet werden möchten, zu unterstützen. Wenn sie sich damit besser fühlen, soll man das doch um Himmels Willen einfach ändern. Aber muss für alles eine alles abdeckende Generalstabslösung gefunden werden? Ich bin ein großer Freund (Da! Ich habe es wieder getan!) der Einzelfalllösung.

Und um noch mal auf das zu Beginn des Kapitels genannte Ministerium zu sprechen zu kommen: Ich finde, dessen offizielle Bezeichnung ist eine Schande für alle dort Beschäftigten, die sich für die korrekte Einhaltung der gendergerechten Sprache einsetzen. „Bundesministerium für Familie, Senioren, Frauen und Jugend" – ein Wunder, dass nicht schon Hunderttausende Seniorinnen Amok gelaufen sind, weil sie sich in dieser Bezeichnung nicht wiederfinden und erst recht nicht vertreten sehen. Hier ist dringend Nachbesserung geboten! (*Ironiemodus off*/nur zur Sicherheit)

Epilog dieses Kapitels

Kurze Zeit, nachdem ich dies hier niedergeschrieben hatte, erschien in der Frankfurter Allgemeinen Zeitung der Beitrag einer Professorin der Berliner Humboldt-Universität, Dorothea Wendebourg, der ebenso sachlich wie klar anhand etlicher kluger Beispiele und nur mit leiser Polemik darlegte, dass der Weg des Gendersternchens und der Endung -in am Ende nicht mehr als ein Holzweg sein kann, wenn es um die Bewältigung tatsächlicher Missstände geht. Sehr gerne zitiere ich sie darum hier noch abschließend:

„Was wir demgegenüber brauchen, ist die Eroberung der generisch-maskulinen Wortform durch die Veränderung der gesellschaftlichen Verhältnisse. Einen Zustand, in dem es so viele Frauen im Beruf des Ingenieurs und der Position des Präsidenten, Kanzlers und so fort gibt, dass Frauen im generischen Maskulin nicht etwa mitgemeint, sondern von vornherein ebenso gemeint sind. Nicht nur irgendein abgeleitetes, separates ‚Eigenes' zu wollen, sondern das Ganze zu wollen – das muss das Ziel sein! Das ganze Wort, die ganze Realität. So viel Selbstbewusstsein sollten wir haben. Stattdessen schießen wir Frauen uns, wie so oft, lustvoll ins eigene Knie." (FAZ, 18.01.2021)

Political Correctness

Zuallererst: Grundsätzlich finde ich es auch extrem wichtig, dass sich Menschen durch das Verhalten anderer Menschen nicht verletzt oder diskriminiert fühlen. Ich bin auch sehr dafür, dass das kritische Bewusstsein dafür geschärft wird. Wie beim Thema Gendern kommt es mir jedoch auch hier so vor, dass inzwischen ebenfalls einige Übereifrige am Werk sind, die es mit der Korrektheit ein wenig übertreiben und auf diese Weise wieder sehr vielen anderen etwas aufzwängen, was weder von diesen noch (zumindest zum größten Teil) von den vermeintlich Betroffenen so gewollt ist.

Ich selbst muss gestehen, dass mich manches verunsichert, was ich in den letzten Monaten zum Thema Rassismus zu lesen bekommen habe. Da gab es Debatten um Begrifflichkeiten, die in den Augen vieler nicht mehr zeitgemäß sind oder sein dürfen. Ein Lebensmittelhersteller änderte daraufhin den Namen einer seiner Saucen um, die nun unter der Bezeichnung „Paprikasauce ungarische Art" den Weg in Deutschlands Kühlschränke findet. Der Hersteller entschied sich zu diesem Schritt mit der Begründung, dass die bisherige Bezeichnung im Rahmen der Rassismusdebatte negativ interpretiert werden könne.

Nach meinem Sprachgefühl müsste es übrigens eigentlich „auf ungarische Art" oder sonst eben „ungarischer Art" heißen, aber vielleicht liege ich da auch falsch, ist auch wirklich nur so ein Gefühl. Ein weiteres Gefühl sagt mir, dass der Hersteller bei dieser Aktion vermutlich in erster Linie daran gedacht hat, dass ihm auf diese Weise niemand mehr an den Karren fahren kann. Ich persönlich halte es für fraglich, ob es ihm wirklich um die gegangen ist, die sich durch den ursprünglichen Namen vielleicht unangenehm berührt gefühlt haben könnten oder ob nicht der möglicherweise positive Effekt einer gelungenen PR-Aktion eher Vater des Gedankens war.

Beinahe zeitgleich entbrannte wieder einmal die Debatte um belastende Begriffe im Zusammenhang mit der Farbe Schwarz. Hier galt die Aufmerksamkeit einem schwarzen Gastronomen, der trotz der in diesem Zusammenhang entbrannten Rassismusdebatte den Namen seines Gourmettempels „Zum Mohrenkopf" beibehalten wollte, während gleichzeitig Apotheken und Straßen, deren Namen vormals das Wort „Mohren" beinhalteten, umbenannt wurden. Der Gastronom hingegen beharrte darauf, dass er sich nicht vorschreiben lassen wolle, was seine Gefühle verletze.

Es ist leider eine Tatsache, dass aufgrund von Vorurteilen immer wieder auch Gefühle verletzt werden. „Durch die Eigenbezeichnung Sinti und Roma sollte ein Bewusstsein für jene Vorurteilsstrukturen und Ausgrenzungsmechanismen geschaffen werden, die im Stereotyp vom „Zigeuner" ihre Wurzeln haben." So argumentiert der Zentralrat Deutscher Sinti und Roma. Diesen Ansatz finde ich gut und wichtig.

Gleichzeitig gibt es aber auch Äußerungen wie die des Journalisten Tibor Racz: „Ich bin Journalist und Zigeuner. Zigeuner ist für mich kein Schimpfwort, ich kann mich selbstbewusst so nennen. Auf sprachlicher Ebene sind viele Menschen politisch korrekt und sprechen stattdessen von „den Roma", weil der Begriff nicht so belastet ist. Doch im Alltag begegnet mir ein Vorurteil nach dem anderen. Wenn der Begriff Roma ohne Respekt verwendet wird, ist er nichts wert." (TAZ vom 15.4.2015)

Und genau das ist der Knackpunkt. Die Neue Zürcher Zeitung (NZZ) hat das, was da seit einiger Zeit passiert, als „Bestandteil der großinquisitorischen Bewegung der Einforderung von Korrektheit" bezeichnet. Zu Recht, wie ich finde. Die Frage muss erlaubt sein, ob die Welt eine bessere wird, oder in unserem speziellen Fall, ob Deutschland eine „bessere" Nation wird, wenn ihre Sprache von bestimmten Begriffen gereinigt wird. „Statt realem Rassismus oder Rassenwahn zu begegnen, verlegt man sich aufs Sortieren von Wörtern nach gut und schlecht oder böse." (NZZ, 16.06.2020)

In diesem Zusammenhang stellt sich auch die Frage: Wohin soll das noch führen? Was wird alles unter dem Deckmantel der Korrektheit ausgemerzt und wie viel Interpretationsspielraum bleibt mir eigentlich, wenn es zum Beispiel darum geht, was beispielsweise als rassistisch oder auch als sexistisch zu gelten hat. Und wer bestimmt das eigentlich? „Sprache ändert sich ständig, gewiss – aber durch die Praxis der Sprachbenutzer, nicht durch eine obrigkeitlich, akademisch oder verwaltungstechnisch durchgesetzte Sprachpolitik der Reinheit von oben." (NZZ, 16.06.2020) Hier gilt wieder das Gleiche wie beim Gendern: Die wirklichen Missstände werden dadurch nicht behoben. Gesinnungen verschwinden nicht, nur weil Begrifflichkeiten verboten werden. Das wäre zu schön, um wahr zu sein, ist aber leider zu kurz gedacht.

Überaus engagierte Vertreter der Mission „politisch korrekt werden" finden sich übrigens überall. Nehmen wir beispielsweise einmal das Filmgenre. Ich für meinen Teil habe Tränen gelacht bei „Monsieur Claude und seine Töchter", dessen Titel im Original „Qu'est-ce qu'on a fait au Bon Dieu?" lautet, also „Was haben wir dem lieben Gott nur getan?". Um kurz auf den Inhalt einzugehen: Besagter Monsieur Claude empfindet sich wirklich als sehr gestraft, denn er als der traditionsbewussteste aller Franzosen bekommt von seinen Töchtern Schwiegersöhne vorgesetzt, die nicht so wirklich seinen Idealvorstellungen entsprechen: Sie sind nämlich keine Franzosen. Der erste ist Araber, der zweite ein Jude und der dritte ein Chinese (diese Aufzählung an sich ist schon untragbar, denn hier werden Nationalitäten, Religion und Ethnien auf unerträgliche Weise miteinander vermischt). Nachdem Monsieur Claude nun also tapfer versucht hat, mit den Widrigkeiten der erweiterten Familienkonstellation klarzukommen, ist er überglücklich, als seine vierte und jüngste Tochter ihm mitteilt, dass der Mann, den sie zu heiraten gedenkt, Franzose und katholisch ist. Doch Monsieur Claude bleibt rein gar nichts erspart: Der Mann, der sich ihm schließlich vorstellt, ist schwarz und bringt auch noch einen überaus traditionsbewussten Vater mit, der seinerseits voller Vorurteile gegenüber allem steckt, was weiß ist.

Der gesamte Film strotzt vor gelebten Vorurteilen und ist deshalb satirisch so unvergleichlich gut. Er lässt kein Klischee aus, überzeichnet, wo er nur kann und bricht mit allen Tabus.

Logisch, dass um diesen Film und auch seinen nicht minder erfolgreichen Nachfolger nicht nur eine moralinsaure Diskussion geführt wurde. Zu groß war zum Teil die Empörung darüber, dass dies sicher nicht der richtige Weg sei, den Problemen mit Rassismus und Antisemitismus angemessen zu begegnen. Aber Stopp! Es gab auch positive Kritiken, und zwar nicht zu knapp. Zwei davon sollen hier Erwähnung finden. In der Berliner Morgenpost war zu lesen: „Eine Komödie der Toleranz. Herzerfrischend. Eine unterhaltsame Lektion im Miteinander-Auskommen und Abbauen von Vorurteilen." Aber es sieht so aus, als müsse man das auch erst einmal erkennen können. Dies zumindest besagt der „Kulturspiegel" mit seinem Urteil: „Eine intelligente Komödie für intelligente Menschen."

Diese und andere Kritiken haben mir am Ende gezeigt, dass ich mich nicht ohne Grund weggeschmissen habe vor Lachen, dass ich mich nicht schämen muss, weil ich den Film lustig fand und dass man bei allem Problembewusstsein sicher auch mal die berühmte Kirche im Dorf lassen sollte. Der Film erfüllt das, was Zweck einer Komödie ist: Er ist unterhaltsam und macht sich lustig über menschliche Schwächen jeglicher Ausprägung.

Apropos menschliche Schwächen: Neulich habe ich etwas gesehen, das wohl in Sachen politische Korrektheit eindeutig in die Kategorie „Gut gemeint, aber schlecht gemacht" einzuordnen ist. Da wurde ein T-Shirt angeboten mit dem Aufdruck „There are more than two genders". Bedauerlicher- und absurderweise wurde dieses T-Shirt aber nur für „Herren" und für „Damen" angeboten.

Wenn der Amtsschimmel wiehert

Amtsschimmel ist nicht etwa eine Ansammlung von Pilzsporen in Ämtern. Es ist auch kein weißes Pferd mit besonderer Beziehung zu einer Behörde. Dennoch gibt es die Redewendung: Der Amtsschimmel wiehert. Sie stammt aus dem 19. Jahrhundert und wird verwendet, wenn es um die Schwerfälligkeit von Verwaltungen und Behördenvertretern geht. Auf Ursprung und Bedeutung werde ich hier gar nicht näher eingehen. An dieser Stelle möchte ich mich vielmehr den vielen Vorurteilen widmen, mit denen sich die deutsche Bürokratie konfrontiert sehen muss – teilweise sicher nicht ganz zu Unrecht.

Als Bürokratie gilt die Gesamtheit der in der Verwaltung Beschäftigten. Man kann Bürokratie aber auch als Zustand oder auch als Gesinnungszustand bezeichnen. Mancher sieht in ihr auch die „Herrschaft der Verwaltung", was im Prinzip nicht so verkehrt ist, als es beim Verwaltungsakt (Akt bedeutet in diesem Fall nichts auch nur halb so Ästhetisches, wie man vermuten könnte, sondern beschreibt einfach nur eine Form von Verwaltungstätigkeit) um sogenanntes hoheitliches Handeln geht. Ich selbst bin seit Jahrzehnten Teil einer solchen Verwaltung, habe aber nie das Verwaltungshandeln als solches gelernt, sondern immer nur „Exotenaufgaben" übernommen und somit auch herzlich wenig Ahnung von der Kunst, die ordnungsgemäße Einhaltung und Umsetzung von Gesetzen und Vorschriften im täglichen Alltag zu überprüfen, sicherzustellen oder einzufordern.

Erst seit die Corona-Pandemie das normale Leben durcheinanderwürfelt, ist mir in etwa klar geworden, was genau man unter einer Verordnung verstehen kann und was sie beispielsweise von einer Ordnungsverfügung unterscheiden könnte. Vermutlich schlägt ein Mensch, der Verwaltung von der Pike auf gelernt hat, jetzt ob dieses vollkommen unpassenden Vergleichs die Hände über dem Kopf zusammen. Aber ich stehe dazu: Ich fühle mich unter Verwaltungsfachkräften wie ein Alien und bin mir vollkommen sicher, dass auch sie mich wie einen Alien betrachten: mit einer Mischung aus Faszination und Abscheu darüber, wie man die elementaren Dinge des Lebens so wenig beherrschen kann.

Grundsätzlich wecken Behörden nicht selten Emotionen, aber selten gute. So ist zum Beispiel auf Facebook in irgendeinem, hier nicht wichtigen Zusammenhang ein Kommentar zu lesen, der explizit in Frage stellt, dass in der Stadt XY irgendetwas überhaupt klappen könnte. Der Verfasser geht sogar so weit zu behaupten, dass man, sollte tatsächlich einmal etwas ohne Probleme vonstattengehen, dies tiefrot im Kalender markieren müsse. Es wird bemängelt, dass falsche Leute auf maßgebenden Positionen säßen, dass nach Parteibuch entschieden werde und nicht nach Fachwissen und dass es am Ende dank der steilen Hierarchie für dort Beschäftigte besser sei, einfach den Mund zu halten.

Dies alles klingt böse und unzufrieden und vermutlich ist es das auch. Um denen, die sich in dieser Meinung wiederfinden, aber dennoch ein Lächeln ins Gesicht zu zaubern, folgt hier nun ein Beamtenwitz. Fragt ein Beamter einen anderen: „Wollen wir uns ein Aquarium fürs Büro anschaffen?" – „Ach nein, das verbreitet doch wirklich zu viel Unruhe." Dieser Witz steht stellvertretend für das sehr bekannte Vorurteil: In Amtsstuben wird gern und viel geschlafen. Ein solches Vorurteil kann ich nun aber wirklich besten Gewissens widerlegen. Ich selbst habe in all den Jahren meiner Zugehörigkeit zu einer Behörde noch niemals einen schlafenden Kollegen angetroffen. Doch würde man schlafen als Synonym für ein in Geschwindigkeit und Effizienz stark heruntergefahrenes Handeln sehen, wäre das in mancherlei Hinsicht schon eine andere Sache.

Böse Zungen behaupten, es gebe Bedienstete, die, sobald ein Klopfen an der Tür ertönt, heftig mit Papier rascheln, um Geschäftigkeit vorzutäuschen oder aber sich mit der Beantwortung von Mails vor allem aus dem Grund sehr viel Zeit lassen, um den Eindruck einer unglaublich starken Beanspruchung zu erwecken. Wer das noch verbal untermauern möchte, sagt: „Tut mir leid, da bin ich früher leider einfach nicht zu gekommen." Ich halte das für psychologisch nicht allzu clever, denn erfahrungsgemäß sehen die meisten Adressaten doch eher sich und ihr eigenes Anliegen im

Mittelpunkt und machen sich wenig Gedanken darüber, dass der von ihnen mit dem Anliegen Betraute möglicherweise auch noch andere Dinge zu bearbeiten haben könnte. Insofern ist es vollkommen sinnlos, überlastet zu tun, zumal es ohnehin meistens nicht geglaubt wird. Aber scheinbar hat es sich an mancher Stelle einfach als zum guten Ton dazugehörig etabliert, zumindest zwischendurch immer einmal zu stöhnen und zu jammern, um den eigenen Status der Belastung zu untermauern. Wer hingegen ohne zu klagen einfach liefert, wird auch schon einmal übersehen und das, was abgeliefert wird, wird leicht als selbstverständlich erachtet.

Eigentlich ist es überflüssig, das zu erwähnen, aber ich tue es trotzdem: Für mich ist es ein Zeichen von Wertschätzung, Respekt und Höflichkeit, auf Nachrichten entweder zügig zu antworten oder aber, wenn absehbar ist, dass eine zügige Antwort aus welchem Grund auch immer nicht möglich sein wird, eine Zwischenmeldung darüber zu schicken. Mir wird aber immer wieder, wenn ich Nachrichten erhalte à la „ich bin begeistert über Ihre schnelle Rückmeldung" oder „vielen Dank für Ihre prompte Reaktion", klar, dass das offenbar nicht jeder so sieht.

Auch wenn man betonen muss, dass gerade in Pandemiezeiten in Teilbereichen des Verwaltungsapparates geradezu Übermenschliches geleistet wurde und wird, so gibt es sie doch, diejenigen Bediensteten, die nach außen das Klischee verstärken, dass innen in der

Verwaltung die Uhren doch anders ticken (wenn sie dann überhaupt ticken). Für große Verwirrung hat beispielsweise unter vielen von einer Quarantäne Heimgesuchten die Art und Weise gesorgt, mit der ihnen diese Einschränkung mitgeteilt wurde. „Ordnungsverfügung" nennt man so ein amtliches Schreiben, das den Betroffenen auf hochoffiziellem Weg persönlich zugestellt wird.

Damit auch dem Sorglosesten klar ist, dass es sich dabei nicht etwa um einen gut gemeinten Rat handelt, sondern tatsächlich um eine Aufforderung, der man Folge leisten muss, ist die Wortwahl doch ein wenig drastischer, als man das normalerweise unter zivilisierten Menschen handhaben würde. Selbst Kleinkinder werden dementsprechend „unter Androhung von Zwangsmitteln" aufgefordert, sich zu isolieren. Kein Wunder also, dass sich unbescholtene Bürger leicht einmal wie Schwerverbrecher*innen fühlen (das Gendersternchen konnte ich mir in diesem Fall nicht verkneifen, denn, wie bereits erwähnt, wird in den meisten Fällen das generische Maskulinum bei negativ behafteten Begriffen nur halbherzig korrigiert) und das nur, weil sie vielleicht dummerweise das Pech hatten, mit einem positiv Getesteten für längere Zeit als eine Viertelstunde gemeinsam in einem geschlossenen Raum gewesen zu sein.

Damit das ganz klar und unmissverständlich ist: Die Ordnungsverfügung als solche ist eine ernste und wichtige Angelegenheit, denn sie dient der Abwehr von konkreten Gefahren für die öffentliche Sicherheit und Ordnung. Was mich nur immer wieder verstört, ist die Art und Weise der Formulierung, und damit meine ich noch nicht einmal die notwendige Bezugnahme auf die Paragraphen der jeweiligen Gesetze, sondern dieses furchtbare Behördendeutsch. Natürlich muss deutlich werden, dass es sich hierbei in keiner Weise um etwas handelt, für dass es irgendwelche Alternativen gäbe, aber ein wenig mehr Diplomatie – auch in der geschriebenen Sprache – ist sicher nicht weniger zielführend und hat noch nie geschadet.

Der Freistaat Thüringen sagt dazu übrigens, Behördenkommunikation werde erst dann bürgerfreundlich (es gibt tatsächlich Auswüchse namens „bürgerInnenfreundlich", aber da weigere ich mich wieder einmal und verweise darauf, dass hier in diesem Abschnitt zugunsten einer besseren Lesbarkeit die grammatisch männliche Form verwendet wird und sich bitte jeder angesprochen fühlen darf), wenn Begriffe, Formulierungen und Sichtweisen, die Ämter für selbstverständlich halten, den Bürgern auch erläutert würden und eindeutig seien und wenn die Kommunikation zwischen Bürgern und Behörde auf Augenhöhe erfolge. Das wiederum erfordere, dass die Behörde ihre Sprache und ihr Verhalten gegenüber den Bürgern kritisch reflektiere, indem sich Behördenbedienstete in die Perspektive der Bürger hineinversetzen. Ein erfreulicher Ansatz!

Zum Wiehern des Amtsschimmels gehört auch, dass in vielen Behörden das Hierarchiedenken noch recht ausgeprägt ist. Mutige Versuche einiger weniger Progressiver, die Hierarchie zu verflachen und damit auch etwas zum Bürokratieabbau beizutragen, enden häufig in halbherzigen Zugeständnissen, die dem Gesamtgeschehen nur wenig zuträglich sind. Aber es wird zumindest sehr viel darüber geredet.

Hoffnungsvoll stimmt mich jedoch, dass es auch in der steilsten Hierarchie manchmal (leider noch nicht häufig genug) Lichtgestalten gibt, die mit Einfühlungsvermögen gesegnet sind und trotz ihrer Position nicht die Bedeutung des Begriffes Team vergessen. Menschen also, die damit die wichtigste Voraussetzung für das erfüllen, was ein gutes Zusammenarbeiten auch und besonders in einem hierarchischen Gebilde unverzichtbar machen: Führungskompetenz.

Der böse Begriff „Ineffizienz" drängt sich übrigens vermutlich nur immer wieder deshalb als für Behörden charakteristisch auf, weil vielfach nicht klar ist, ob die Hierarchie nun eher steil oder eher flach sein soll. Auf der einen Seite werden die Befugnisse nämlich so penibel ausgelegt, dass man denken könnte, man müsse sich selbst den Toilettengang vom obersten Boss absegnen lassen, auf der anderen Seite wird aber in vielen Bereichen dann auch wieder auf verwirrende Weise so viel Freiraum gewährt, dass am Ende die linke Hand nicht mehr weiß, was die rechte tut. Folge: Prozesse dauern zu lange, aktuelle Schwerpunkte finden keine Beachtung, wenn zum Beispiel einfach nur chronologisch abgearbeitet wird. Das ist ein absoluter Hinkefuß in der Bürokratie, die im Übrigen offiziell als dringend generalüberholenswert bezeichnet wird.

In vielen Behörden wird das Thema „Frauenförderung" großgeschrieben (leider in einigen davon nur auf dem Papier). Das ist auch notwendig, damit verbale Relikte vergangener Zeiten („Frauen brauchen keine Fortbildung, Frauen werden schwanger") auch aus den konservativsten Köpfen endgültig verbannt werden. Wer dennoch sein veraltetes Rollenverständnis nicht hinterfragt, schneidet sich im Prinzip ins eigene Fleisch, denn auf motivierte Kolleginnen kann er in diesem Fall dann lange warten.

Zum Thema Mitarbeitermotivation sind wohl unzählige Bücher geschrieben worden, doch selbst die intensivste Lektüre dieser Bücher – sofern sie denn für notwendig erachtet wird – bringt nichts, wenn man trotzdem grundsätzlich nur nach Schema F vorgeht unter der Prämisse, dass „der Laden laufen" muss, wenn man nicht in der Lage ist, vernünftig und umfassend zu kommunizieren und wenn man darüber hinaus noch signalisiert, dass man letztendlich doch nur sich selbst der Nächste ist.

Befragt man übrigens „HanisauLand", ein Webcomic der Bundeszentrale für politische Bildung, der sich an Kinder richtet, zum Thema Bürokratie, erfährt man, dass dort alles geregelt ist und jeder seine klar umschriebene Aufgabe hat. Man erfährt, dass Vorschriften festlegen, wie gehandelt werden muss und dass sogenannte Dienstwege eingehalten werden müssen. All dies macht eine Behörde natürlich ein Stück weit starr und unflexibel. Das bemerkt man auch in den Behörden selbst immer wieder und zwischendurch macht dann eben die Idee vom „Bürokratie-Abbau" die Runde und der Begriff „bürgernah" bekommt zeitweise wieder einmal ein Gesicht. Je nachdem, wie progressiv die Verwaltungsspitze ist und je nachdem, wie groß der Anteil derer ist, die wirklich die Abläufe auf geschickte Weise reformieren wollen, gibt es also immer mal wieder Phasen der Verwaltungsmodernisierung. Doch sobald auf entscheidenden Positionen Menschen mit eher verknöchertem Gedankengut Platz nehmen, ist Hopfen und Malz verloren.

Eine wirklich gute Sache, die in Behörden oft praktiziert wird, ist die sogenannte Gleitzeit. Hierbei ist es möglich, Beginn und Ende der Arbeitszeit in gewissem Maße selbst festzusetzen. Dabei muss natürlich sichergestellt sein, dass das gewählte Zeitfenster mit den zu erledigenden Aufgaben und Anforderungen kompatibel ist. Das ist bei mir, die keine Aufgabe hat, die im klassischen Sinne mit „Publikum" zu tun hat, der Fall. Wann ich meine Dinge erledige, ist eigentlich vollkommen unerheblich, weil währenddessen unmittelbar niemand anders davon betroffen ist.

Ich nutze diesen Spielraum der Gleitzeit sehr gerne, denn ich gehöre zu den „frühen Vögeln", die morgens keine langen Anlaufzeiten benötigen, um wach zu werden und die dementsprechend schon den ersten „Wurm" im Büro „gefangen" haben, wenn andere sich eben erst zu Hause ihre Stulle schmieren und sich dann allmählich in Bewegung setzen. Das sind dann eher späte Vögel, und im Allgemeinen klappt das Zusammenspiel von frühen und späten Vögeln eigentlich recht gut. Allerdings gibt es leider auch späte Vögel, die zu einem Zeitpunkt, wenn man selbst mit seinem Tagwerk durch ist und sich auf den Heimweg machen will, mit „dringenden Angelegenheiten" aufwarten und dann ganz erstaunt fragen: „Oh, gehst du schon? Baust wohl Stunden ab, wie? Na, du hast es ja gut." – „Nein, ich bin einfach nur um 5 Uhr aufgestanden und habe schon seit 6 Uhr gearbeitet."

Wer abends länger bleibt, erweckt leider bei vielen eher den Eindruck, besonders engagiert zu sein, als jemand, der früh beginnt. Das liegt dann vermutlich daran, dass die wenigsten mitbekommen, dass frühe Vögel eben schon dann sehr produktiv sein können, wenn sich andere gerade erst in ihrer Aufwachphase befinden (wobei das jetzt wirklich kein böser Seitenhieb auf den verdienten Büroschlaf des Behördenbediensteten sein soll). Aber solange das der einzige Nachteil ist, lässt es sich gut damit leben und mir zumindest ermöglicht es, den restlichen Nachmittag auch anderweitig nutzen zu können.

Um aber nun wieder auf die Quintessenz meines Geschreibsels, nämlich dass mit Humor alles besser geht, zu kommen, betone ich an dieser Stelle auch noch, dass mich die bereits erwähnten behördlichen Formulierungen mitnichten immer verzweifeln lassen. Manchmal bieten sie auch Anlass zu größter Belustigung, so zum Beispiel das Folgende, das einer Informationsschrift des Deutschen Lehrerverbandes Hessen entnommen wurde: „Besteht ein Personalrat aus einer Person, erübrigt sich die Trennung nach Geschlechtern." Auch nicht schlecht ist das Berufsbildungsgesetz Hamburg mit folgender Definition: „Ausbilder sind für die Ausbildung ausgebildete Mitarbeiter, die vom Ausbildenden beauftragt sind, Auszubildende auszubilden." Wer gerne über Sinnhaftigkeit nachdenkt, hat vielleicht an diesem Auszug aus einem Formular im Postgirodienst Freude: „Persönliche Angaben zum Antrag sind freiwillig. Allerdings kann der Antrag ohne die persönlichen Angaben nicht weiterbearbeitet werden."

In diesem Sinne: Es lebe die Bürokratie. Auf dass der Amtsschimmel weiterwiehert.

Lachen ist gesund

Diese Erkenntnis kann man nicht oft genug thematisieren, und da der Titel dieses Buches mit Humor und damit zwangsläufig mit dem Lachen zu tun hat, muss es dafür natürlich ein eigenes Kapitel geben. Lachen hat übrigens einige kleinere Geschwister, zum Beispiel das Grinsen und das Schmunzeln. Allen ist gemeinsam, dass sie dazu beitragen, dass man sich zumindest kurzzeitig richtig gut fühlt.

Neulich habe ich mit einer sehr lieben Kollegin darüber gesprochen, wie schön die Zeit war, als wir noch zusammen in einem Büro saßen. Dies ist wohl in erster Linie der Tatsache geschuldet, dass wir – egal wie groß der Stress war oder wie genervt wir uns aufgrund anderer Dinge fühlten – immer etwas zu lachen hatten. Natürlich liegt die Häufigkeit dieser Heiterkeitsausbrüche auch daran, dass wir über die gleichen Dinge lachen können. Oder anders formuliert: den gleichen oder zumindest einen sehr ähnlichen Humor haben.

Mit dem Humor im Allgemeinen ist es so eine Sache: Mancher hält sich selbst für äußerst humorvoll, während andere denken, diese Person könnte durchaus einmal etwas lockerer und witzig-befreiter daherkommen. Humor ist auch vielfach Ansichtssache. Mancher könnte sich wegwerfen über die eine oder andere Albernheit, über die ein anderer so gar nicht lachen kann, sondern beinahe schon die Nase rümpft.

Fakt ist: Gleicher Humor verbindet und es gibt nichts Besseres, als sich gemeinsam über dieselben oder die gleichen Sachen kaputtzulachen. Kaputt ist in diesem Zusammenhang eigentlich das völlig falsche Wort, denn das genaue Gegenteil ist der Fall: Lachen ist gesund und wirkt daher überhaupt gar nicht zerstörerisch.

„Wissenschaftlich" habe ich mich bislang eigentlich noch nie so sehr damit beschäftigt – mir war viel wichtiger, dass es möglichst oft etwas zu lachen gab. Wenn man sich nun aber einmal eingehender in die Thematik einliest, erfährt man, dass man beim Lachen ungefähr 300 Muskeln anspannt, und davon allein 17 im Gesicht. Das könnte man glatt schon als Sport bezeichnen. Wenn sich das Zwerchfell beim Lachen anspannt, dehnen sich die Lungenflügel, und dann donnert der Atem mit satten 100 Stundenkilometern aus der Lunge heraus. Gleichzeitig nimmt die Lunge auch Sauerstoff auf. Der Stoffwechsel wird angeregt. Ein zu hoher Blutdruck kann durch Lachen gesenkt werden. Im Gehirn werden Glückshormone produziert. Gleichzeitig wird das Stresshormon Adrenalin unterdrückt und außerdem das Immunsystem aktiviert. Wenn man sich das alles vor Augen führt, sollte man immer dafür sorgen, genug zu lachen zu haben. Man will ja schließlich gesund leben!

Die Corona-Zeit fordert auf vielfältige Weise ihren Tribut. Aber es ist bezeichnend, dass gerade in Krisenzeiten auch solche Dinge Hochkonjunktur haben, die sich genau darüber lustig machen. Wenn das nicht so wäre, wäre die Menschheit bestimmt schon längst das eine oder andere Mal verzweifelt. Und gerade mit Blick auf Corona sollte man etwas für die Gesundheit tun, also lachen, lachen und nochmals lachen. An anderer Stelle beschreibe ich den Einfallsreichtum mancher Leute, wenn es darum geht, sich die Zeit zu vertreiben. Menschen kommen schon auf sehr verrückte Ideen, wenn ihre Möglichkeiten für umfangreiches Entertainment stark eingeschränkt sind. Tagtäglich findet man in den sozialen Medien Beispiele dafür, dass – frei nach dem Motto: Not macht erfinderisch – die Pandemie zu ungeahnter Kreativität verhelfen kann.

Manchmal ist es aber auch so, dass sich kollektiver Schwachsinn einfach seinen Weg bahnt. Da kann ein gemeinsames Abendessen im Familienkreis ein wenig ausarten, weil plötzlich und vollkommen ungeplant alle mit ihrer eigenen Gabel versuchen, die Frikadellen von den Gabeln oder Tellern der anderen zu klauen. Für die eher Besorgten: Die Beteiligten stammen alle aus einem Haushalt und es werden dabei auch keine Lebensmittel verschwendet oder gar ruiniert.

Es ist aber im Prinzip gar nicht nötig, das Thema Bespaßung selbst in die Hand zu nehmen. Damit komme ich – bei allem, was ich sonst öfter einmal zu kritisieren finde – zu einem großen Vorteil der sozialen Medien: Sie bieten unendlich viele Sachen zum

Lachen. Man muss nur ein paar Seiten abonnieren, ein bisschen nervtötende Werbung in Kauf nehmen und schon kann man sich prächtig amüsieren und die Lachmuskeln strapazieren. Als frisch gebackene Ü50erin mag ich zum Beispiel Sprüche, Cartoons und Witze zum Thema Älterwerden. Ich denke, ich habe schon verschiedentlich zum Ausdruck gebracht, dass ich es für besser halte, über die Mitbringsel des Älterwerdens besser zu lachen, als zu weinen. Daher finde ich auch so etwas in der Art witzig: „Wie alt sind Sie eigentlich?", fragt der Schönheitschirurg die neue Patientin. „Ich gehe auf die 40 zu." – „Aha, und aus welcher Richtung?" Auch nicht schlecht ist der folgende Spruch: „Ich bin jetzt in der besonderen Phase zwischen ‚gepflegt aussehen' und ‚gepflegt werden'."

Lachen kann ich aber auch über alles, was extrem übertrieben ist. Ich liebe Übertreibungen – je schamloser, desto besser. Und das bestimmt schon seit über 5000 Jahren. Außerdem mag ich es, wenn es so richtig absurd wird, zum Beispiel kürzlich, als jemand die Überlegung darüber anstellte, dass ja nun in der Corona-Phase die Einbrecher einen wirklich schlechten Stand haben und dass niemand ein Einsehen hat, dass da noch eine weitere ganze Branche den Bach runtergeht und eigentlich Unterstützung verdient hätte.

Herrlich ist auch, was man zuweilen von wohlmeinenden Freunden zugeschickt bekommt. Das füllt inzwischen ganze Ordner auf dem Smartphone, weil man nichts davon löschen will. Besonders umfangreich ist der Chatverkehr, wenn gerade etwas Ungewöhnliches stattfindet oder wieder ein mehr oder weniger prominenter Mensch ein besonders auffälliges Verhalten an den Tag legt und damit Anlass gibt, sich auf die eine oder andere Weise darüber lustig zu machen. Bestes Beispiel: Donald Trump. Wann immer er wieder etwas gemacht hat, das das dringende Bedürfnis hervorruft, die Hände über dem Kopf zusammenzuschlagen, gibt es kurze Zeit später irgendwelche lustigen oder denkwürdigen Bildchen dazu. Ich erinnere mich zum Beispiel an einen Cartoon, in dem sich zwei dem Corona-Virus verblüffend ähnliche Erscheinungen unterhalten. Eine davon trägt einen Arztkittel und ein Stethoskop und sagt zu der anderen: „Sie haben Trump", während die andere mit angeekeltem Gesichtsausdruck sagt: „Ihhhhh …"

Cartoons – das ist übrigens ein gutes Stichwort. Ich bin ein großer Fan von Cartoonisten und ich bewundere zutiefst, wie sie mit wenigen Strichen komplette Szenarien skizzieren und damit ganze Geschichten erzählen und Emotionen in Gesichter zaubern können.

Doch es kann und darf nicht nur darum gehen, über andere zu lachen. Hermann Hesse hat einmal gesagt: „Aller Humor fängt damit an, dass man die eigene Person nicht mehr ernst nimmt." Ich gehe jetzt nicht davon aus, dass er damit meinte, sich gar nicht mehr ernst zu nehmen, sondern einfach nur, dass man sich

in seinem Denken vielleicht ein bisschen weniger ausschließlich nur um sich selbst drehen sollte. Wenn
diese Interpretation richtig ist, fallen mir auf Anhieb
einige Personen ein, die dann wohl eher keinen oder
nicht genug Humor aufweisen können.

Sehr gut gefällt mir die Definition von Joachim
Ringelnatz: „Humor ist der Knopf, der verhindert,
dass uns der Kragen platzt." Dem kann man wirklich
nur zustimmen, denn wenn man wirklich laut und von
Herzen lachen kann, verraucht auch jede möglicherweise vorhandene Wut. Und wenn man die Dinge mit
Humor nimmt, wird alles leichter, womit wir dann
schlussendlich auch wieder beim Titel dieses Buches
angelangt wären: 50 Jahre – da hilft nur noch Humor!

Schwarzer Humor

Ein spezieller Fall ist der schwarze Humor. Er kommt böse und bissig daher, treibt das Amüsement auf eine sehr ungewöhnliche Weise auf die Spitze und erntet damit häufig sehr gegensätzliche Reaktionen: von brüllendem Gelächter (der ähnlich Gesinnten) bis hin zu tosender Empörung derjenigen, die die Grenzen des guten Geschmacks deutlich überschritten sehen. Denn anders als Flachwitze oder Insider-Witze oder Situationskomik befassen sich Witze, die man zu schwarzem Humor zählt, mit vermeintlichen oder auch offensichtlichen Tabuthemen.

Schwarzer Humor ist noch nicht einmal eine Gratwanderung. Man liebt ihn oder man hasst ihn. Humor ist eben eine sehr individuelle Angelegenheit. Wenn es richtig böse zugeht, schüttet sich der eine aus, während dem anderen das Lachen im Halse stecken bleibt. Doch nirgendwo ist festgelegt, worüber man eigentlich lachen darf. Daher bleibt es jedem selbst überlassen, wo er oder sie eine persönliche Grenze zieht, und insofern ist das alles – wie so vieles – eine Frage des Geschmacks. Menschen, die mit schwarzem Humor nichts anfangen können, würden jetzt vermutlich sagen: des schlechten Geschmacks.

Vielfach kommt das Lachen über Tabuthemen gar nicht gut an. Doch es ist falsch, Rückschlüsse auf eine Charakterschwäche zu ziehen, nur weil jemand über Witze lachen kann, die ein anderer als besonders sarkastisch, zynisch, boshaft, provokant oder aggressiv empfindet. Im Gegenteil: Im Rahmen einer Studie der Medizinischen Universität Wien hat man herausgefunden, dass die Probanden mit dem größten Ausmaß an schwarzem Humor am wenigsten aggressiv waren und am besten gelaunt. Abgesehen davon kam bei dieser Studie heraus, dass Menschen mit Sinn für schwarzen Humor intelligenter sind als der Durchschnitt.

Diejenigen, die wenig oder gar nicht über die innerhalb der Studie gezeigten schwarzhumorigen Comics lachen konnten, waren insgesamt aggressiver und negativer gestimmt. Daraus hat man geschlossen, dass Menschen mit Sinn für schwarzen Humor spielerischer mit schlimmen Situationen umgehen können. Sie können einfach über mehr lachen als andere und dadurch auch Situationen besser verarbeiten.

Bei mir spielt es sich immer folgendermaßen ab, wenn mir jemand etwas erzählt, das eindeutig als schwarzer Humor identifizierbar ist: Ich schaue eine Schrecksekunde lang entsetzt, rufe dann „Böööööööse!" und kann mir am Ende das Lachen doch nicht verkneifen. Manchmal geht es auch ohne das „Böööse!". Unvergessen ist in diesem Zusammenhang mein Zusammenbruch, als ich zum ersten Mal „Kesslers Knigge" gesehen habe. Dort gibt es – aufbereitet als kleine Videosequenzen – für jede passende und unpassende Situation Benimmregeln, wie man sich am besten *nicht* verhalten sollte.

Einmal hieß es da bei Kesslers Knigge: „10 Dinge, die Sie nicht tun sollten, wenn Sie als Notarzt arbeiten" und dann sah man eine nachgestellte Unfallszene, in der der Notarzt sich gerade über das schwer verletzte Opfer beugte: „Herr XY, Ihre beiden Beine wurden abgetrennt. Wir versuchen jetzt erst mal was Homöopathisches. Ich hab doch noch irgendwo ´n paar Globuli …" Schlimmer geht´s nimmer, könnte man denken. Aber hier wird eine Arzt-Patient-Situation auf so absurde Weise vollkommen überspitzt parodiert, dass es nur noch zum Brüllen komisch ist. Finde ich zumindest – wenn die Schrecksekunde vorbei ist.

Vielfach ist es so, dass Menschen mit Sinn für schwarzen Humor zunächst eher vorsichtig damit umgehen, in dem Bewusstsein, dass dies ein Humor ist, den nicht jeder hat und der eben auch bei dem einen oder anderen in den falschen Hals geraten kann. Hat man aber erst einmal herausgefunden, wer Schwester oder Bruder im Geiste ist, nimmt es kein Ende mehr mit dem gegenseitigen Hochschaukeln.

„Schwarzer Humor ist wie Essen. Hat halt nicht jeder." Was für den einen vielleicht eine Geschmacklosigkeit sondergleichen ist, stellt für jemand anderen eine spezielle Form von Gesellschaftskritik dar. Auch wenn es vorrangig darum geht, das Gegenüber zum Lachen zu bringen, wird hier doch ein gesellschaftlicher Missstand angeprangert, nämlich dass es leider nach wie vor Menschen gibt, die hungern müssen.

Kürzlich hat sich übrigens die Deutsche Welle gefragt, ob es bei allen schlimmen Begleiterscheinungen, die Corona mit sich bringt, okay sei, über die Pandemie Witze zu machen. Dazu sagt das Deutsche Institut für Humor in Leipzig: Ja, man darf. Humor ist nicht selten auch ein Ventil und kann dabei helfen, sich seine seelische Gesundheit zu bewahren. Das ist in Zeiten wie diesen wichtiger als alles andere. Auch wenn man dabei Gefahr läuft, ins Fettnäpfchen zu treten.

Galgenhumor

Ein schöner und motivierender Spruch besagt: „Wenn du glaubst, es geht nicht mehr, kommt von irgendwo ein Lichtlein her." Dumm, wenn sich das Lichtlein dann als Frontscheinwerfer eines Fahrzeugs entpuppt, das ungebremst auf dich zurast. Aber auch dann gibt es Menschen, die immer noch nicht vollends verzagen. Wer in einer nachteiligen, bedrohlichen oder gar ausweglos erscheinenden Situation ein komisches Element findet, verfügt zweifelsohne über Galgenhumor. Vielfach wird dieser auch als „gespielter Humor" oder als „vorgetäuschte Heiterkeit" definiert. Doch da wird dem Galgenhumor vielleicht ein bisschen Unrecht getan. Wer tatsächlich in einer Krise steckt und dennoch etwas findet, das zum Lachen ist, für den ist dieser Galgenhumor fast so etwas wie eine therapeutische Maßnahme oder gar eine Überlebensstrategie. Er hilft dabei, festgefahrene Denkmuster zu durchbrechen. Die Situation als solche wird nicht einfacher, wohl aber der Umgang mit ihr.

Eine liebe Freundin hatte über einen sehr langen Zeitraum hinweg sehr unter dem unmöglichen Verhalten ihres Exmannes zu leiden. Wenn sie mir immer wieder aufs Neue von seinen egoistischen Eskapaden erzählte, als man schon längst dachte, es sei eigentlich keine Steigerung mehr möglich, kannte meine Fassungslosigkeit kaum Grenzen und mein Mitgefühl ebenso. Andere hätten sich in dieser Situation vielleicht einen Strick genommen angesichts dessen, was es alles durchzustehen galt. Sie hingegen hatte sich dazu entschlossen, Frust und Enttäuschung keinen unnötigen Raum zu geben, sondern sie einfach wegzulachen. Sie verfügt über einen Galgenhumor, der sich wirklich gewaschen hat und ich kenne kaum jemanden, der dem Schicksal auf humorvollere Weise den Stinkefinger gezeigt hat.

Eng mit dem Galgenhumor verbunden ist die Fähigkeit zur Selbstironie. Menschen, die in der Lage sind, über sich selbst zu lachen oder wenigstens zu schmunzeln, die sich für eigenes Versagen nicht permanent geißeln, sondern auch einmal mit einem lockeren Spruch darüber hinwegschauen können, stehen schwierige Situationen besser durch.

Galgenhumor findet sich übrigens auch häufig bei sehr betagten Menschen. Sie machen sich über ihren gebrechlichen Zustand lustig oder nehmen die Tatsache auf die Schippe, dass sie bereits den Großteil ihres Weges gegangen sind und zumindest aller Wahrscheinlichkeit nicht mehr unendlich viel Zeit bleibt. Dann kann es schon einmal vorkommen, dass die Großmutter sagt: „Ach bring mir lieber eine Tageszeitung mit, wer weiß, ob sich die Wochenzeitung noch lohnt."

Seit wir alle mit einer Pandemie konfrontiert sind und viele ihre persönliche Situation dadurch als überaus belastend erleben, hat das Thema Galgenhumor noch einmal einen ganz besonderen Stellenwert erhalten. Unter dem Oberbegriff „Not macht erfinderisch" wird vielfach versucht, einer insgesamt bedrückenden Situation mit Sprüchen, Witzen, Karikaturen und Ähnlichem entgegenzutreten. Auch die eigene Haltung erfährt dann eine Rundumerneuerung. Anstatt zu jammern und zu klagen, dass Weihnachten nicht im großen Kreis möglich war, haben manche für sich erkannt, wie dankbar sie sein konnten, dass ihnen auf diese Weise Treffen mit der buckligen Verwandtschaft erspart blieben.

Selbst die Bundesregierung hat sich ein wenig in Galgenhumor versucht. Sie ließ einige Videoclips verbreiten, in denen unter dem Hashtag #besondereHelden alte Menschen im Jahr 2070 gezeigt werden, die auf das Jahr 2020 zurückblicken. Ihre Heldentaten bestehen darin, zu Hause geblieben zu sein und nichts getan zu haben und sich damit erfolgreich gegen das Ausbreiten der Pandemie aufgelehnt zu haben. Was in Deutschland sehr unterschiedliche Reaktionen zur Folge hatte, kam im Ausland erstaunlich gut an. In erster Linie relativierte sich wohl das Vorurteil, die Deutschen und speziell die deutsche Bundesregierung hätten keinen Humor. Henry Mance, ein Journalist der Londoner „Financial Times" twitterte gar: „Ich kann damit umgehen, dass die deutsche Antwort auf die Pandemie besser ist als unsere, aber ich glaube, ich kann nicht damit umgehen, dass sie lustiger ist." Wenn das keine Auszeichnung ist!

Schließlich sind die Briten im Allgemeinen bekannt, wenn nicht gar gefürchtet für ihren sehr speziellen Humor und die sehr eigene Art, mit den Widrigkeiten des Lebens umzugehen. „Ich bin gestolpert und vor aller Augen in den Dreck gefallen, aber wenigstens habe ich mich nicht blamiert." Selbst auf das Drama des Brexit reagieren sie – oder zumindest die Kritiker – mit beißendem Spott: „Aus der Kochbuchserie Harter Brexit: 100 wohlschmeckende Rezepte mit Gras."

In diesem Zusammenhang darf hier natürlich ein Hinweis auf die britische Komikertruppe Monty Python nicht fehlen. Am Ende ihrer Bibel-Filmkomödie „Das Leben des Brian" sieht man Brian, der aufgrund einer Verwechslung zum Messias ernannt worden war, am Kreuz und neben ihm muntert ihn jemand mit mildem und wissendem Gesichtsausdruck auf: „Kopf hoch Brian. Es gibt Dinge im Leben, die sind nun mal nicht schön. Und das kann einen wirklich manchmal verrückt machen. Und dann passieren wieder Dinge, da schwörst und fluchst du nur. Und wenn du nun am Knorpel des Lebens rumkaust, sei nicht sauer deswegen. Nein, pfeif dir doch eins. Denn Pfeifen hilft dir, die Dinge auf einmal ganz anders zu sehen, verstehst du?"

Und dann folgt das allseits bekannte Lied „Always look on the bright side of life". Der wohlmeinende Kreuznachbar hat Brian zwar nicht geraten, das Schicksal wegzulachen, doch er hat einen ähnlichen Weg vorgeschlagen, nämlich nicht nur tatsächlich, sondern auch symbolisch auf das ganze Elend zu pfeifen. Auch gegen Ende des Songs wird noch einmal deutlich, dass Galgenhumor ein guter Weg ist, mit den Dingen umzugehen: „Das Leben ist ein Stück Scheiße, wenn man es so betrachtet. Lass sie lachen, wenn du gehst. Denk daran, dass der letzte Lacher du selber bist. Komm Brian, mach ein fröhliches Gesicht."

Viele Menschen können über diese Art von Humor übrigens nicht lachen. „Das Leben des Brian" wurde nicht umsonst über Generationen hinweg teilweise wild diskutiert. In einigen Ländern durfte der Film eine Zeitlang gar wegen Blasphemie nicht gezeigt werden. Heute jedoch zählt er zu den ganz großen Klassikern und gilt als Meisterwerk des besonderen Humors.

Nostalgie

Früher war alles besser. Diesen Spruch hört man von unterschiedlichsten Menschen in unterschiedlichsten Situationen. Ehemalige DDR-Bürger, die nicht gerade das große Pech hatten, ihre Zeit in Stasi-Gefängnissen verbringen zu müssen, sondern vom System auf die eine oder andere Weise gar profitieren konnten, hielten die Mauer für einen Segen. Ehemals linientreue Menschen oder solche, die sich mit dem System irgendwie arrangieren konnten, erinnern sich daran, dass zum Beispiel die Kriminalitätsrate zu DDR-Zeiten deutlich geringer gewesen sei, man habe sich sicherer gefühlt, die Kinderbetreuung sei geregelt und die Mieten bezahlbar gewesen. Wer sich jedoch das Unrechtssystem mit all seinen perfiden Methoden noch einmal vor Augen führt, empfindet das „Früher war alles besser" auch schon einmal als die Aussage „Ewiggestriger".

Eine andere Art von Nostalgie wird gerne und oft kultiviert, wenn die heutige „Erwachsenengeneration" auf die eigene Kindheit und Jugend unter dem Motto „Wisst ihr noch?" zurückblickt. Da wird von Musikkassetten geschwärmt, deren Bandsalat man noch mit einem Bleistift beheben konnte. Da werden gelbe Telefonzellen glorifiziert, auf denen der Schriftzug „Fasse dich kurz" dazu mahnte, auch dem nächsten in der Warteschlange die Chance auf ein Telefonat zu geben. Nicht so häufig wird erwähnt, dass es da drinnen immer latent nach kaltem Rauch roch – kein

Wunder, es gab in diesen engen Boxen sogar Aschenbecher, in denen die Kippen ordnungsgemäß entsorgt werden konnten.

Es werden Erinnerungen wach an Kaugummiautomaten, in die man einen Groschen einwerfen musste, um dann per Umdrehen des Hebels drei klebrige Kugeln zweifelhaften Haltbarkeitsdatums zu erhalten. Ernährung war ohnehin so ein Thema, oder eben auch kein Thema: Voller Leidenschaft und ohne Rücksicht auf Gluten, Laktose, Zuckerschock oder Ähnliches wurden „Dutches" gegessen, also Weizenbrötchen mit einem Schokoladen-Schaumkuss (früher durfte man dazu sogar noch ungestraft Negerkuss sagen), und das Ganze wurde mit Flüssigkeit aus einem sogenannten Trinkkästchen runtergespült – Zuckerwasser mit Orangen- oder Kirschgeschmack. Ich selbst war so ein dürres, kleines Mädchen, dass meine Eltern froh waren über jede Kilokalorie, die ich freiwillig zu mir nahm. Daher war der Schulkakao auch ein allseits willkommenes Element in meiner vormittäglichen Nahrungskette.

Insgesamt wurde der Aspekt „Gesundheit", vielleicht noch erweitert um den Begriff „Sicherheit", im Vergleich zu heute schon sträflich vernachlässigt. Sicherheitsgurte im Auto gab es zumindest für die hinteren Sitze kaum. Dafür quetschten wir dann einfach so viele Kinder rein wie möglich. Davon abgesehen fuhren wir Fahrrad ohne Helm und stattdessen über selbst gebaute Sprungschanzen. Vielfach wussten meine Eltern zum Glück nicht, was wir für riskante

Dinge trieben – heute ein Ding der Unmöglichkeit. Das Problembewusstsein meiner Eltern war aber doch etwas ausgeprägter als das anderer, denn sie verboten mir beispielsweise, Holzclogs zu tragen, weil das „die Füße verderben" könne. Ebenso untersagten sie mir das Tragen einer schicken, damals unheimlich modernen Lederschnur um den Hals, weil sie besorgt waren, ich könne mich strangulieren, wenn ich mal wieder von der hohen Mauer sprang, die unsere Straße von einer kleinen Fabrik abgrenzte. Auf dieser Straße spielten wir natürlich, wann immer es möglich war, Völkerball, Brennball, maßen uns im Gummitwist, spielten Fangen und machten eben Platz, wenn Autos kamen. Einzige Vorgabe war, zum Abendessen zu Hause zu sein. Mit viel Glück durften wir im Sommer anschließend auch im Dunkeln noch eine Runde Verstecken spielen. Dabei versteckten wir uns in Gärten, krochen in Sträucher, ohne uns um Zecken oder Ähnliches zu scheren, und niemals kreiste ein Helikopterelternteil behütend über unseren Häuptern.

Zunehmend hielt der Fortschritt Einzug in unser Leben. Auf das mit Batikverkleidung aufgehübschte graue Wählscheiben-Telefon der 70er-Jahre folgte in unserem Haushalt damals ein schickes, futuristisch anmutendes, grünes Tastentelefon. Sein eindeutiger Vorteil war eine unendlich lange Schnur, die mir endlich ein gemütliches und zum Leidwesen meiner Eltern stundenlanges Telefonieren im Wohnzimmer (und nicht mehr wie vorher im kalten Flur stehend) ermöglichte. Dies alles ist Nostalgie vom Feinsten.

Laut Wikipedia handelt es sich bei Nostalgie um eine sehnsuchtsvolle Hinwendung zu vergangenen Gegenständen oder Praktiken und kann sich sowohl auf das eigene Leben beziehen als auch auf nicht selbst erlebte Zeiten.

Ein weiteres Beispiel für eine solche sehnsuchtsvolle Hinwendung schleicht sich bei mir jedes Jahr gerne in der Zeit zwischen Weihnachten und Neujahr ins Gemüt, wenn TV-Sender die alten Schinken aus den Archiven holen. Da wird der symbolische Staub von symbolischen Filmrollen gepustet und die Vergangenheit ein kleines bisschen in die Gegenwart transferiert. Man darf es zwar nicht laut sagen, aber ich habe an den Feiertagen mehrere Folgen der „Schwarzwaldklinik" gesehen. Okay, aus heutiger Sicht ist es ein wenig gewöhnungsbedürftig, wenn die Hausherrin statt des seriösen und zeitlosen Arztkittels plötzlich einen langen Jeansrock und eine Bluse mit übergroßem Häkelkragen trägt und beides dann auch noch mit weißen (!) Westernstiefeln kombiniert. Aber das war eben die damalige Mode, das waren die Achtziger. Man muss sich ja nur Fotos aus der Zeit anschauen und stellt fest, dass der eigene modische Look keinen Deut besser war.

Doch selbst der Anblick großkarierter Herrensakkos und überdimensionaler Schulterpolster tut einem wohligen Gefühl keinen Abbruch: Es hat etwas fast Beruhigendes, sich vor dem Fernsehgerät herumzulümmeln und in vergangene Zeiten einzutauchen. Natürlich wird einem dabei auch bewusst, wie alt man selbst inzwischen geworden ist, aber das stört nicht weiter. Das Schöne ist, man zappt zwischendrin irgendwo rein und weiß gleich wieder ziemlich genau, worum es damals ging und wie es weitergehen würde. Entweder waren die Drehbücher damals also deutlich besser strukturiert oder wesentlich simpler gestrickt oder das Langzeitgedächtnis funktioniert erstaunlich gut, was ja definitiv einen Grund zum Freuen darstellt. Auf jeden Fall haben die zumeist heile Welt und das Wissen darum, dass es am Ende einer jeden Folge in den meisten Fällen gut ausgegangen sein wird, eine ausgesprochen beruhigende und entspannende Wirkung auf mich.

Das liegt bestimmt vor allem an Professor Brinkmann, der mit ruhiger Hand, sonorer Stimme und unendlichem Verständnis für menschliche Schwächen nicht nur kleinere und größere körperliche und seelische Wunden seiner Patienten heilt, sondern auch noch als moralische Instanz überzeugt. Aber es liegt auch an den anderen Charakteren, deren Entwicklung im Verlauf der einzelnen Folgen so klar und deutlich nachvollzogen werden kann. Und natürlich liegt es auch an der malerischen Umgebung, in der das Ganze spielt. Wer hat sich in den 80er-Jahren nicht ins Glottertal gewünscht, wer wollte nicht auch am Abend in das idyllische Landhaus zurückkehren, in dem die liebevolle Haushälterin und der süße Wuschelhund das erfolgreiche Ärzte-Ehepaar freudig erwarteten? Muss man sich jetzt noch fragen, wie es zu sehnsuchtsvoller

Hingabe an Vergangenes kommt? Sicher nicht: Zumindest in dieser Hinsicht waren das doch ganz eindeutig bessere Zeiten.

Mit Nostalgie lässt es sich definitiv auch erklären, dass ich seit vielen Jahren an den Abenden des 2. Weihnachtsfeiertags und des Neujahrstags für niemanden zu sprechen bin. Diese Abende sind reserviert, um mit dem Traumschiff in See zu stechen. Selbst unmittelbare Angehörige, deren Namen ich hier nicht nennen werde, die sich aber ansonsten gerne und heftig über „Schmonzetten" aller Art auslassen, haben das Traumschiff-Schauen zur Pflichtveranstaltung für sich erhoben. Hier wird das Fernweh kultiviert und das schöne Leben zelebriert. Da lasse ich mich auch nicht auf Anspruchs- oder Qualitätsfragen ein, und es stört mich auch nicht, dass man meistens bereits innerhalb der ersten Viertelstunde weiß, wie es ausgehen wird. So war es zumindest in den letzten Jahren.

Etwas gewöhnungsbedürftig war dennoch bei der Neujahrsfolge 2021, dass dieses Flaggschiff der leichten Unterhaltung mit der „Alles wird gut"-Garantie ebenfalls von den Einschränkungen, die mit dem Corona-Virus verbunden sind, in die Tiefen der Pandemiegewässer gerissen wurde. Es ist natürlich nachvollziehbar, dass die Bedingungen der Dreharbeiten durch Abstandsgebote und Kontaktverbote deutlich erschwert wurden. Da drückt man dann eben beide Augen zu, wenn man am Kiel eines vermeintlich ankernden Schiffes auf einmal deutliche Fahrwasserbewegungen sieht. Und ja, man verzeiht auch ein paar schwächere Dialoge. Was mir persönlich allerdings immer noch Magenschmerzen bereitet, ist Florian Silbereisen, der mich als Kapitän mit seinem niederbayrischen Akzent auch dieses Mal nicht überzeugen konnte. Ich hoffe ja immer noch, dass der deutlich maritimer wirkende Staff-Kapitän Martin Grimm irgendwann einmal, vielleicht sogar sehr bald, Kapitän Max Parger beerben wird. Der Schauspieler Daniel Morgenroth ist doch ein Seebär, wie er im Buche steht. Man könnte das ja auf nette Art in einem wirklich originellen Drehbuch erklären. Für Herrn Silbereisen gibt es doch sicher eine adäquate Bergdoktor-Serie, in der er überzeugender wirken könnte. Auf diese Weise lässt sich doch Nostalgie wunderbar mit einer vernünftigen Zukunftsversion koppeln.

Sentimentalität

Eng verbunden mit der Nostalgie ist auch oft die Sentimentalität. Ich gebe zu, ich bin ein sehr sentimentaler Mensch. Streng genommen könnte man mich diesbezüglich auch als hoffnungslosen Fall bezeichnen. Menschen, Dinge und Situationen können mich so berühren, dass ich auf der Stelle losheulen kann. Weniger Sensible könnten einen solchen emotionalen Ausbruch auch auf „die Hormone" schieben. Aber das ist es nicht, es hat vielmehr etwas mit der eigenen mentalen – der senti-mentalen – Konstitution zu tun.

Grundsätzlich spielt tragende, bewegende Musik, die besonders harmonisch daherkommt, eine bedeutende Rolle, damit es bei mir zu wahren Gefühlsstürmen kommt. „Möge die Straße uns zusammenführen" ist da zum Beispiel prädestiniert. Gut, es ist eines der typischen Lieder, die häufig auf Beerdigungen gespielt werden. Doch es wurde auch auf der Abiturfeier meiner Tochter gesungen. Bereits im Vorfeld hatte ich mich in autogenem Training versucht, um diese Situation, die als solche schon besonders ist, gut zu bewältigen. Wie kann man dann bitte so etwas da spielen? Gut, es ist ein irischer Segenswunsch und natürlich wünscht man den Schulabgängern Segen für ihren weiteren Lebensweg. Doch eigentlich wird damit doch nur die unglaubliche Bedeutung des Momentes um ein Vielfaches verstärkt: Ein Lebensabschnitt geht zu Ende und es beginnt – auch wenn die Pläne zum

Teil schon sehr konkret sind – eine Reise ins Ungewisse, völlig unabhängig davon, dass eigentlich jeder
normale Tag ebenso eine Reise ins Ungewisse bergen
könnte. Aber das macht man dann im Normalfall eben
mit sich selbst aus und nicht mit ein paar Hundert anderen Menschen, die sich in derselben Situation befinden. Das ist dann eher wie eine ganze Gefühlslawine,
die da losgetreten wird.

Natürlich muss ich da auch gleich wieder an ähnliche Situationen dieser Art denken, so zum Beispiel an
den Abschied der Kinder von der Grundschule. War
schon die Einschulung ein „Jetzt beginnt der Ernst des
Lebens", war der Übergang zum Gymnasium ein
„Jetzt beginnt aber wirklich der Ernst des Lebens", so
war es, als das nun beendet war, für mich kaum zu
ertragen, dass nun tatsächlich und unwiderruflich der
Ernst des Lebens begann, obwohl sich die jungen
Menschen zu diesem Zeitpunkt schon jahrelang erfolgreich mit den Widrigkeiten des Lebens auseinan-
dergesetzt hatten. Aber ein Mutterherz schlägt eben
einfach anders und ein Mutterhirn denkt nicht immer
rational.

Die Abschiedsfeiern aus der Grundschule sind aber
tatsächlich besonders erwähnenswert: „Meine" erste
begann mit der solidarischen Aktion einer wohlmeinenden Mutter, die das Procedere schon einmal miter-
lebt hatte und aus dieser Erfahrung heraus Rescue-
Pastillen an die emotional nicht so ganz Robusten verteilte (rein pflanzlich natürlich, vollkommen unbedenklich und leider auch, wie sich später herausstellte,

bei mir zumindest, ebenso wie bei ein paar anderen, vollkommen wirkungslos). Man muss sich das nur einmal bildlich vorstellen: Da steht ein Haufen heulender Mütter auf dem Schulhof herum und ihre Kinder, die eigentlich stolz wie Oskar sind, können es so gar nicht fassen und fragen sich, warum ihre Mamas so durchdrehen.

Beim zweiten Kind dachte ich dann, ich könne das jetzt locker wegstecken. Ich wusste ja nun, wie es ging und hatte überdies beobachtend erlebt, dass nach der Grundschule auch nicht die Hölle lauerte. Aber nein, Pustekuchen! Sobald man aus vielen Kinderkehlen hört „Alte Schule, altes Haus, du siehst heut ganz anders aus und zum letzten Mal geh ich durch deine Tür", kann man sich einfach nicht mehr zusammenreißen. Das klappt bis zum heutigen Tag nicht, obwohl das Ganze inzwischen acht Jahre her ist, aber so wahr ich hier sitze, ich muss gerade mit dem Schreiben innehalten und mir über die schon wieder feuchten Augen wischen. Ich bin und bleibe offenbar ein Jammerlappen!

Was mich auch sehr berührt hat, war die Amtseinführung von Joe Biden. Grund dafür war vermutlich die Erleichterung darüber, dass Donald Trump das Weiße Haus nun endlich verlassen hatte, gepaart mit einer gewissen Trauer darüber, dass die Feier wegen Corona nicht so wie sonst stattfinden konnte. Vielleicht lag es aber auch in der simplen Tatsache begründet, dass sich Amerika auf eine seiner hervorstechendsten Kernkompetenzen besonnen hatte: den Pathos!

Hochzeiten – das ist auch etwas, das bei mir nur mit sehr wasserfestem Make-up geht. Das beginnt schon bei der Planung. Meine Mutter erzählte mir jüngst von einem sehr besonderen Heiratsantrag und mit der Erwähnung, dass die Oma der jungen Verlobten vor Freude geweint habe, gingen auch bei ihr sofort die Schleusen auf. Und wer weinte gleich mit, obwohl sie es gerade nur erzählt bekommen hatte? Ich natürlich. Sentimentalität ist also auch etwas extrem Ansteckendes.

Bei meiner eigenen Hochzeit blieben meine Augen glücklicherweise trocken. Das mag einerseits daran gelegen haben, dass durch ein paar spezielle Beteiligte ein wenig Schwung und Humor in das ansonsten durchaus feierliche Ambiente gebracht wurden und auf der anderen Seite daran, dass ich persönlich betroffen war. Ich war vermutlich so vom Donner gerührt, dass für Sentimentalität in diesem Moment kein Platz war. Im Nachhinein betrachtet war das auch – vor allem auch mit Blick auf das Hochzeitsfoto – sehr gut so, denn ich war einmal als Gast bei einer kirchlichen Trauung anwesend, bei der die Braut schon heulend in die Kirche hineinkam und schließlich mit laufender Nase vor dem Altar stand. Nicht nur, dass mir persönlich das überaus unangenehm war, man fragte sich überdies auch, ob die Braut möglicherweise an ihrer Entscheidung zweifelte.

Die zwischenzeitliche Überlegung, dass man gefasster ist, wenn es um einen selbst geht, kann ich übrigens bereits nach ein paar Zeilen schon widerlegen, denn plötzlich fällt mir wieder mein 50. Geburtstag ein und ich muss an diesen besonderen Moment denken, als die zwei entsandten Goldkehlchen sich da mit Abstand in meinem Garten positioniert hatten und mir dieses wunderbare Lied sangen. Immerhin hatte ich mich so weit im Griff, dass ich nicht mit dicken Augen und rotgeschwollener Nase das Ständchen entgegennahm, sondern nur mit den Händen vor meiner Nase herumwedelnd und leicht schniefend. Was für ein Ausbund an Selbstdisziplin ich da war! So was geht eben erst mit 50.

Die Tatsache, dass sie sich so lange Gedanken gemacht hatten, dass sie eines meiner liebsten (weil auch sehr berührenden) Lieder, den „Stammbaum" von den Bläck Fööss auf mich passend umgetextet hatten, all die netten Sachen, die sie in ihrer Version untergebracht hatten, alle meine schlechten Eigenschaften, auf die sie mir zuliebe oder aus reiner Freundlichkeit offensichtlich einfach verzichtet hatten und dann die schönen Anekdoten, die sie auch noch zur Sprache brachten, all dies führte zu einer kaum beherrschbaren Rührung und Freude. Aber es war so besonders schön, weil sich unter die paar Tränen der Rührung, die doch heimlich den Weg aus meinen Augen herausgefunden hatten, auch ein paar Lachtränchen gemischt hatten.

Abschließend bleibt festzuhalten, dass man es am besten mit Gelassenheit (er)trägt, wenn man zu den

Menschen gehört, bei denen sich zu allen möglichen Gelegenheiten alle Schleusen weit öffnen, ganz egal, ob einfach nur die Freude darüber so groß ist, dass ein entlaufener Hund wohlbehalten wieder heimgekehrt ist oder dass Sissi am Ende der Trilogie endlich wieder ihr Töchterlein in die Arme schließen darf. Dringend empfohlen sind lediglich ein halbwegs verständnisvolles Umfeld und ein großzügiges Kontingent an Papiertaschentüchern.

Wellness

Wellness – darunter lässt sich grob alles zusammenfassen, was irgendwie guttut. Der aus dem Englischen stammende Begriff bedeutet übersetzt so viel wie Wohlbefinden oder Wohlfühlen. Im Duden liest man, es handele sich bei Wellness um ein „durch leichte körperliche Betätigung erzieltes Wohlbefinden". Das bedeutet aber doch, dass man selbst etwas tun muss. Ist es nicht auch Wellness und für viele gar ein reiner Luxus, einmal nichts zu tun? Gern im gleichen Atemzug mit Wellness wird die Möglichkeit genannt, die Seele baumeln zu lassen. Ausgewiesene Wellness-Institute verstehen sich demnach als Orte, an denen man die Seele baumeln lassen kann. Sie sehen ihr Angebot als Alternative zu einem stressigen Alltag. Auch Revitalisierung ist hier ein gerne verwendeter Begriff. Dabei geht es darum, das harmonische Gleichgewicht der Körperfunktionen wiederherzustellen.

All dies hat mich lange Zeit schwer beeindruckt und wie ein Magnet auf mich gewirkt. Begriffe wie „Entgiftung" oder „Entschlackung" lasen sich überaus reizvoll, man hatte sogleich eine Art Jungbrunnen vor Augen, aus dem man nach besagten Anwendungen frisch und neu und knackig wieder emporsteigen konnte. Meine älteste Erinnerung an eine Anwendung, bei der es um „Entgiftung" gehen sollte, ist auch gleichzeitig meine prägendste. Ich lag auf einer Liege und jemand packte Händeweise irgendeinen übelriechenden Schlamm auf meinen Körper und verteilte ihn dort. Ich ließ die Prozedur über mich ergehen. Von Entspannung keine Spur, aber das stand ja offenbar auch nicht im Vordergrund. Immer den erhofft positiven Effekt vor Augen, überstand ich die Zeit, bis man mich von dem inzwischen getrockneten Schlamm wieder befreite.

Rein äußerlich war anschließend keine Veränderung festzustellen. Doch nur kurze Zeit später wurde mir so übel, dass ich es so eben noch zur Toilette schaffte und dort den Inhalt meines Magens in Richtung Kanalisation beförderte. Auch in der dann folgenden Nacht trieb mich eine unerträgliche Übelkeit immer wieder in Richtung Nasszelle. Meine derart heftige Reaktion auf die Anwendung konnte später niemand so wirklich nachvollziehen. Ein möglicher Zusammenhang mit der erfolgten Behandlung wurde glatt geleugnet. Streng genommen war ich schließlich mit nunmehr komplett leerem Magen tatsächlich auch ein Stück weit entgiftet. Vielleicht war das ja der Plan gewesen. Hätte ich allerdings vorher geahnt, dass der Wohlfühlfaktor derart in den Hintergrund gedrängt werden würde, hätte ich mich vermutlich gegen die im Übrigen doch recht kostspielige Anwendung entschieden. Aber aus Erfahrung wird man klug.

Bei meinem nächsten Wellness-Aufenthalt sagte ich mir, dass man mit Massagen nichts falsch machen könne und buchte eine Variante, die sich für mich besonders reizvoll las. Da ich mit Blick auf meine Verspannungen bislang immer nur wohltuende Rückenmassagen erlebt hatte, wollte ich mal etwas anderes ausprobieren: Noch ausgedehnter und umfangreicher sollte das Wohlfühlerlebnis sein. Voller Erwartung begab ich mich also in den stylisch eingerichteten Raum und freute mich auf die nächste Stunde. Doch auch dieses Erlebnis entsprach nicht ganz meinen Erwartungen. Als ein von Natur aus freundlicher Mensch lege ich Wert darauf, dass mir ebenfalls freundlich begegnet wird. Vielleicht hatte die Dame, die die Massage vorgenommen hat, einen schlechten Tag, vielleicht hat sie aber auch einfach nur den Charme eines Totengräbers.

Wir wurden auf jeden Fall nicht warm miteinander, denn ich erzürnte sie gleich zu Beginn mit der Bitte, meine dicken Socken anbehalten zu dürfen, weil ich immer so schnell kalte Füße bekomme (das Alter, die Durchblutungsstörungen, so ist das halt bei manchen Menschen). Da aber bei der gebuchten Anwendung die Füße miteinbezogen werden sollten, schloss sie das kategorisch aus. Auch meine Frage, ob man die Füße nicht einfach auslassen könne, verneinte sie. Da hatte ich wohl nicht genau genug gelesen. Sonst hätte ich vermutlich ein anderes Programm gewählt, denn ich hasse es, wenn jemand „an meine Füße geht". Von Entspannung konnte also auch da keine Rede mehr sein. Doch es kam noch schlimmer. Die Dame arbeitete sich lieblos an mir ab und kam gegen Ende meinem Kopf gefährlich nahe. Und als sie mir mit ihren öligen Fingern durch die Haare fuhr, wurde mir klar: Nicht nur die Füße, auch der Kopf waren Teil der Massage. Ich ließ es über mich ergehen und war wirklich froh, als die Zeit um war. Insgeheim verwünschte ich mich, dass ich mich nicht genauer über diese Art der Massage informiert hatte. Aber ich hätte es auch nicht für möglich gehalten, dass da so wenig individueller Spielraum bestand, vom gebuchten Programm ein wenig abzuweichen.

Am Ende verließ ich den Raum mit ölig verschmiertem und mit Druckstellen verunziertem Gesicht und fettigen, wirr vom Kopf abstehenden Haaren. Ich weiß natürlich auch, dass ein Wellness-Bereich kein Laufsteg ist und dass es da nicht auf Äußerlichkeiten ankommt. Ich habe auch gar kein Problem damit, mit feuchtem Haar und gerötetem Gesicht aus der Sauna zu kommen, aber so dermaßen entstellt unter Menschen zu gehen, hatte für mich nun so gar nichts mit Wellness zu tun.

Grundsätzlich stelle ich fest, dass es mir in größeren Wellness-Bereichen und auch öffentlichen Saunen immer einen kleinen Tick zu intim zugeht in Anbetracht der Tatsache, dass man doch recht vielen, vollkommen fremden Menschen recht unbedeckt begegnet. Es ist weniger die Nacktheit als solche, die mich stört, als eine gewisse Distanzlosigkeit, die manchmal damit einhergeht.

Vermutlich bin ich zu verklemmt für diese Welt. Für mich bedeutet Wellness zudem in erster Linie

Entspannung und nicht Selbstoptimierung. Daher befindet sich für mich das beste Wellness-Center der Welt in meinem Keller. Dort steht eine Sauna. Sie ist uralt und nicht besonders groß, aber sie erfüllt ihren Zweck perfekt. Der Duft des Aufgusses ist genau nach meinem Geschmack, die Entspannungsmusik aus der Bluetooth-Box ist so, wie ich sie mag. Nach dem Saunagang muss ich nicht warten, bis eine Dusche frei ist und es besteht keine Verwechslungsgefahr von Handtüchern oder Schlappen. Und da sich dort erfreulich wenig Leute herumtreiben, läuft man erst recht nicht Gefahr, dass sich jemand noch hinzuquetscht, weil er der Ansicht ist, das passe noch. Stattdessen bleibt mir der Anblick unbekleideter Fremder gänzlich erspart und auch ich muss niemanden mit meiner Nacktheit belästigen. Die einzige „Gefahr", die heute noch droht, ist, dass ein Spaßvogel „vergisst", nach seiner bevorzugten Nutzung der Schwalldusche den Funktionshebel wieder umzustellen, und es dann vollkommen unerwartet eiskalt auf mich herniederplatscht.

In meinem privaten Wellness-Center kann ich es mir gut gehen lassen und mich so richtig entspannen. Vorbei sind auch die Zeiten, als das stimmungsvolle Ambiente noch mit Hilfe von Teelichtern erzeugt wurde. Stattdessen kommen heute LEDs zum Einsatz. Das hat den unschätzbaren Vorteil, dass garantiert kein Saunatuch mehr Feuer fangen kann, nur weil man es ein wenig zu tief auf dem Heizkörper aufgehängt hat. Das Wellness-Center entspricht nun also auch allen wesentlichen Sicherheitsanforderungen.

Zwischen den Gängen finde ich auf Anhieb einen komfortablen Ruheplatz auf meinem Sofa und bestimme dann selbst meine Pausenunterhaltung. Ich habe sogar ein Massagekissen mit interessanter Shiatsu-Technik, das ich gezielt gegen Verspannungen einsetzen kann. Bei Bedarf kann ich mir auch einen tollen grünen Smoothie dazu mixen und damit eine insgesamt maximale Revitalisierung von Körper und Geist in Angriff nehmen.

Wenn ich all das zusammennehme und dann noch bedenke, dass diese Art von „homemade Wellness" zwar vielleicht nicht ganz so stylisch, aber dafür auch in Lockdown-Zeiten möglich ist, bleibt für mich nur ein Fazit: Was für ein Luxus! Und ja: Da kann ich dann auch so richtig die Seele baumeln lassen.

Wein

Eine sehr spezielle Art von Wellness ist Wein. Ich kann es nicht anders sagen: Wein ist für mich nicht nur Genussmittel, sondern auch so etwas wie Inspiration. Und auch wenn es aus gesundheitlicher Sicht nur wenig Argumente dafür gibt, dem Wein übermäßig zuzusprechen, kann dies durchaus einmal im Überschwang der Begeisterung passieren. Mit dieser Problematik stehe ich jedoch nicht allein auf weiter Flur, wie ich weiß.

Wein ist multifunktional: Er kann eleganter Begleiter zum Essen sein oder mit ein wenig Käse oder einer Kleinigkeit zu knabbern einen gemütlichen Fernsehabend bereichern. Wobei ich mich in dieser Hinsicht tatsächlich ein wenig von der Stimme der Vernunft leiten lasse: Unter der Woche wird im Normalfall kein Alkohol getrunken. Heißt natürlich im Umkehrschluss, dass es auch schon einmal sein kann, dass am Wochenende „nachgeholt" wird, worauf man von Montag bis Donnerstag verzichtet hat. Das hat sich auch und vor allem in Corona-Zeiten gezeigt. Dies aber nur am Rande.

Wer wie ich das Glück hat, in der Nähe eines schönen Weinanbaugebietes zu leben, kann die Begeisterung für diese edle Flüssigkeit auch deshalb nachvollziehen, weil allein der Anblick der Reben, wie sie dicht an dicht in ihrem Weinberg stehen, das Herz erfreut. Wie oft schon hat es mich zu Fuß oder mit dem

Fahrrad in Richtung Weinberge gezogen! Im Rahmen einer Weinprobe habe ich sie schließlich auch noch von „halbwissenschaftlicher" Seite kennenlernen dürfen, denn die Sommelière war so frei, ein wenig aus dem Nähkästchen zu plaudern.

Als großer Freund geschriebener Weisheiten habe ich es mir natürlich auch nicht nehmen lassen, mir einmal Zitate im Zusammenhang mit Wein zu Gemüte zu führen. Eines, das vermutlich jeder schon einmal gehört hat, stammt von Johann Wolfgang von Goethe und stellt mit bemerkenswerter Klarheit fest: „Das Leben ist zu kurz, um schlechten Wein zu trinken." Was allerdings als „schlecht" bezeichnet werden kann oder nicht, ist am Ende Geschmackssache und nicht selten Ergebnis oder auch Auslöser eines Glaubenskrieges. Ist ein lieblicher Wein „schlecht", weil man selbst nur trockenen Wein trinkt? Kann man es am Preis festmachen, der für eine Flasche erzielt wird? Ist Wein aus dem Supermarkt eigentlich ein Unding? Alles Fragen, denen es sich lohnt, nachzugehen. Übrigens hat Goethe angeblich bis zu drei Flaschen Wein pro Tag konsumiert. Da war er natürlich gut beraten, auf eine gewisse Qualität Wert zu legen. Gerüchte behaupten, dass Goethe der Ansicht war, im Wein lägen produktivmachende Kräfte besonderer Art. Wer weiß, vielleicht hatte er damit recht. Ich sollte mir einfach mal ein Fläschchen mit ins Büro nehmen und den Wahrheitsgehalt dieser Aussage überprüfen. Bei Goethe zumindest scheint es gewirkt zu haben. Davon zeugen gleich eine ganze Reihe kluger Aussprüche, wie beispielsweise dieser: „Der liebe Gott hat nicht gewollt, dass edler Wein verderben sollt. Drum hat er auch zum Saft der Reben den nöt'gen Durst dazugegeben." Oder auch: „Für Sorgen sorgt das liebe Leben und Sorgenbrecher sind die Reben."

Wichtig ist jedoch bei aller Gedankenspielerei am Ende nur, dass der Wein schmeckt. Wenn man dann noch am nächsten Morgen keine höllischen Kopfschmerzen davonträgt, ist er in jedem Fall gut. Ein lieber Freund hat darüber hinaus nach eigener Aussage einen gewissen Ehrgeiz entwickelt, guten, aber gleichzeitig günstigen Wein zu finden. Wenn man sich mal eine Weile damit beschäftigt hat, stellt man nämlich fest, dass ein Wein mit einem Flaschenpreis von 6 Euro nicht zwingend die letzte Plörre sein muss, sondern dass die Flasche dennoch einen sehr besonderen Inhalt bereithalten kann. Umgekehrt ist nicht jeder Preis ab 25 Euro aufwärts für die Flasche Garant für einen wohlschmeckenden Tropfen. Und wie gesagt: Was gut ist, entscheidet am Ende der Geschmack. Doch es ist nicht nur er, der dem Wein seine besondere Anziehungskraft verleiht.

Davon einmal ganz abgesehen habe ich im Laufe der Zeit gelernt, dass ich bei Rotwein eine viel größere geschmackliche Toleranz aufweise als bei Weißwein. Will heißen, die Wahrscheinlichkeit ist größer, dass mir ein x-beliebiger Rotwein eher schmeckt als ein x-beliebiger Weißwein. Natürlich ist auch das immer ein bisschen abhängig von Rebsorte, Anbaugebiet und

Lage. Und ein bisschen spielt einem auch immer die Fantasie einen Streich. Grauburgunder mag ich im Allgemeinen nicht so sehr. Heißt er aber Pinot Grigio und wird beim Italiener um die Ecke ausgeschenkt, schmeckt er mir komischerweise sehr gut.

Überhaupt gehört mein Herz dem italienischen Wein. Auch da spielt das Kopfkino vermutlich eine große Rolle, man denkt sofort an zauberhafte Landschaften, an temperamentvolle, laut sprechende und wild gestikulierende Menschen und es stellt sich gleich ein leichtes Urlaubsgefühl ein. Besonders hat es mir der Primitivo angetan. Was für deutsche Ohren vielleicht eher abwertend klingen mag und daher den einen oder anderen möglicherweise Rückschlüsse auf einen eher minderwertigen Wein ziehen lässt, ist tatsächlich eine Rebsorte, deren Trauben zu den Ersten gehören, die reifen (also abgeleitet von prima, übersetzt: die Erste). Doch auch all die anderen wundervoll klingenden Namen wie „Montepulciano" oder „Trebbiano" oder „Sangiovese" klingen wie Musik in meinen Ohren.

Der griechische Dramatiker Euripides erkannte bereits im 5. Jahrhundert folgerichtig: „Wo aber der Wein fehlt, stirbt der Reiz des Lebens." Wahre Worte, wenn man bedenkt, dass eine Apfelschorle oder ein Glas Wasser mit einer leckeren Pasta lange nicht so perfekt harmonieren wie ein Glas Wein. Sehr interessant ist eine Feststellung von Jean Paul: „Wein wirkt stärkend auf den Geisteszustand, den er vorfindet: Er macht die Dummen dümmer, die Klugen klüger." Ich denke, das hängt dann doch sehr von der Menge ab. Passend dazu gibt es das Sprichwort: „Regen lässt das Gras wachsen, Wein das Gespräch."

Beinahe zermürbend kann ein solches Gespräch jedoch mit Menschen werden, die sich für ausgewiesene Weinkenner halten und dies auch gerne und oft unter Beweis stellen. Das sind Leute, die selbst in einer einfacheren Gaststätte, sofern sie eine solche betreten, Dinge sagen wie: „Ohhh, dem Wein merkt man aber sein Terroir deutlich an." Da sind mir Menschen deutlich lieber, die aus ihrer Unkenntnis keinen Hehl machen, so wie zum Beispiel die unvergessene Evelyn Hamann als Frau Hoppenstedt in Loriots göttlicher Episode „Die Weinprobe", als sie, schon ebenso angeschickert wie ahnungslos fragt: „Schmeckt er denn auch nach Korken? Mein Mann fragt immer, ob er nach Korken schmeckt" und Loriot als verkaufstüchtiger Vertreter versichert: „Hab ich getestet, könn'se sich drauf verlassen."

Ich selbst käme übrigens niemals auf die Idee, mich als Weinkenner zu bezeichnen. Ich bin sehr wohl Weinliebhaber (man sieht übrigens, ich kann das auch in diesem Kapitel gänzlich ohne die weibliche Endung, ist auch gar nicht so schwer) und habe auch schon mit dem einen oder anderen Tropfen Bekanntschaft gemacht im Laufe der Jahre, aber ich habe spaßeshalber mal geschaut, ob ich die 50 wichtigsten Begriffe rund um Weinwissen in ihrer Bedeutung kenne und richtig anwenden kann, und da musste ich leider passen. Allerdings habe ich zwei wichtige Dinge ver-innerlicht, die einen Weinkenner offenbar ausmachen.

Das erste: Ich rieche immer am Wein, bevor ich den ersten Schluck nehme. Erstaunlicherweise kann man aber auch feststellen, dass ein Wein, dessen Duft (der Kenner nennt es „Bouquet") einem auf den ersten Moment vielleicht gar nicht so sehr zusagt, dennoch einen wunderbaren Geschmack entfalten kann. Das gilt ebenso für einen Wein mit einem betörenden Duft. Was ich allerdings noch nie erlebt habe, ist, dass der Wein für meine Nase fein geduftet, aber mir hin-terher dennoch nicht geschmeckt hat.

Das zweite: Ich verdamme keine Schraubver-schlüsse. Die Zeiten, in denen Wein, der sich in Fla-schen mit Schraubverschlüssen befand, als minder-wertig galt, sind lange vorbei. Das Naturprodukt Kork wird immer seltener und damit teurer. Daher braucht es Alternativen, und da ist der Schraubverschluss nicht die schlechteste. Nicht nur, dass mit seiner Hilfe das Eindringen von Sauerstoff zuverlässig verhindert wird, der Wein bleibt auch anderweitig besser ge-schützt. Zudem erledigt sich das Problem „Schmeckt er denn auch nach Korken" damit von selbst. Wie sagte selbst Hugh Johnson, ein britischer Weinkriti-ker, zuweilen auch „der Weinpapst" genannt? „Ich liebe Schraubverschlüsse. Ich kann es kaum abwarten, meinen Korkenzieher wegzuwerfen."

So sieht er dann wohl aus, der Lauf der Dinge. Und niemals vergessen: In vino veritas!

Die Macht der Gewohnheit

Der Mensch ist ein Gewohnheitstier, doch bei manchem Menschen ist dies mehr zu beobachten als bei anderen. In meinem nächsten Umfeld befindet sich eines dieser Exemplare, bei denen das Festhalten an Gewohnheiten schon eher eine ungewöhnliche Ausprägung zeigt. Daher sprechen wir anderen in diesem Zusammenhang auch gerne einmal von Alltagsautismus (dies ist keinesfalls respektlos gegenüber tatsächlich von Autismus Betroffenen gemeint, sondern bezieht sich lediglich auf das Phänomen sich wiederholender und stereotyper Verhaltensweisen).

Unser Haushaltsvorstand trinkt beispielsweise seinen Orangensaft zum Frühstück immer nur aus einem ganz bestimmten Glas. Nur am Wochenende und an Feiertagen, wenn das Frühstück etwas üppiger ausfällt und er möglicherweise etwas mehr Saft trinken könnte, als an den übrigen Tagen, zieht er auch ein etwas größeres Glas in Erwägung.

Ebenso verhält es sich mit dem Kaffee- beziehungsweise Teetrinken. Im gut gefüllten Geschirrschrank gibt es genau eine Tasse, die für seinen Kaffee in Frage kommt und nur eine bestimmte Tasse für Tee, und die kommen auch niemals im Leben und unter keinen Umständen anderweitig zum Einsatz. Außerdem ist es leider so, dass er auch gar nicht in der Lage ist, seinen Kaffee aus einem anderen Gefäß zu trinken (zumindest, wenn er sich in seinen eigenen vier Wänden befindet). Das bedeutet im Umkehrschluss, dass ihn selbst feierliche Anlässe mit einer überaus festlich gedeckten Tafel nicht daran hindern, Tasse und Untertasse aus edelstem Hutschenreuther-Porzellan achtlos zur Seite zu schieben, damit der farblich nicht dazu passende und in diesem Umfeld eher unschön wirkende Keramik-Pott Platz auf dem Tisch hat.

Das Einräumen der Spülmaschine ist auch etwas, das schnell einmal dramatische Züge annehmen kann. Es ist nämlich so, dass die weißen Schalen, aus denen man prima Müsli oder auch Suppe löffeln kann, nun einmal ins obere Fach „gehören". Dort finden sie sehr gut Platz, und von dort aus kann man sie beim Ausräumen am einfachsten und schnellsten in den Schrank räumen.

Wenn ich nun aber die Spülmaschine „falsch" befülle, weil zum Beispiel deutlich mehr Gläser zu spülen sind als sonst, wenn ich also die weißen Schalen kurzerhand im unteren Fach einsortiere, damit oben Platz für Gläser ist, die wiederum unten keinen richtigen Halt finden, führt das zu sichtbarem Unbehagen. Im ungünstigsten Fall bin ich dann nicht schnell genug mit dem Einschalten der Maschine und schwupps – beginnt das Gewohnheitstier eigenhändig, die weißen Schalen wieder nach oben zu räumen. Auf diese Weise ist natürlich für einige der Gläser kein Platz. Natürlich kann man die zur Not auch mit der Hand „mal eben durchspülen, war ja nur Wasser drin". Aber das ist zumindest in meinen Augen nicht im Sinne des

Erfinders. Es kann also passieren, dass wir wild über die Anordnung des Geschirrs in der Spülmaschine diskutieren, nur weil es einfach „praktischer" ist, sie hinterher aus dem oberen Fach heraus in den Schrank zu räumen. Manchmal, wenn die Maschine fast voll und damit fast startklar ist, stelle ich es aber auch einfach besonders clever an und bleibe am Tisch sitzen. Dadurch kommt niemand an die Spülmaschine ran, was den meisten Beteiligten gar nicht so unrecht ist. „Räumst du dann ein?", wird noch pro forma gefragt. „Ja, mach ich." So geht es auch.

Alltagsautismus zeigt sich aber auch in anderen Angewohnheiten. Da gibt es zum Beispiel das Phänomen des „Da sitze ich". Es besagt, dass man sich grundsätzlich nur auf einem bestimmten Platz am Tisch oder auf dem Sofa vor dem Fernseher niederlassen kann. Zu dumm, wenn dann jemand vorher dort war und es sich bereits bequem gemacht hat. Im Zweifel wird der- oder diejenige dann mehr oder minder höflich gebeten, den Platz zu räumen. Interessante Szenen spielen sich zur Weihnachtszeit ab, wenn der Weihnachtsbaum, der bei uns immer etwas üppiger ausfällt, seine Äste ins TV-Bild streckt. Um die Sichtqualität zu optimieren, wird dann tatsächlich überlegt, ob man das (nicht gerade kleine) Sofa nicht etwas weiter in den Raum schieben könnte, anstatt sich mit der Möglichkeit vertraut zu machen, einfach einen anderen Platz darauf zu wählen. Da ich mich gegen dieses Unterfangen jedoch regelmäßig und auch erfolgreich zur Wehr setze, verändert das Gewohnheitstier schließlich zähneknirschend seine Position und rückt ein paar Zentimeter weiter zur Mitte, nicht ohne permanent zu schimpfen, dass das ja so alles nur halber Kram sei. Übrigens durfte ich kürzlich feststellen, dass es in seltenen Fällen auch Ausnahmen geben kann. So wird zum Beispiel der angestammte Platz vor dem Fernseher tatsächlich einmal verlassen, wenn ein Actionfilm ein besonderes Sounderlebnis verspricht, dass man wirklich nur genau in der Mitte des Sofas in seiner einzigartigen Prägnanz genießen kann. Für solche besonderen Momente wird sogar auf den sonst dringend notwendigen Komfort der idealen Liegeposition verzichtet.

Auch der Tagesablauf ist beim Gewohnheitstier sehr strukturiert und weicht nahezu niemals vom gewohnten Ablauf ab: Unter der Woche gibt es grundsätzlich zwei Toasts zum Frühstück, einen davon auf jeden Fall immer mit Marmelade, der Zucker wird grundsätzlich im Stehen am Kaffeeautomat in den schon erwähnten Pott gerührt. In Home-Office-Zeiten steht um Punkt 9:30 Uhr ein zweiter Kaffee auf dem Programm, um 10:30 Uhr gibt es einen Apfel und um 12 Uhr treibt ein Hüngerchen zum Mittagessen an. Nach dem Essen gönnt man sich eine kurze Pause, dann geht es wieder an die Arbeit, um 15 Uhr gibt es einen Tee, natürlich aus der besagten Teetasse. Wenn die benutzt in der Spülmaschine steht, wird sie eben herausgenommen und durchgespült. Eine andere Tasse kommt einfach nicht in Frage.

Da das Gewohnheitstier ein leidenschaftlicher Hobbykoch ist, ist die Macht der Gewohnheit auch immer bei der Zubereitung diverser Speisen zu beobachten. Den Schluck Wein, den er sich zuweilen beim Vorbereiten gönnt, trinkt er niemals aus einem Weinglas, sondern immer aus einem Wasserglas, und zwar niemals aus einem runden, sondern aus einem eckigen. Wenn im Sommer gegrillt wird, landet das fertige Grillgut am Ende immer auf dem großen schwarzen Teller. Der wird aber immer erst deutlich später aus dem Schrank geholt als das übrige Geschirr.

Seit das Gewohnheitstier Google Home für sich entdeckt hat, wird nahezu jedes Gerät im Haus darüber gesteuert. Ich bin wirklich froh, dass ich mir morgens noch ganz normal die Haare föhnen kann, ohne dafür ein Kommando an Google richten zu müssen. Das liegt vermutlich daran, dass ich technisch einfach nicht so besonders erleuchtet bin. Aber so ist das eben, jedem Tierchen sein Pläsierchen, und vielleicht bin in diesem Fall ja auch ich das Gewohnheitstier: Während bei mir in Sachen Essenszeiten, Essgewohnheiten, Tagesablauf und Ähnlichem quasi maximale Flexibilität zu verzeichnen ist, brauche ich es für mein eigenes Sicherheitsgefühl, dass ich Schalter betätigen kann und dann tatsächlich auch das Licht angeht oder ein Radio oder ein Fernseher. Ich bin eindeutig analog sozialisiert, auch wenn alles Digitale uns den Alltag bereits jetzt schon sehr erleichtern kann und mit Sicherheit die Zukunft bestimmen wird. Aber es ist eben auch schon passiert, dass ich morgens, als es noch nicht so besonders hell draußen war, dringend etwas in einer Schublade suchte. Leider blieb auch auf den Befehl „Okay, Google, schalte Wohnzimmer an" hin alles dunkel. Das instinktive Berühren des Lichtschalters war ebenfalls nicht von Erfolg gekrönt. Stattdessen ging der Fernseher an. Das brachte mich zwar nicht wirklich weiter, hinterließ mich aber wieder einmal staunend hinsichtlich der unglaublichen Möglichkeiten digitaler Kommunikation.

Ein wenig feixen muss ich, wenn nicht nur ich an der Technik scheitere. Wie kürzlich geschehen, als ich durch die Wände hinweg ein lautes Fluchen und Schimpfen vernahm, verbunden mit der unmissverständlichen Aufforderung: „OKAY GOOGLE, SYNCHRONISIERE ALLE MEINE GERÄTE." Da hatte die dumme Tante von Google offenbar wieder einmal nicht verstanden, was man von ihr wollte. Glücklicherweise hat dann später wieder alles so geklappt, wie es eigentlich immer klappen sollte.

Mit Sicherheit bin ich auch in vielerlei Hinsicht ein Gewohnheitstier. Ich würde zum Beispiel niemals den Lidstrich vor der Mascara auftragen. Das Malen nach Zahlen in meinem Gesicht findet in fester Reihenfolge statt. Teilweise ist das auch sehr sinnvoll, denn Mascaraspuren von einem vorher bereits grundierten Gesicht zu entfernen, ist nicht nur mühsam, sondern in den seltensten Fällen von Erfolg gekrönt.

Außerdem sagt man mir nach, dass ich viele Dinge einfach immer wieder erzähle. Man könnte natürlich auch denken, das zählt nicht zum Bereich „Gewohnheit", sondern eher zum Bereich „Vergesslichkeit". Aber es stimmt schon, gerade wenn mich die Begeisterung für irgendetwas packt, habe ich die Angewohnheit (ist Angewohnheit eigentlich etwas anderes als Gewohnheit?), meine eigenen Erfahrungen dazu mitzuteilen und das eben manchmal auch nicht nur einmalig.

Da ich selbst allerdings auch bei längerem Nachdenken darüber hinaus nichts wirklich Typisches in dieser Hinsicht an mir zu benennen vermag, interviewe ich die Jugend dazu. Doch auch das ist nicht von wirklichem Erfolg gekrönt. Das Einzige, was man mir auf der Stelle attestiert, ist das „Drogenspürhund-Syndrom". Damit ist mein Geruchssinn gemeint, der offensichtlich um ein Vielfaches empfindlicher ist als der eines normalen Menschen. Das wiederum führt dazu, dass ich Dinge olfaktorisch in teilweise unangenehmer Intensität wahrnehme, die andere überhaupt nicht bemerken. Vielleicht hat es daher also tatsächlich mit der Macht der Gewohnheit zu tun, dass ich gleich die Witterung aufnehme, wenn sich irgendetwas auch nur im Ansatz geruchlich als „anders" darstellt. Gerne werde ich dann von meinem Umfeld ein wenig belächelt („Hier ist nichts", „Ich rieche absolut gar nichts"), doch manchmal müssen sie sich dann doch eines Besseren belehren lassen. So zum Beispiel, als ich sie wirklich eines Tages unaufhörlich genervt

hatte mit meinem „Irgendwas riecht hier unangenehm" und nach langem Suchen ein Paar Fußball-
schuhe als Verursacher ausgemacht werden konnte,
das in einem Rucksack vergessen worden war, der
sich wiederum in einem geschlossenen Schrank und
somit außer Sichtweite befand. Seit diesem Tag haben
sie aufgehört, mir einen Vogel zu zeigen und immer
nur zu sagen: „Hier riecht nichts." Bis dahin gehörte
es vielleicht auch zur Macht der Gewohnheit, jemanden pauschal für verrückt zu erklären, wer weiß.

Mit Sicherheit ist hier abschließend aber noch ein
weiteres sehr besonderes Verhalten zu erwähnen. Es
gibt Menschen, die sich ein halbes Brötchen mit
Frischkäse beschmieren und dann grundsätzlich dieses halbe Brötchen noch einmal zusammenklappen,
bevor sie hineinbeißen. Das Beste daran ist aber die
Begründung für diese Verhaltensweise: Ich mag dieses schmierige Gefühl an meinen Zähnen nicht. Man
fragt sich, wie sie mit dieser Empfindung überhaupt
überleben konnte. Ein Paradebeispiel für eine
Schrulle, mit Sicherheit, aber irgendwo eine liebens-
werte, so wie viele der hier beschriebenen Eigenhei-
ten, die eigentlich auch nur Erwähnung gefunden haben, weil man natürlich auch richtig gut darüber lästern und lachen kann.

Auto fahren

Über Sonntagsfahrer habe ich mich schon ein wenig beim Thema Sprache ausgelassen. Und ich gebe es zu: Nirgendwo fluche ich leidenschaftlicher als beim Autofahren. Ich weiß, dass das den meisten Menschen so ergeht, genauso, wie sich die meisten Menschen selbst für gute Autofahrer halten und anhaltend schimpfen über die ganzen anderen unfähigen Verkehrsteilnehmer. Hier lässt sich zudem Erstaunliches beobachten: Wenn ein Mann am Steuer sitzt (mein Mann zum Beispiel), und vor ihm geht es nicht weiter, lautet sein Ausspruch, da er wie ich auch nicht zu den Geduldigsten gehört: „Mach hinne, Mädel." Seine eindeutige Schlussfolgerung ist also offensichtlich: Wenn ein Auto vor ihm nicht so fährt, wie er es für richtig hält, KANN eigentlich nur eine Frau am Steuer sitzen. Das muss er dann auch gar nicht sehen, das weiß er einfach.

Das Witzige ist, dass ich an mir das gleiche Verhalten feststelle, nur umgekehrt: „Meine Güte, hat der Kerl keinen Blinker?" Man sieht also: Latenter Sexismus kommt in den besten Familien vor. In diesem Zusammenhang fällt mir die legendäre Sendung „Der 7. Sinn" ein. Da gab es 1973 eine eigene Folge mit der Bezeichnung „Frauen im Straßenverkehr". Die allseits bekannte Stimme läutet dieses Thema mit der folgenden Bemerkung ein: „Wenn eine Frau bei einer Autopanne auf männliche Hilfe hofft, ist es unangebracht, Witze über die ‚Frau am Steuer' zu reißen, die nichts von Motor und Technik versteht. Oft zu beobachten: Ist die Dame jung und hübsch, kommt die Hilfe meistens schnell. Leider lässt sie manchmal auf sich warten, wenn die Figur nicht mehr ganz so makellos ist. Frauen fahren meist vorsichtiger als Männer, weil ihnen die Übung fehlt. Sie behindern dann den fließenden Verkehr."

So geht es minutenlang weiter. Auch zum Ende hin ist nicht eine einzige Relativierung zu hören. Quintessenz ist nicht etwa, dass Frauen vielleicht durch mehr Vorsicht auch umsichtiger sein könnten, sondern dass sie einfach ein wenig deppert sind, weil sie von den Reizen der Umgebung (Rückspiegel = potenzieller Schminkspiegel, Vorfahrt: Was ist das?) überfordert werden. Ich glaube, mein Mann hat diese Folge damals gesehen. Ich bin mir sogar ziemlich sicher.

Ob es sich bei meinem Vorurteil hinsichtlich männlicher Fahrzeugführer (hihi, hier darf ich, ohne getadelt zu werden, auf das -innen verzichten) um eine reine Protestreaktion handelt, oder ob es sich aus lauter schlechten Erfahrungen speist, kann ich nach über dreißig Jahren Autofahren nicht mehr genau sagen. Aber der Automatismus ist schon witzig und bemerkenswert.

Im Nachhinein habe ich übrigens herausgefunden, dass Teile der Sendung bereits in einer Folge im September 1969 ausgestrahlt worden sind. Allerdings wurde dort noch ausdrücklich an die „Ritterlichkeit" der Männer appelliert. Das ist etwas, auf das ich heute noch baue. Ich gehöre nicht zu den Frauen, die ihre Selbstständigkeit dadurch unter Beweis stellen, dass sie Reifen wechseln können oder irgendeine Ahnung davon haben, was sie sehen, wenn sie die Motorhaube öffnen (vom Einfüllstutzen für das Scheibenwischwasser mal abgesehen, und selbst das Wort Einfüllstutzen musste ich gerade googlen). Ich gebe zu, ich habe in meinem Leben noch keinen Wagenheber in der Hand gehabt. Dafür bin ich, seit ich einen fahrbaren Untersatz mein Eigen nenne, Mitglied im ADAC. Dreißig Jahre lang habe ich nur eingezahlt und dann habe ich ihn innerhalb von zwei Monaten gleich zweimal gerufen. Beide Male wurde mir vorbildlich geholfen. Was will ich denn da mehr? Auf der einen Seite der Gleichung steht das hilflose Huhn und auf der anderen Seite der Ritter mit dem Helfersyndrom. Das ist jetzt mal ein Relikt aus der guten alten Zeit, das ich gar nicht so übel finde.

Ich fahre auch gerne mit meinem Auto in die Werkstatt. Mein KFZ-Meister ist der netteste Mensch, den es gibt. Er weiß, dass ich ein hoffnungsloser Fall bin, und dennoch tut er immer so, als nehme er mich für voll und erklärt mir genau, was er an meinem Wagen gemacht hat, während ich ihn fragend anschaue und mir allenfalls einzelne Begriffe wie „Platine" merke, um hinterher ein bisschen damit zu protzen.

Doch es gibt ja nicht nur den technischen Aspekt beim Autofahren. Das A und O ist natürlich die Fahrroutine. Das habe ich wiederholt gemerkt, seit ich meine noch nicht volljährigen, aber im Besitz eines

Führerscheins befindlichen Kinder beim Fahren begleiten durfte. Gerade das Thema „vorausschauendes Fahren" ist etwas, das sich umso mehr einstellt, je öfter man mit den unterschiedlichsten Verkehrssituationen konfrontiert wird. Das Schöne daran ist, dass dieses merkwürdige Gefühl, auf heißen Kohlen zu sitzen, wirklich verschwindet, je länger man begleitend fährt. Und man lernt dabei noch einmal die Heimat ein bisschen besser kennen. Vor allem vergesse ich jetzt nie wieder den Ort, an dem beide Kinder am praktischen Beispiel gelernt haben, was man unter einem Kavaliersstart versteht. Im Übrigen ist es ein Skandal, dass die jungen (oder auch älteren) Leute heute in der Fahrschule offenbar das Anfahren am Berg nicht mehr gezeigt bekommen. Nachdem ich das in meiner eigenen Fahrprüfung vor vielen Jahren gleich dreimal in den Sand gesetzt hatte (war aber zum Glück nicht relevant für das Bestehen), ist das etwas, das ich nach wochenlangem Üben nie wieder verlernt habe. Allerdings brauche ich es heute nicht mehr, da ich schon vor langer Zeit auf das für mich sehr viel angenehmere Automatik-Fahren umgestiegen bin. Aber wenn man in einem Auto mit Schaltgetriebe älteren Jahrgangs sitzt, ist es durchaus von Vorteil, das Anfahren am Berg zu beherrschen.

Autofahren ist etwas, an dem sich definitiv die Geister scheiden können. Auch hier gilt, dass man die eigene Fahrweise leicht zum Maß der Dinge erhebt. Als besonnener Beifahrer verkneift man sich am besten Sprüche wie „Du fährst wie der letzte Asi". Ist man dennoch der Ansicht, Verbesserungsvorschläge auf nicht ganz so diplomatische Weise anbringen zu müssen, sollte man sich innerlich schon auf eine entsprechende Reaktion vorbereiten: „ICH FAHRE." Unvergessen ist in diesem Zusammenhang die Szene aus Loriots Film „Pappa ante portas", in der der frischgebackene Rentner seine Gattin als Beifahrer um den Verstand bringt. Die Szene beginnt mit der Frage der Gattin, ob er fahren wolle, woraufhin er sagt: „Nee, nee, fahr du." Doch kaum sind sie unterwegs, nervt er sie mit Bemerkungen wie „Hast du den gesehen? Der kam von rechts" und „Fahr doch ein bisschen langsamer und bleib in der Spur." Das Ende vom Lied ist, dass sie mitten im fließenden Verkehr eine Vollbremsung hinlegt, aussteigt und zu ihrem Mann sagt: „Du fährst." Hier, wie in so vielen anderen Bereichen des Lebens gilt die Devise: „Der Ton macht die Musik." Das ist nicht immer ganz einfach, denn Autofahren ist nicht nur eine emotionale Angelegenheit, sondern auch etwas, für dessen Optimierung es viele Interpretationen gibt.

Das gilt im Übrigen auch für das Auto selbst. Meins ist schon sehr, sehr alt, mir aber immer noch treu zu Diensten. Und wie das so ist mit den Dingen, die nicht mehr ganz nagelneu sind: Man lässt auch schon einmal fünfe gerade sein. In meinem Fall bedeutet das, dass ich mit meinem Auto nicht übertrieben oft eine Waschstraße aufsuche. Ich finde es zwar immer sehr schön, wenn es frisch gewaschen ist, aber es stört mein ästhetisches Empfinden nicht wirklich, wenn das nicht der Fall ist. Es gibt aber auch Menschen in meinem unmittelbaren Umfeld, die ihr Auto mehr pflegen als ihre Haut. Da blitzt und blinkt alles zu jeder Jahreszeit und im Innenraum könnte man bedenkenlos einen Blinddarm operieren. Bis ich mich hingegen dazu aufraffe, mal wieder das Auto auszusaugen, können Wochen und Monate ins Land ziehen. Schließlich chauffiere ich keine kleinen Kinder mehr, die die Sitzbänke vollkrümeln oder mit Schlimmerem verunstalten.

Mein Laissez-faire in Sachen Autopflege führt natürlich gelegentlich zu Irritationen. Früher waren diese Irritationen so schlimm, dass es geschehen konnte, dass ich mein Auto plötzlich gewaschen und poliert und blitzeblank vorgefunden habe, weil jemand den verlotterten Zustand einfach nicht mehr ertragen konnte. Heute sieht dieser jemand zähneknirschend darüber hinweg und beschränkt sich lediglich auf ein paar spitze Kommentare dann und wann. Diese wiederum hätten mich vielleicht früher in Aufruhr versetzt, doch heute höre ich gelassen darüber hinweg. Außerdem verlasse ich mich voll und ganz auf mein inneres Gefühl: Irgendwann wird es mir sagen, der Frühling naht, es wird Zeit, dass man die eigentliche Farbe deines Autos wieder erkennen kann. Und dann schnappe ich mir garantiert auch den Sauger und befreie das Innenleben von Laub, Ästen, Haaren und Ähnlichem.

Alles in allem fahre ich sehr gerne Auto und ich denke und hoffe, dass ich, obwohl ich eine Frau bin und dazu noch blond, kein allzu großes Hindernis für den fließenden Verkehr darstelle. Eine Sache beherrsche ich übrigens tadellos: Ich kann wirklich gut einparken. Natürlich hat mein Auto dieses nette Hilfsmittel namens Park Distance Control, das mir mit penetrantem Piepen signalisiert, wenn es wirklich knapp wird, aber auch davon abgesehen gibt es keine Lücke, die ich nicht perfekt treffe, sofern mein Auto theoretisch in sie hineinpasst. Gibt man übrigens bei Google den Suchbegriff „einparken" ein, erscheint bereits an zweiter Stelle „einparken Frauen". Klickt man wiederum darauf, folgen an Stelle 1 und 2 der Auflistung zwei Studien. Die eine trägt den Titel „Warum Frauen (tatsächlich) schlechter einparken?" und die andere Studie heißt „Unistudie: Frauen parken besser ein". Damit ist doch nun wirklich alles geklärt, oder etwa nicht?

Influencer

An dem Begriff Influencer kommt heute niemand mehr vorbei. Hört man ihn nur, könnte man im ersten Moment auch an den medizinischen Fachbegriff für eine Grippeerkrankung denken. Doch der Influencer ist natürlich etwas ganz anderes als die Influenza. Der Begriff leitet sich von dem englischen Wort „to influence" ab. Es geht also darum, dass hier jemand beeinflusst wird. Der Influencer oder die Influencerin ist dementsprechend die Person, die durch ihr Verhalten Einfluss nimmt. So viel zur begrifflichen Einordnung.

Auf den ersten Blick scheint es, als sei das Phänomen des „Influencens" eines der Jugend. Zumindest kann man festhalten, dass es ursprünglich in erster Linie junge Menschen waren, die es gesellschaftsfähig machten und ich vermute, dass auch sein Haupterfolg überwiegend bei jungen Menschen zu finden ist, auch wenn heute durch das flächendeckende Nutzen der angebotenen Möglichkeiten im Social-Media-Bereich Menschen unterschiedlichster Altersklassen mit Influencern in Berührung kommen und vermutlich auch eine nicht geringe Zahl älterer Menschen Influencern „folgt" (heißt, deren Inhalte in den sozialen Medien abonniert hat und auf diese Weise regelmäßig von diesen über dies und das informiert wird).

Ich gehöre mit meinen 50 Jahren ja eher zur Gruppe der älteren Jugendlichen. Will heißen, ich bin noch groß geworden in einer Zeit, in der es das höchste der Gefühle war, Menschen mit aufwendig produzierten Werbespots zum Kauf bestimmter Produkte zu animieren. Das Thema meiner Magisterarbeit vor ungefähr tausend Jahren lautete: „Soziologische Aspekte kommerzieller Werbung". Sie befasste sich unter anderem auch mit den Fernsehspots der 70er- und frühen 80er-Jahre. Wer aus meiner Generation erinnert sich nicht an den Klassiker: „Sie baden gerade Ihre Hände darin." Es schließt sich ein entsetzter Aufschrei der Dame mit den rauen Händen an: „In Geschirrspülmittel?" Dem folgt ein beruhigendes Tätscheln einer sehr seriös wirkenden Dame namens „Tilly" und die aufmunternde Aufforderung, die Hand genau dort zu lassen, wo sie sich gerade befindet, weil es absolut keinen Grund gibt, sie von dort wegzunehmen. „Nein, in Palmolive! Mit natürlichem Protein!" Und sogleich spürt die andere Frau die heilsame Wirkung des Spülmittels auf die empfindliche Haut ihrer Hände.

Influencer machen im Grunde nichts anderes. Sie überzeugen ihre Follower von der Großartigkeit der Produkte oder Unternehmen, die sie bewerben. Dazu braucht es nur ein Handy im Selfiemodus (oder ein Stativ oder jemanden, der bereit ist, das Filmen zu übernehmen), ein hübsches Äußeres (zumindest wichtig für die, bei denen es überwiegend um Beauty-Produkte geht) und Sabbelwasser der folgenden Art: „Gewinnspiel! Ich hatte mega Spaß beim Zusammenschrauben des Mini-Atomkraftwerks von Baumarkt Baukönig. Die Reaktoren habe ich mit Fotos von mir und einer echt persönlichen Nachricht beklebt und verlose jetzt drei davon. Das Einzigste, was ihr dafür tun müsst, ist, mir und Baumarkt Baukönig zu folgen. Bei Baumarkt Baukönig könnt ihr dann auch noch einen Warengutschein gewinnen. #akwforeveryone #besonderesgeschenk #geniusatwork." Und schon stürmen unter Umständen Zehntausende die Webseite von Baumarkt Baukönig, weil der Influencer das gesagt hat. So funktioniert das im Groben. Natürlich gibt es unzählige Abstufungen und Nuancen in Präsentation und Niveau, aber das Prinzip bleibt eigentlich immer gleich.

Bevor man die Möglichkeit erhält, solche Werbung zu posten, muss man eine interessante Instagram-Story vorweisen können, sprich Fotos oder Videos online zum Besten gegeben haben, die auch Leute interessieren und unter Umständen neue Follower anlocken. Ist das der Fall, werden irgendwann auch größere oder kleinere Unternehmen auf das jeweilige Profil aufmerksam. Je kleiner und unbekannter Unternehmen sind, desto eher sind sie darauf angewiesen, sich bekannt zu machen und bieten daher auch solchen Usern eine Kooperation an, die zum Beispiel nur ein paar Hundert Follower haben (so wurde es mir berichtet) in der Hoffnung, auf jemanden zu treffen, der den Wunsch hegt, irgendwann auch einmal Influencer zu sein.

Einige wenige Influencer haben regelrechten Kultstatus erlangt und richten sich auf ihren Kanälen teilweise an mehrere Millionen Follower. Dabei ist es ihnen auch gleichgültig, quasi ihr gesamtes Leben mit all diesen virtuellen Zuschauern zu teilen. Manche betreiben das sogar so exzessiv, dass man sich fragt, ob sie überhaupt ein reales Leben haben. Doch viele stellen sich diese Frage nicht. Sie sind vielmehr begeistert von den zahllosen Beispielen eines scheinbar privilegierten Lebens in einem nicht selten traumhaften Umfeld. Böse Zungen behaupten, es sei durchaus möglich, sein komplettes Leben fotozushoppen. Denn es ist eine Tatsache, dass gerade bei Influencern offensichtlich alles schön, ästhetisch und nahezu perfekt erscheint.

Aus diesem Grund passiert es auch schon einmal, dass sich jemand, wenn es darum geht, die eigene Zukunft zu planen, möglicherweise weigert, etwas Gescheites zu lernen, weil „Influencer werden" doch sehr viel einfacher und ertragreicher zu sein scheint. Dagegen sprechen jedoch wohlmeinende Mahner, die davon ausgehen, dass dieser Hype auch irgendwann wieder vorbeigehen wird. Ich persönlich halte das Ganze für eine fortlaufende Entwicklung und nicht für einen Hype und bin gespannt, was da noch kommen mag. Ich selbst folge aktiv keinen Influencern. Ich bin zu alt für diese Art von Personenkult, finde ich. Und gegen die penetrante Anpreisung von Beauty-Produkten bin ich eh immun, zumindest, wenn diese Produkte von jemandem beworben werden, der altersmäßig locker mein Kind sein könnte. Allerdings gestehe ich, habe ich mir auch nicht die Mühe gemacht, einmal auf die Suche nach „alten Influencern" zu gehen.

Aber einen anderen Aspekt finde ich sehr interessant: Nicht nur die etwas schlichte, langhaarige Püppi, die ein wunderschönes, aber vermutlich stark bearbeitetes Bild postet, auf dem sie sich am Meer im Sand räkelt und auf die unglaublich tolle Bodylotion verweist, die ihrer Haut diesen seidigen Glanz verleiht, ist eine Influencerin, wenngleich das wahrscheinlich die typische Form ist. Einfluss kann man auch auf untypische Weise nehmen, so zum Beispiel ganz ohne Produktwerbung, sondern durch Einfallsreichtum und Originalität.

Comedians zum Beispiel könnte man ebenfalls als Influencer par excellence bezeichnen. Bei ihnen ist es allerdings eher umgekehrt: Die Schar ihrer Follower in den sozialen Medien wächst zwar permanent, doch ihre Popularität hat ihren Ursprung auf einer völlig anderen Ebene – ihr Auftritt in den sozialen Medien ist also quasi „on top". Auch sie beeinflussen auf ihre ganz eigene Weise Menschen in ihrem Denken und Handeln. Als Mutter von jungen Erwachsenen fühle ich mich manchmal wie der sprichwörtliche Ochse vorm Berg, wenn wir zusammensitzen und sie über ihre Unterhaltungswelt und damit für mein Empfinden oft über böhmische Dörfer sprechen. Häufig sind sie aber so clever zu erkennen, dass weniger Neugier als echtes Interesse hinter meinen Fragen steckt und dann sind sie auch so freundlich, mich teilhaben zu lassen an ihrer eigenen Welt. Das ist für mich eine echte Bereicherung, nicht nur, weil ich dadurch selbst viel zu lachen bekomme und vielfältige neue Möglichkeiten der Unterhaltung kennenlerne, die sich mir sonst im Leben nicht eröffnet hätten, sondern weil ich dadurch noch einmal deutlicher sehe, wie die Kids ticken und warum das so ist.

Und um ehrlich zu sein, bin ich sehr dankbar, dass sie zumindest ihren Konsum offensichtlich nicht allzu sehr an Influencern ausrichten. Natürlich ist jedes Kaufverhalten auf die eine oder andere Weise von irgendetwas beeinflusst, aber es sollte doch um eine bewusste und individuelle Entscheidung gehen, die nichts damit zu tun hat, ob eine bestimmte Person das auch kaufen würde oder gut findet oder eben nicht.

Ich selbst habe mich vor einiger Zeit dazu entschlossen, meinen eigenen Instagram-Account einzurichten. Diese Aktion galt aber bislang eigentlich nur meinem Informationsinteresse und daher beschränken sich meine Aktivitäten dort darauf, einigen wenigen Profilen zu folgen. Ich erhalte also Nachrichten im weitesten Sinne und Unterhaltungsbeiträge, mein Profil ist nach wie vor nur halb ausgefüllt und ich kann auf die stolze Zahl von 0 eigenen Beiträgen blicken. Ich habe ganze drei Abonnenten, von denen ich zwei nicht kenne. Warum das so ist, erschließt sich mir nicht.

Eben kam mir jedoch der Gedanke, dass ich ja ruhig einmal ein wenig aktiver dort werden könnte. Es geht doch nichts über Input aus den unterschiedlichsten Richtungen. Und Input bekommt man natürlich auch, wenn man selbst Output liefert. Also vielleicht starte ich ja tatsächlich meine eigene Instagram-Story. Für den äußerst unwahrscheinlichen Fall, dass mich dies zur Influencerin macht: Auch das überstehen wir. Man muss es alles eben nur mit Humor nehmen.

Essen und Genießen

Essen ist ein Grundbedürfnis. Doch dabei geht es um so viel mehr als nur das Sättigungsgefühl, das sich im Anschluss bestenfalls einstellt. Essen ist immer auch ein wenig mit Ritualen verbunden. In diesem Zusammenhang muss ich an längst vergangene Zeiten denken, in denen jedes der Kinder sein eigenes, sehr spezielles Ritual hatte. Im Gegensatz zu heute waren beide damals eher „schlechte Esser" und so dünn, dass wir immer fürchten mussten, irgendein besorgter Mitmensch werde uns das Jugendamt auf den Hals hetzen. Unsere Kreativität, die Nahrungsaufnahme zu einem tollen Erlebnis zu gestalten, kannte daher keine Grenzen mit dem Ergebnis, dass Tunnel und Kanäle mit Gabeln und Löffeln in das Kartoffelpüree gegraben und Toastscheiben in winzige, atomähnliche Gebilde zerteilt wurden, weil sie nur auf diese Weise den Weg in den Mund fanden. Außerdem waren immer zahlreiche Püppchen und Tierchen notwendig, die am Essplatz alle in einer Linie aufgereiht waren und das Mahl als Zuschauer begleiten mussten. Insgesamt brauchte all dies sehr viel Zeit und Geduld und gab dem Begriff „bewusst essen" eine vollkommen neue Bedeutung.

Irgendwann war diese Zeit dann aber auch glücklicherweise vorbei, die Kinder waren dem Hungertod von der Schippe gesprungen und ihre Essgewohnheiten normalisierten sich weitestgehend. Essen war nun keine Pflichtveranstaltung mehr, und das, was gemeinhin unter Genießen zusammengefasst werden kann, rückte in den Vordergrund. Von klassischer Hausmannskost wie zum Beispiel dem immer noch wie früher so genannten „Hotzenplotzessen" (grobe Bratwurst, Sauerkraut und Kartoffelpüree, heute natürlich ohne Tunnel und Kanäle) bis hin zu Penne all'Arrabiata kitzeln heute verschiedenste Gerichte die Geschmacksnerven. Nicht, dass immer alles gleichermaßen auf Begeisterung stoßen würde. Geschmäcker sind bekanntlich verschieden und Gewohnheiten auch hier oft sehr ausgeprägt, sodass nicht selten auch einmal, wenn ich zum Beispiel voller Begeisterung etwas völlig Neues ausprobiert habe, die lapidare Bemerkung kommt: „Na ja, ist nicht so ganz meins."

Auch in Sachen „Würzung" gehen die Meinung auseinander: Ich für meinen Teil mag es überhaupt nicht, wenn viel Salz im Spiel ist und gehe daher sehr sparsam damit um. Das wiederum schmeckt dem Rest der Truppe nun gar nicht, daher musste ich mich schon vor langer Zeit damit abfinden, dass es durchaus sein kann, dass sie mein Essen als „langweilig" brandmarken und kräftig nachsalzen, obwohl ich an anderen Gewürzen, die ein Gericht geschmacklich verfeinern, nun gar nicht spare. Aber damit komme ich zurecht, frei nach der Devise „Zu wenig lässt sich eher reparieren als zu viel". Wenn es mit der Kritik gar zu heftig wird, übergebe ich das Ruder auch sehr gerne wieder dem Hobbykoch in unseren vier Wänden. Er hat nicht nur mehr Vergnügen am Kochen, sondern – zumindest für mein Verständnis – eindeutig auch mehr Geduld und Geschick dabei.

In der Corona-Krise hat die Nahrungsaufnahme noch einmal besonders an Bedeutung gewonnen. Hier gilt es, einige weiterführende Aspekte zu betrachten und Zusammenhänge zu berücksichtigen. Wenn es nämlich insgesamt nicht so wahnsinnig viel Spannendes zu erleben gibt, wird Essen schnell zum Dreh- und Angelpunkt des Tages. Da es im Lockdown auch keine Möglichkeit gibt, auswärts zu essen (es sei denn, man nimmt „to go" sehr wörtlich) und da es natürlich auch keine anderen Termine wie Sportverein oder Ähnliches gibt, finden mehr Mahlzeiten als sonst gemeinsam statt. Da gerät die Frage „Was essen wir heute?" schon einmal zur Herausforderung.

Das Gleiche gilt für die Vorratshaltung. Sie gestaltet sich recht anspruchsvoll, wenn man zu vier erwachsenen Personen in einem Haushalt lebt, von denen zumindest zwei inzwischen in die Kategorie „extrem gefräßig" fallen. Es ist also keine Seltenheit, dass ich Lebensmittel in einem Umfang einkaufe, mit dem man auch die Bewohner einer Kleinstadt zumindest ein paar Tage durchbringen könnte. Das viel kritisierte Hamstern, dem sich so manche Zeitgenossen in schlimmsten Zeiten teilweise wirklich hemmungslos hingegeben haben (Stichwort Toilettenpapier, Mehl und Nudeln), hat damit übrigens nicht das Geringste zu tun. Abgesehen davon weigere ich mich auch, einem so bescheuerten „Trend" wie ein kopfloses Huhn hinterherzulaufen. Das aber wieder einmal nur am Rande.

Wenn ich nun also tatsächlich einmal sicherstellen möchte, dass bestimmte Lebensmittel den Tag des Einkaufs überleben, muss ich sie auf raffinierteste Weise verstecken. Und ich kann zu hundert Prozent versichert sein: Sobald ich zum Beispiel eine wie meinen Augapfel gehütete Schachtel Kekse aus ihrem Versteck hole und nur für fünf Minuten aus den Augen lasse, war es das dann auch schon wieder. Immerhin habe ich den Buffetfräsen inzwischen angewöhnen können, dass sie zumindest bei außergewöhnlichen Artikeln, die rein theoretisch auch ein Geschenk oder ein Mitbringsel für irgendjemanden darstellen könnten, kurz fragen, ob sie sich darüber hermachen dürfen. Wer die beiden sieht, hält mich garantiert für eine schamlose Lügnerin. Rank und schlank kommen sie daher (was vermutlich seinen Grund in den merkwürdigen Essgewohnheiten in frühester Kindheit findet). Würde ich solche Mengen in mich hineinstopfen wie die Jugend, hätte ich vermutlich einen dreistelligen Body-Maß-Index. Ich vermute daher einfach, dass sie irgendwie nach wie vor noch wachsen, auch wenn sich an der Körperlänge keine Veränderungen mehr wahrnehmen lässt. Aber das Gehirn verbraucht ja nun auch sehr viel Energie …

Was in Sachen Einkaufen ein wenig suboptimal läuft, ist das Timing. Vor dem Hintergrund, möglichst alles in einem Einkauf zu erledigen, um – ganz coronaschutzverordnungskonform – nicht zu viele Kontakte zu riskieren, appelliere ich gerne und oft, von der Möglichkeit Gebrauch zu machen, fehlende Dinge doch gleich auf dem immer bereitliegenden Einkaufszettel zu notieren. Ja, ich weiß, ich bin da analog unterwegs und damit kein bisschen zeitgemäß mehr, aber da ist das Gewohnheitstier in mir doch stärker als die progressive Kraft. Diesbezüglich will ich auch gar nicht meckern, das mit dem Notieren klappt eigentlich relativ gut. Nur der Zeitpunkt ist eben oft nicht so wirklich gut gewählt. Da kann es dann durchaus passieren, dass ich gerade mit Einkäufen bepackt zur Tür hereinstolpere und tatsächlich in der Küche einen neuen Zettel vorfinde, auf dem schon wieder drei, vier Positionen notiert sind. „Ich komme gerade vom Einkaufen." – „Oh, habe ich gar nicht mitbekommen." Zu meiner eigenen Ehrrettung sei übrigens vermerkt, dass ich normalerweise durchaus in der Lage bin, vor meinem Einkauf zu prüfen und zu erfassen, was an Grundnahrungsmitteln und Haushaltsartikeln besorgt werden muss. Die Dinge, die ich dann auf dem neuen Zettel vorfinde, dienen nicht selten der Befriedigung spezieller Gelüste.

Und dann gibt es da noch das Thema „unnötige Beschaffungen". Ab und zu kommt es vor, dass die Augen größer sind als der Magen oder ein Verlangen ungeklärter Herkunft verantwortlich dafür ist, dass Dinge im heimischen Kühlschrank oder Gefrierfach landen, die auch auf längere Sicht vermutlich doch keinen Abnehmer finden. Ein beliebtes Beispiel dafür ist der Garnelenring, der mich dereinst angelacht hatte und den ich unbedingt mitnehmen musste. Über einen langen Zeitraum hinweg fristete er dann ein einsames Dasein in der Gefrierschublade, bis es sich mit seiner Genießbarkeit irgendwann endgültig erledigt hatte und sich jemand endlich erbarmte und ihn schamesrot ob der üblen Verschwendung entsorgte.

Das mit der Genießbarkeit ist im Übrigen auch ein spezielles Thema, wenn Hypochonder und allzu Sorglose über denselben Kühlschrankinhalt sprechen. In diesem sehr speziellen Fall gibt es sehr unterschiedliche Auffassungen hinsichtlich der Mindesthaltbarkeit. Diese reichen von der eher entspannten Haltung „Wenn es noch schmeckt, kann man es noch essen" bis hin zur misstrauischsten Variante „Schau mal, das riecht doch ganz komisch" und der daraufhin dreistimmig folgenden Antwort: „Das ist noch vollkommen in Ordnung, stell dich nicht so an."

Aber so läuft das nun einmal im Spannungsfeld zwischen nichts wegwerfen wollen und nicht mehr genießen können: Es wird alles erst einmal verwahrt, bevor es dann doch irgendwann entsorgt werden muss. Denkwürdig fand ich in diesem Zusammenhang den Kommentar zu einer Schale mit einem Rest Guacamole (Avocado gibt es dem Klima zuliebe nur ganz, ganz selten, Ehrenwort), die ihre besten Zeiten schon hinter sich hatte und an der es definitiv nichts mehr zu genießen gab: „Ist das jetzt Schimmel oder ist das Topping?"

Das sonnige Gemüt

Wikipedia behauptet, mit der Redensart „Jemand hat ein sonniges Gemüt" werde ein freundlicher, heiterer, optimistischer, zum Teil auch naiver Mensch bezeichnet und verweist dazu auf das Wörterbuch der Redensarten. Die Attribute freundlich, heiter und optimistisch treffen es ganz gut, naiv geht hingegen in manchen Fällen völlig an der Realität vorbei. Und ich muss wissen, wovon ich spreche: Ich erlebe es nämlich tagtäglich und hautnah in meinem allernächsten Umfeld.

Eines steht fest: Wenn es vom Grundsatz her vorhanden ist, setzt sich das sonnige Gemüt immer wieder durch. Sein Besitzer kann phasenweise schimpfen und fluchen, dass sich die Balken biegen, wenn beispielsweise irgendetwas Technisches gerade nicht absolut reibungslos oder vorstellungsgemäß funktioniert. Dann fummelt er mit einer bewundernswerten Beharrlichkeit so lange daran herum, bis er den Fehler behoben hat. Und was soll ich sagen: Es gelingt ihm einfach immer, den Fehler irgendwann zu beheben, so sehr er auch vorher geflucht hat, und sobald es vollbracht ist, ist er sogleich wieder vergnügt und pfeift sich ein Liedchen. Nun gut, Liedchen ist zu viel gesagt, eine sich ein wenig monoton immer wiederholende Abfolge von Tönen könnte man es eher nennen. Aber sie ist ein eindeutiges Indiz für Heiterkeit, Leichtigkeit und eine grundsätzliche Zufriedenheit.

Diese Abfolge ertönt, wenn das Büro im Keller zum Feierabend hin dicht gemacht wird, und sie ertönt, wenn er von irgendwoher zurückkehrt und die Haustür aufschließt. „Der Flötenschlumpf fängt an" ist daher beinahe schon zu einem geflügelten Begriff geworden, der immer dann ertönt, sobald von irgendwoher ein fröhliches Pfeifen zu vernehmen ist.

Ein weiteres Beispiel für sein überaus sonniges Gemüt ist der unerschütterliche Glaube daran, dass ich im Bad schneller fertig werden könnte, wenn besagter Flötenschlumpf sich schon einmal ins Auto setzt und den Motor laufen lässt. Das Ende vom Lied ist dann auch schon einmal, dass ich so richtig aggressiv werde, weil ich mich gehetzt und extrem unter Druck gesetzt fühle. Es kann sogar vorkommen, dass ich mir dann aus lauter Boshaftigkeit ein wenig mehr Zeit lasse, als ich tatsächlich benötige. Doch auch das stört ihn nicht weiter, es sei denn, wir wären durch meine Verzögerungstaktik am Ende wirklich unpünktlich. Dann wird auch schon mal ein barsches „Mach mal hinne" in meine Richtung gegrantelt. Am Ende löst sich der leichte Anflug von Unmut aber immer wieder schnell in Luft auf.

Ich habe mir schon oft gewünscht, selbst über so ein sonniges Gemüt zu verfügen. Ich würde mich zwar durchaus als einen fröhlichen Menschen bezeichnen, der auch gerne und viel lacht, aber mir fehlt die Gabe, die Dinge insgesamt etwas leichter zu nehmen. Ich gehöre zu den Menschen, die sich alles zu sehr zu Herzen nehmen, deren Glas auch öfter schon einmal halb leer anstatt halb voll ist. Sehr oft schon habe ich mir gewünscht, mit ein bisschen mehr „Egal"-Haltung hinsichtlich bestimmter Dinge durchs Leben gehen zu können, mit sonnigem Gemüt sagen zu können „Ach der spinnt doch einfach", anstatt mir das Hirn zu zermartern, was ich in dieser Situation hätte anders oder besser machen können.

Ein sonniges Gemüt zu haben, soll ja auch Stress reduzieren und das Wohlbefinden verbessern. Das hängt dann wieder eng mit der Erkenntnis „Lachen ist gesund" zusammen. Angeblich soll allein der Gedanke an lustige Situationen das Immunsystem stärken. Doch es geht nicht allein um das Lachen, es geht tatsächlich um eine gewisse Leichtigkeit.

Leichtigkeit fehlt, wenn der Druck, den man verspürt, zu groß ist. Dieser Druck kommt vielfach von außen, aber natürlich macht man ihn sich auch selbst. Doch man kann Leichtigkeit trainieren. Einige dieser Trainingsmöglichkeiten praktiziere ich bereits. Ich nehme mir zum Beispiel bewusst ein wenig Zeit für schöne Dinge und gehe außerdem wirklich viel spazieren. Während des Lockdowns hat man dazu im Zweifel eher die Möglichkeit, weil so viele andere Dinge, mit denen man sich sonst beschäftigt hätte, wegfallen. Außerdem bemühe ich mich auch immer, tief und lang zu atmen. Das soll auch in stressigen Phasen für Entspannung sorgen. Bei anderen Methoden hingegen versage ich manchmal noch kläglich, zum Beispiel wenn es darum geht, nichts zu persönlich zu nehmen oder mir selbst und anderen Menschen gewisse Grenzen zu setzen. Das ist aber notwendig, damit man selbst nicht zu kurz kommt, und daher arbeite ich daran. Ich bemühe mich, meinen Fokus auch auf das zu legen, was ich kann und darf, und nicht nur dem hinterherzuhecheln, was ich muss oder zumindest denke, zu müssen. Daher sehen meine Fenster im Übrigen auch so aus, wie sie aussehen und das passt auch gleich prima zum nächsten Thema, dem Perfektionismus.

Einen sehr klugen Ratschlag habe ich außerdem einmal gelesen, den ich hier abschließend auch nicht unerwähnt lassen will: Man soll verändern, was man verändern kann und annehmen, was man nicht verändern kann. Dieses Annehmen ist es offenbar, was Menschen mit sonnigem Gemüt perfekt beherrschen.

Gibt man übrigens den Begriff „sonniges Gemüt" bei Google ein und klickt dann auf „Bilder", erhält man Abbildungen von Zitrusfrüchten (Assoziation: sauer macht lustig), Johanniskraut (Assoziation: gut für die Nerven) und Sonnenblumen (Assoziation: Licht und Leben). Doch ein ganz anderes Bild hat meine Aufmerksamkeit vollends auf sich gezogen: Auf diesem sind Kinderfüße zu sehen, bei denen jeder einzelne Zeh mit einem lachenden „Punkt-Punkt-Komma-Strich"-Gesicht bemalt ist. Wer dieses Bild ansieht, muss unwillkürlich lächeln. Der „Künstler",

der auf diese Idee gekommen ist, verfügt mit Sicherheit nicht nur selbst über ein sonniges Gemüt, sondern
darüber hinaus auch über die Fähigkeit, das sonnige
Gemüt im Betrachter zu wecken. Dieses Bild werde
ich mir ausdrucken. Es wirkt besser, als alle klugen
Ratschläge der Welt zusammen.

Perfektionismus

In der „Karrierebibel" ist zu lesen: „Es ist ein Fehler, keine Fehler machen zu wollen." Denn: Am Ende verrennt man sich in dem Gefühl, dass nichts gut genug ist. Dann kann es auch passieren, dass man, wenn man eine Sache hervorragend gemeistert hat, sich gar nicht richtig darüber freuen kann, weil man in Gedanken schon bei der nächsten Sache ist, die eventuell brachliegt.

Im Laufe meiner 50 Lebensjahre habe ich viele verschiedene Menschen kennengelernt. Auch ein paar Perfektionisten waren darunter. Sie alle hatten eines gemeinsam: Je größer der Anspruch an Perfektion war, desto deutlicher trat auch immer eine „Baustelle" hervor. Da gingen zum Beispiel unglaubliche geistige Leistungen einher mit einer üblen Essstörung oder berufliche Erfolge mit einem deutlichen Verschwinden des Charakters. Menschen, die ihr Leben offenbar in jeder Hinsicht perfekt meisterten, die zeitlich toll organisiert waren und auch alles andere im Griff hatten, fielen plötzlich durch einen Waschzwang auf. Andere lebten so sehr in ihrer perfekten Scheinwelt, dass sie den Zugang zur Realität gänzlich verloren.

Wenn man mich bis vor einiger Zeit gefragt hätte, ob ich mich für perfektionistisch halte, hätte ich darauf laut und vernehmlich mit Nein geantwortet. Als Beleg dafür hätte ich meinen Haushalt genannt (also die Küche, in der man nur deshalb „vom Boden essen kann", weil immer irgendetwas herumliegt, das Bad, das noch nie so sehr aufgeräumt war und geglänzt hat, dass ich freiwillig Fremde hineingelassen hätte oder die Schubladen, die in beinahe allen Räumen sehr vollgestopft sind, damit das Drumherum zumindest halbwegs ordentlich aussieht). Und ich hätte die Tatsache genannt, dass es mir beim Kochen eigentlich nur darauf ankommt, etwas Essbares auf die Teller zu bringen und nicht den Wettbewerb „Das Auge isst mit" zu gewinnen, ebenso, wie ich zwar ein gemütliches Wohnzimmer mag, aber außerhalb der Weihnachtszeit zu viel Dekokram eher hinderlich finde, weil das wieder bedeutet, mehr Staub wischen zu müssen.

Ich hätte ferner darauf hingewiesen, dass ich in meiner Zeit als Kindergarten- und Grundschulmutter niemals den Ehrgeiz hatte, den originellsten Salat oder die tollste Torte mitzubringen, sondern eher etwas beigesteuert habe, das möglichst schnell und einfach zu machen war und dabei sogar noch halbwegs gut schmeckte. Auch bei den Basteleien habe ich mich niemals durch besonderen Ehrgeiz hervorgetan. Das mag aber daran gelegen haben, dass man für eine wirklich tolle Bastelei nicht nur Ehrgeiz, sondern eben auch ein kleines bisschen Talent benötigt. Da war bei mir dann leider nicht viel zu holen.

Es stellt sich aber nun die Frage, ob diese genannten Beispiele nun tatsächlich tauglich sind, um den

Beweis anzutreten, dass ich nicht perfektionistisch bin. Ich denke inzwischen, sie sind es nicht, denn im Prinzip sagen sie über mich nur aus, dass ich nicht perfekt bin, aber eben nicht, dass ich nicht perfektionistisch bin. Dass ich meine Unzulänglichkeiten in dieser Hinsicht mit relativer Gelassenheit hinnehmen kann, ist eher ein Zeichen für eine gemäßigte Form von Fatalismus – ich füge mich da eben in mein Schicksal.

Doch wenn ich einmal wirklich in mich gehe, entdecke ich da drinnen doch so ein kleines bisschen Perfektionismus. Zumindest an mich ganz persönlich habe ich nämlich sehr hohe Ansprüche, wenn ich dabei den Rahmen meiner Möglichkeiten betrachte. Und auch dieses fiese Gefühl des „Nicht-gut-genug-Seins" ist mir nicht fremd und ebenso dann und wann eine gewisse Versagensangst. Ich hadere mit mir bei Missverständnissen oder wenn mir jemand das Gefühl vermittelt, dumm oder unzureichend zu sein, wobei es durchaus möglich ist, dass dieser jemand das gar nicht so meint, sondern dass ich es so interpretiere. Ist das nun Perfektionismus? Vielleicht gibt es so etwas wie temporären Perfektionismus oder partiellen Perfektionismus. Also eine Form von zwanghafter Haltung, die aber nicht immer und nicht in jeder Beziehung sicht- und fühlbar wird.

Wie auch immer, ich werde diese Frage hier vermutlich nicht so einfach beantworten können. Aber ich muss gerade wieder an einen Facebook-Kommentar denken, in dem ich den ebenso schlichten wie richtigen Satz gelesen habe: „Mir egal. Wir haben Spaß am Leben, und das ist es, was zählt." Wie recht die Verfasserin doch hat!

Alterserscheinungen gehören übrigens auch zu den Dingen, denen man nicht mit allzu großem Perfektionismus begegnen sollte. Sie kommen und bleiben und man kann allenfalls auf das Ausmaß des Schadens ein wenig Einfluss nehmen, indem man in Bewegung bleibt, sich gesund ernährt, nicht raucht und nicht trinkt … Moment mal: Habe ich nicht gerade noch die Dame zitiert, die meinte: „Wir haben Spaß am Leben, und das ist es, was zählt?"

Die Alternative ist also, das mit der gesunden Ernährung, der ausreichenden Bewegung und der asketischen Lebensweise halt so gut es geht zu beherzigen, aber zusätzlich dem Altern noch auf andere Weise entgegenzutreten. Im Klartext: Ich finde, es ist überhaupt nichts dabei, etwas „machen zu lassen", wie es immer so nett und konspirativ formuliert wird. Grundsätzlich finde ich das völlig in Ordnung, wenn man sich damit tatsächlich gut oder zumindest besser fühlt und das Ergebnis wenigstens im Ansatz realistisch ist.

Und das ist genau der Punkt: Es ist sehr wichtig, jeglichem Anflug von Perfektionismus in dieser Hinsicht ein wenig Realismus entgegenzusetzen. Es ist einfach nicht überzeugend, wenn eine sechzigjährige

Frau plötzlich mit der straffen Pfirsichhaut einer 25-Jährigen daherkommt, wenn ihr Mund aussieht, als habe sie zwei große Marshmallows unter die Lippen gestopft und wenn die Knie beim Lachen hochschnellen. Man nimmt einer Joan Collins einfach nicht ab, dass seit „Der Denver Clan" vierzig Jahre spurlos an ihr vorübergegangen sein sollen. Ebenso verhält es sich bei Cher. Da ist mein Lieblingsspruch ja immer noch „Teile von ihr werden dieses Jahr 75". Wenn das Gesicht beim Sprechen stehenbleibt und Mimik etwas ist, das eher nicht vorhanden ist, sollte man sich mit dem Gedanken anfreunden, dass der Perfektionismus da wohl ein wenig zu stark war oder aber man den falschen Beautydoc gewählt hat.

Dann hat man doch lieber ein paar Hängebäckchen und Falten mehr, wenn man gleichzeitig die Fähigkeit besitzt, mit sich selbst so halbwegs in Harmonie zu sein.

Ungeschicklichkeit

Ist Ungeschicklichkeit angeboren? Diese Frage stelle ich mir manchmal, wenn wieder eines dieser Dinge passiert, auf die man eigentlich locker verzichten könnte. Meine Recherche zeigt mir: Offensichtlich gibt es wirklich Menschen, die wesentlich ungeschickter sind als andere. Wie es aussieht, ist Geschicklichkeit allerdings eine Sache der Entwicklung und der Übung. Zur Entlastung meiner Eltern kann ich dann jedoch sagen, dass das in meiner Kindheit meines Wissens nicht zu kurz gekommen ist. Weshalb ich dennoch dann und wann schon einmal schwungvoll die Tischkante mit dem Oberschenkel mitnehme oder übersehe, dass die Glastür eigentlich geschlossen ist, liegt wohl zum großen Teil auch an meinem mangelhaften Sehvermögen. Wer wie ich als „Einäuger" durchs Leben läuft, kennt die Bedeutung von räumlichem Sehen nur theoretisch. Für den sind 3-D-Filme überflüssig, weil sie doch nur in verschwommenem 2-D wahrgenommen werden. Nichtsdestotrotz kann man übrigens mit einem solchen Handicap ganz normal leben. Allerdings gehören auch kleinere oder größere Blessuren zu den normalen Dingen des Alltags ebenso wie die kleinen oder größeren Lästereien darüber, frei nach dem Motto: Wer den Schaden hat, braucht für den Spott nicht zu sorgen. Hier hilft im Übrigen ein ausgewogenes Maß an Selbstironie sehr gut dabei, mit dem fast schon obligatorischen „Ist ja mal wieder typisch" besser klarzukommen.

Auch durch eine gewisse temporäre Vergesslichkeit (oder Schusseligkeit) sind ärgerliche Situationen vorprogrammiert. Dann öffnet man zum Beispiel beherzt eine Schranktür und holt ein paar Teller heraus, ohne darüber nachzudenken, dass man vor gar nicht allzu langer Zeit die Fingernägel frisch lackiert hat. Das Ergebnis sind dann fiese rote Spuren auf der Schranktür und an den Tellern und nicht mehr allzu viel Nagellack auf den Fingernägeln inklusive hässlich gestoßener Ecken und Kanten.

Eine solche Situation kann jedoch auch durch einen weiteren Faktor befeuert werden: die Schnelligkeit. Ich gehöre zu den Menschen, die die Dinge des Alltags eher zu schnell als zu sorgfältig erledigen. Das liegt daran, dass ich auch nicht gerade mit einem Übermaß an Geduld gesegnet bin. Wenn etwas nicht auf Anhieb klappt, versucht man es dann auch schon mal auf die brachiale Art oder entgegen aller Vernunft und da kann es dann und wann auch schon einmal zu Kollateralschäden kommen.

Angeblich ist es so, dass man eine Aufgabe umso geschickter bewältigt, je öfter man sich mit ihr auseinandersetzt. Ich glaube nicht, dass diese Theorie richtig ist. Ich glaube allenfalls, dass man Aufgaben umso geschickter bewältigt, je bewusster man sich mit ihnen auseinandersetzt und je mehr Zeit man sich dafür nimmt.

Nehmen wir doch die neue Vizepräsidentin der Vereinigten Staaten, Kamala Harris. Eine tolle Frau übrigens, wie ich finde. Bei der Amtseinführungsfeier gab es, als sie auf dem Weg zur Tribüne war, einen winzig kleinen Moment, in dem sie einmal kurz auf ihren High Heels strauchelte. Doch sie fing sich gleich wieder. Vermutlich, weil sie sehr bewusst dort entlanggeschritten ist. Zum Glück hatte sie sich auch bei ihrem Mann eingehakt. Ich weiß ziemlich genau, wäre ich an ihrer Stelle gewesen, hätte ich – obwohl ich eigentlich ziemlich versiert bin im Laufen auf High Heels – diese Möglichkeit zum Stolpern vermutlich vollumfänglich ausgenutzt. Ich wäre also nicht nur der Länge nach hingefallen, sondern hätte wahrscheinlich auch noch den Mann an meiner Seite mit hinuntergerissen und das alles natürlich vor laufenden Kameras. Wie gut, dass ich nicht an ihrer Stelle war! Obwohl, vielleicht hätte auch ich im Bewusstsein dieser bedeutsamen Stunde alle meine Antennen auf Empfang gestellt und diese besondere Situation ebenfalls ganz bewusst gemeistert. Nehmen wir es zu meiner Ehrrettung einfach einmal an.

Um noch mal auf die Fingernägel zurückzukommen: Bekannterweise befinden wir uns im Lockdown. Es ist also nicht möglich, die Dienste einer Nagelfee in Anspruch zu nehmen, die es mit relativ überschaubarem Aufwand hinbekommt, mir zumindest für circa vier Wochen ein gepflegtes Äußeres meiner Hände zu garantieren. Das wiederum bedeutet, dass ich nun in der bedauernswerten Situation bin, meine Nägel selbst maniküren und lackieren zu müssen. Jeder, der schon einmal Erfahrungen mit Gelnägeln gemacht hat, kann sich in etwa vorstellen, wie traurig es aussieht, wenn diese Schicht dann nach und nach herausgewachsen ist. Man kann dann nur noch eine Art Schadensbegrenzung betreiben, die bei mir so aussah, dass ich mir ein Equipment bestellt habe, um das übrig gebliebene Gel sauber abschleifen zu können. Damit allein ist es aber noch lange nicht getan. Das mit dem Abschleifen habe ich zwar halbwegs unfallfrei hinbekommen, habe jedoch jetzt mit ultraweichen Nägeln zu kämpfen, die dauernd umzubiegen drohen, sobald ich irgendwie dagegenstoße. Die einzige Möglichkeit, damit umzugehen, habe ich darin gesehen, alles auf ratzekurz umzustellen.

Und um jetzt noch einmal auf meine Ungeschicklichkeit zu kommen: Die Redensart „zwei linke Hände haben" wurde vermutlich irgendwann einmal für mich erfunden. Das musste ich beim anschließenden Lackieren leider wieder einmal feststellen. Die einzige Chance, es nicht vollkommen zu versauen, ist, sehr viel Zeit einzuplanen, sehr viel Geduld mitzubringen und sich selbst mehrere Versuche zuzugestehen. Kaum ist dann ein halber Tag vergangen, ist das Werk vollbracht. Es sieht zwar nicht ganz so aus, wie man sich das normalerweise vorstellt, aber wenn man nicht so nah rangeht und nicht so genau hinsieht, wirkt es ganz passabel.

Alles in allem bringt es wenig, mit einer gewissen Ungeschicklichkeit zu hadern. Manchmal kann sie sich sogar geradezu segensreich auswirken. Dies wird zumindest in dem Filmklassiker „Unternehmen Petticoat" vermittelt. Dort ist Lieutenant Dolores Crandall der Pechvogel, der durch seine Ungeschicklichkeit nicht nur einen Alarm auslöst, sondern sogar die Verantwortung dafür trägt, dass die Besatzung des U-Bootes Seatiger im Zweiten Weltkrieg anstelle eines feindlichen Schiffes nur einen an Land geparkten LKW „versenkt". Dennoch ist Captain Sherman am Ende so hingerissen von ihr, dass er sie heiratet und mit ihr glücklich wird.

Doch auch in der Realität sollte sich man sich, wenn man zu den Personen gehört, die gerne einmal durch ihre Ungeschicklichkeit auffallen, nicht ärgern, sondern sich vielmehr darüber freuen, dass man auf diese Weise immer mal wieder für allgemeine Heiterkeit sorgen kann. Und das ist schließlich eine Gabe, die nicht jeder besitzt.

Zeit zum Entschleunigen

Ab 50 braucht und hat man Zeit zum Entschleunigen? Diese Frage könnte man sich in der Tat stellen. Meistens muss man sie aber mit „Nein" beantworten, denn der Alltag mit 50 lässt ein Entschleunigen im Normalfall nicht zu, abgesehen davon, dass vielleicht die Geschwindigkeit ein wenig nachlässt, wenn man knochentechnisch mehr gebeutelt ist, als einem lieb ist. Anders sieht es natürlich aus, wenn man durch ein Virus in den Lockdown getrieben wird. Dann steht plötzlich alles unter völlig anderen Vorzeichen.

Weihnachten in kleiner Personenzahl: Eine Chance zum Entschleunigen? Dachte ich. Aber dann schlugt er durch, der Perfektionismus (also das bisschen, von dem ich mir inzwischen eingestehe, dass es in mir ist) und damit einhergehend das Bedürfnis, alles besonders schön zu machen im Rahmen der begrenzten Möglichkeiten. Also musste das technische Equipment her, um eine 1-a-Videoschalte mit der Familie zu bewerkstelligen, zumindest mit den Familienmitgliedern, mit denen das traditionelle gemeinsame Essen aus bekannten Gründen nicht möglich war.

Alles, was mit Kabeln, Bildschirmen, WLAN und deren Verbindungen zu tun hat, erledigt in meinem persönlichen Haushalt zum Glück immer einer der beiden Technikbeauftragten – ich selbst halte mich da grundsätzlich mangels Begabung und Verständnis raus.

Ich hatte die ehrenvolle Aufgabe, die Verantwortung für die Tischdeko zu übernehmen. Die musste angesichts der besonderen Situation dieses Mal natürlich auch besonders schön sein. Also hat man hier mal ein Glas nachpoliert und dort noch ein Sternchen und eine Kerze und ein paar glänzende Kugeln nachdekoriert. Das Ende vom Lied war schließlich, dass man doch wieder herumgehetzt ist, um alles pünktlich zu schaffen. Doch es ist ja nur einmal im Jahr Weihnachten. An den anderen Tagen ging es dann auch tatsächlich ruhiger zu. Und das bis zum heutigen Tag und sicher auch noch über diesen hinaus.

Corona bestimmt nach wie vor den Alltag. Dieses Virus ist eine üble Sache, aber die Auswirkungen, die es mit sich bringt, tragen tatsächlich ein wenig zum Entschleunigen bei. Zumindest findet man plötzlich gezwungenermaßen zu mehr Ruhe, und man nimmt sich auf einmal Zeit für viele Dinge, manchmal auch für das unsinnigste Zeug. So bin ich zum Beispiel tatsächlich kürzlich in ein Video hineingeraten, innerhalb dessen ich dann eine mehrminütige Anleitung verfolgt habe, wie man aus einem alten Paar Frotteesocken ein niedliches Sockenpony herstellt. Nicht dass ich meine neu gewonnene Kenntnis in nächster Zeit einmal anwenden könnte, bedenkt man doch, dass sich weder Kleinkinder in meinem Umfeld tummeln noch ich vermutlich in absehbarer Zeit Großmutter werde oder über eine auch nur im Ansatz vorhandene Begabung für Basteleien und Handarbeiten dieser Art verfüge. Aber immerhin weiß ich jetzt theoretisch, wie das geht.

Grundsätzlich eignet sich die momentane Zeit also sehr gut zum Entschleunigen, wäre da nicht ab und zu immer noch ein „Ich muss nur noch eben", das zuweilen für unfreiwillige Hektik oder gelegentlich auch für Unmut sorgt (so zum Beispiel in meinem Fall, wenn mir zu unmöglichsten Zeiten und Anlässen Ideen und Gedanken für dieses Buch durch den Kopf gehen und ich die unbedingt sofort „gerade noch" niederschreiben muss, weil mein löchriges Erinnerungsvermögen hierfür nur wenig Speicherkapazität zur Verfügung stellt). Doch auch das hält sich in überschaubaren Grenzen und insgesamt läuft schon alles irgendwie gemächlicher. Ich merke auch mehr und mehr, dass sich eine gewisse Trägheit in mir breitmacht.

Entschleunigen, das bedeutet auch, dass nun auf einmal Zeit da ist für längere Spaziergänge. Allgemein überwiegt die Erkenntnis, dass die Natur in Zeiten wie diese eine ganz neue Bedeutung erhält. Ich selbst war ja schon vor Corona eine Art Wald-Junkie, auch wenn meine Ausflüge dorthin im Allgemeinen wenig mit Entschleunigen zu tun haben. Aber ich mag den Wald nicht nur zum Joggen, sondern spaziere auch gerne hindurch. Irgendwie hat man da immer das Gefühl, man atme eine bessere Luft, eine Luft, in der Aerosole einfach keine Chance haben.

Doch dank der ländlichen Umgebung, in der ich lebe, gibt es auch wunderschöne Spazierwege an Plantagen vorbei und durch Felder hindurch. Und wer schon drinsteckt im Entschleunigungsprozess, schärft auch das Auge für völlig neue Dinge. Kürzlich habe ich mir zum Beispiel auf einem Spaziergang erstmalig bewusst angeschaut, wie Rosenkohl vor der Ernte wächst und aussieht. An dieser Stelle wurde mir wieder einmal bewusst, dass er ja gar nicht in einem Netz zur Welt kommt. Man lernt doch nie aus.

In Zeiten der Entschleunigung wird auch allgemein geraten, „Digital Detox" zu betreiben, also übersetzt, sich selbst digital zu entgiften. „Detox" scheint ja – ich erwähnte es schon kurz – DAS Modewort schlechthin zu sein, gerade für Menschen im bereits fortgeschrittenen Alter. Es gibt Detox-Tees und Detox-Cremes und Detox-Pflaster, die man sich unter die Fußsohlen kleben kann. Alles Dinge, die das ganze Gift aus uns herausholen sollen, das wir über Jahre in unseren Körpern angesammelt haben. Ich persönlich bin da ein wenig skeptisch, ob das so funktioniert wie versprochen und fände es darüber hinaus viel besser, wenn es Produkte gäbe, die ein „Detoxing" des Geistes bewirken könnten, sprich in der Lage wären, bei dem einen oder anderen giftiges Gedankengut zu eliminieren. Aber auch das dürfte Wunschdenken bleiben.

Zurück also zum „Digital Detoxing": Natürlich birgt die ständige Erreichbarkeit durch die digitalen Möglichkeiten unserer Zeit neben all ihren Vorteilen auch Probleme. Sich selbst darin eine Auszeit zu verordnen, ist daher ein guter Weg. Aber da ein kalter Entzug für einen Abhängigen zuweilen mit großen Unannehmlichkeiten verbunden ist, sollte man vielleicht den Weg der kleinen Schritte wählen.

Ich bin daher dazu übergegangen, zumindest auf meinen Spaziergängen das Smartphone in der Tasche zu lassen. Manchmal lasse ich es sogar ganz zu Hause. Dann jedoch begleitet mich das ungute Gefühl, dass ich niemanden erreichen könnte, wenn ich unglücklich in ein Erdloch oder Ähnliches fiele. Die Lösung mit der Tasche ist also nicht die schlechteste, zumal man dann immer noch die Möglichkeit hat, ein schönes Foto zu machen, wenn sich ein tolles Motiv in den Weg stellt.

Insgesamt stelle ich fest, dass das mit dem Entschleunigen eigentlich eine prima Sache ist, die sich jeder zwischendurch mal gönnen sollte, unabhängig davon, ob gerade ein Virus wütet oder nicht.

Ausmisten

„Ist das Kunst oder kann das weg?" Diese Frage hat ihre Berechtigung, seit das Gesamtwerk von Joseph Beuys gleich zweimal Opfer einer Verstümmelung wurde: Beim ersten Mal wurde eine von ihm künstlerisch gestaltete Badewanne zum Geschirrspülen missbraucht und beim zweiten Mal schrubbte ein Hausmeister nichtsahnend einen künstlerischen Fettfleck weg.

In meinem Umfeld ist die Frage schon seit Langem ein geflügelter Begriff und wird immer dann laut, wenn irgendwo irgendetwas herumfliegt, das augenscheinlich keinen festen Platz hat (also wieder irgendjemand sein Zeug nicht weggeräumt hat).

„Das kann weg" ist aber ebenso ein überaus befreiender Ausspruch, wenn man sich entschlossen hat, das Projekt „Ausmisten" in Angriff zu nehmen. Bei mir betrifft das in erster Linie meinen übervollen Kleiderschrank. Ich habe offenbar die ungute Angewohnheit, bei vielen Klamotten und Accessoires, die ich hier und da so sehe, zu denken: Das MUSST du haben. Das führt von Zeit zu Zeit dazu, dass der Kleiderschrank aus allen Nähten zu platzen droht. Spätestens, wenn die Kleidung schon kurz nach dem Bügeln wieder Knitterfalten aufweist, weil sie so dicht gedrängt auf ihren Bügeln aneinanderhängt, wird es Zeit, da mal ein wenig für Entlastung zu sorgen.

Entlastend und erleichternd ist es übrigens auch für das Gemüt, wenn man sich einmal ans Ausmisten begeben hat. Und es ist erstaunlich, wie leicht man dann auch in der Lage ist, zu erkennen: Das kann weg. Dinge, die man länger nicht getragen hat und bei denen man sicher ist, dass man sie auch in näherer Zukunft eher nicht tragen wird, müssen nicht den Kleiderschrank verstopfen. Viel besser ist es, wenn man ihrem Dasein einen neuen Sinn gibt, indem man die Sachen zum Beispiel einer karitativen Organisation spendet, die sie Bedürftigen zur Verfügung stellt. Ich fühle mich dabei zwar einen Moment lang unbehaglich, wenn ich mich selbst als eindeutigen Vertreter der Überflussgesellschaft identifiziere, doch gleichzeitig weiß ich, dass ich auf diese Weise Menschen eine ihrer vielen Sorgen abnehmen kann. Außerdem bin ich nicht Melania Trump oder sonst eine der Upper-Class-Damen, und es geht nicht um Designerfummel aus der letzten Saison, deren Anblick man dem gelangweilten Jetset kein zweites Mal zumuten möchte.

Hat man erst einmal Platz geschaffen, tut es unheimlich gut, wenn man wieder einen Überblick über den Bestand hat. Vielleicht hat man sogar Dinge wiederentdeckt, die einem eine Zeitlang verborgen geblieben waren. Und als hätte ich es beim letzten Thema bereits geahnt: Es gibt auch tatsächlich ein Phänomen namens „Fashion-Detox", also quasi das Entgiften von zu viel modischem Schnickschnack. Niemals hätte ich es allerdings für möglich gehalten, dass ganze Blogs mit diesem Thema gefüllt werden. So weit möchte ich gar nicht gehen. Ich finde es ehrlich gesagt auch ein wenig übertrieben, dass da eine doch eher normale Handlung gleich zu einem völlig neuen Lebensgefühl stilisiert wird. Außerdem weiß ich auch, dass ich spätestens in zwei, drei Monaten wieder am selben Punkt angelangt bin und eine erneute Aktion dieser Art ins Haus steht. Ich für meinen Teil benötige auch keine detaillierten und reich bebilderten Anleitungen, nach welchen Kriterien ich Dinge in den Sack befördern sollte. So viel Selbstständigkeit besitzt man mit 50 Jahren, das ist der Vorteil.

Doch auch die jungen Leute werden dann und wann von einem Rappel überfallen und dann machen sie sich daran, ihren Zimmern einen Neuanfang zu verpassen. Dann werden ganze Kartons und Tüten mit Dingen gefüllt, die schon seit langer Zeit nur noch Platz weggenommen haben. Ich persönlich begrüße das sehr, nur fände ich es noch schöner, sie würden dabei dann auch Nägel mit Köpfen machen. Diese Redewendung kommt übrigens aus einer Zeit, in der Nägel nicht industriell hergestellt wurden, sondern noch einzeln geschmiedet wurden. Wenn sich der Schmied dabei einmal nicht ganz so geschickt anstellte, entstanden schon einmal Nägel ohne Köpfe, die natürlich nicht so universell einsetzbar waren und daher als minderwertig galten. Nägel mit Köpfen galten hingegen als Ergebnis einer professionellen Arbeit. Oder eben einer Arbeit, die sauber zu Ende gebracht worden war. Beim Ausmisten handelt es sich also im übertragenen Sinne um einen Nagel ohne Kopf, wenn die Tüten und Taschen mit dem nicht mehr benötigten Inhalt der Einfachheit halber im Flur abgestellt, anstatt gleich richtig entsorgt zu werden. Hier greift dann eher die Prämisse: Aus den Augen – aus dem Sinn. Was sie also in ihren Zimmern nicht mehr sehen, ist quasi nicht mehr vorhanden. Die entsorgten Stücke fristen dann mitunter über Wochen und Monate ein trauriges Dasein, denn es ist schon ein Phänomen, mit welcher Ausdauer junge Menschen Tag für Tag über ein Hindernis vor ihrer Tür hinwegsteigen können. Ich selbst habe mich inzwischen so weit im Griff, dass ich da nicht mehr einschreite. Ich frage dann stattdessen zwischendurch immer mal wieder nach, wann ich damit rechnen kann, dass die Sachen weggebracht werden. Irgendwann funktioniert das dann auch. Allerdings kann es auch sein, dass sie dann erst ins Zwischenlager Keller transportiert werden.

In einem Punkt habe ich es allerdings aufgegeben zu fragen und mich mit der traurigen Tatsache abgefunden: Da ist einfach nichts zu machen. Seit fast zwei Jahren steht da nun ein pinkfarbener Schulranzen am Treppenabsatz. Er wurde damals ausgeliehen für den „ersten Schultag" in der Mottowoche der Abiturienten. Dass es inzwischen zwei Jahre sein müssen, ist mir auch nur deshalb klar geworden, weil bald das nächste Abitur ansteht. Sollte in diesen unschönen Zeiten für die kommenden Abiturienten tatsächlich so etwas wie eine Mottowoche möglich werden, würde dieser Ranzen also tatsächlich noch einmal benötigt werden. Vermutlich war genau das die Intention, ihn „erst einmal" dort stehen zu lassen. Aber ich schwöre, sobald die diesjährigen Abiklausuren vorbei sind, werde ich energisch darauf bestehen, dass dieser Schulranzen nun endgültig aus meinem Sichtfeld verschwindet und seiner Besitzerin zurückgegeben wird. Vermutlich wird mir dann sogar etwas fehlen.

Es tut übrigens auch sehr gut, ab und an mal in seinem eigenen Kopf auszumisten, sich möglicherweise sogar von alten Verhaltensmustern zu verabschieden, die unter Umständen viel Platz für bessere Gedanken wegnehmen. Es gibt unterschiedliche Wege, den Kopf durch Ausmisten frei zu bekommen. Welche geeignet sind, muss jeder wohl für sich selbst herausfinden. Das Ergebnis kann sich auf jeden Fall sehen lassen: mehr Gelassenheit, mehr Zufriedenheit und dadurch oft auch mehr Gesundheit. Aber auch hier gilt: Mit einem einzigen Mal ist es nicht getan. Die Frage „Kann das weg?" sollte man sich also – ebenso wie bei materiellen Dingen – auch bei den „Kopfdingen" immer wieder stellen, und sobald sie mit „Ja" beantwortet wird, sollte man aktiv werden.

Balsam für die Seele

Einer der schon genannten Wege, um seiner Seele Gutes zu tun, ist das Schreiben. Zumindest für mich ist das Schreiben Balsam für die Seele. Vielleicht liegt es daran, dass vieles, was ich lese(n muss), mich oft aufreibt, und dass ich wenig Einfluss auf das nehmen kann, was ich da zu lesen bekomme. Wenn ich hingegen schreibe, sind es meine eigenen Gedanken und meine eigenen Schwerpunkte, die ich in Worte fasse. Darüber hinaus kann ich mich beim Schreiben auch schon einmal über die Doofheit anderer auslassen (oder darüber, was ich als die Doofheit anderer empfinde) oder im unmittelbaren Dialog mit anderen auch Dinge geraderücken. Wie ein Balsam legt sich also das Schreiben sanft und wohltuend über die geschundene Oberfläche meiner Seele. Okay, das klingt jetzt wirklich ein bisschen melodramatisch. Ganz so schlimm steht es um mich dann doch noch nicht.

Doch es ist offenbar auch wissenschaftlich erwiesen, dass Schreiben ein Akt der Selbstbefreiung sein kann. Für den einen bedeutet es, Wut und Verzweiflung hinauslassen zu können, für den anderen, den Dialog mit sich selbst zu führen. Mancher spricht davon, sich die Seele „leer" schreiben zu können und alles Belastende auf einem einfachen Blatt Papier unterzubringen beziehungsweise in eine Datei zu tippen. So mancher erfährt durch das Schreiben ein besseres Lebensgefühl und erhält damit einhergehend ein stärkeres Immunsystem. In Corona-Zeiten zu schreiben, ist also offenbar in mehrfacher Hinsicht einfach nur Gold wert. Man kann seine Gedanken und Gefühle ordnen und Abstand zu seinen Problemen bekommen. Schreiben sorgt also für emotionale Entlastung. Gerade am Ende eines Tages hilft es zudem dabei, zur Ruhe zu kommen. All das, was man „zu Papier" gebracht hat, muss nicht mehr im Kopf herumschwirren. Ausmisten „at its best" sozusagen.

Ich persönlich war schon immer mehr der Schreib- als der Sprechtyp. Das liegt sicher nicht zuletzt daran, weil ich auf diese Weise meinen eigenen Argumentationsstrang auch viel besser verfolgen und strukturieren kann, als wenn ich mich beispielsweise auf eine wilde Diskussion einlasse, in der ein Wort das andere ergibt und in der es vom Hölzchen aufs Stöckchen kommt. Ich bin daher auch ein ganz großer Freund dieser altmodischen Erfindung namens „Brief". Völlig unabhängig davon, ob er noch mit einem Stift auf Papier festgehalten oder in elektronischer Form getippt und dann versendet wird: Er ist so viel aussagefähiger und nachhaltiger als beispielsweise ein Telefonat oder ein Chat. Skeptiker wenden nun vielleicht ein, dass im geschriebenen Wort häufig Emotionen zu kurz kommen und gerade deshalb auch Sachverhalte fehlinterpretiert werden können und ziehen daher das persönliche Gespräch oder zumindest ein Telefonat vor. Diese Kritik ist einerseits berechtigt, denn natürlich ist es auch wichtig, anhand der Stimme und der Wortbetonung auch bestimmte Nuancen wahrzunehmen. Andererseits ist der große Vorteil des geschriebenen Wortes, dass man auch später noch einmal nachlesen kann, was „gesagt" wurde und zudem besteht ja auch in den meisten aller Fälle die Möglichkeit, in einem zusätzlichen Gespräch intensiver darauf einzugehen.

Wie es aussieht, erlebt aber auch das Tagebuch-Schreiben in Zeiten der Pandemie eine Renaissance. Viele Menschen entdecken diese Möglichkeit des Dialogs mit sich selbst oder einer imaginären Person, um die teilweise sehr angespannte Situation zu verarbeiten. Dadurch, dass man es mit wirklich niemandem teilt, kann man seinen Gefühlen absolut freien Lauf lassen. Diese Art von Intimität hat einen Seltenheitswert in Zeiten, in denen dank Digitalisierung und sozialer Medien Menschen dazu übergegangen sind, vollkommen hemmungs- und distanzlos eine breite Öffentlichkeit an allen nur denkbaren Bereichen ihres Lebens teilhaben zu lassen. Aber vielleicht ist es genau dieses permanente Zurschaustellen von Privatem auf der einen Seite, dass den Rückzug aus der Öffentlichkeit auf der anderen Seite forciert.

Eine Studie der Universität von Texas hat schon in den Achtzigerjahren belegt, dass man mithilfe des Tagebuchschreibens nicht nur Kummer bewältigen, sondern auch Traumata überwinden kann. Studentischen Probanden wurde im Anschluss daran eine bessere Leber- und Lungenfunktion bescheinigt. Krankheitstage wurden seltener, weil die Stressresistenz verbessert war.

Ich weiß dennoch nicht, ob ich so unbedingt der Typ fürs Tagebuchschreiben wäre. Ich habe es ja selbst einmal ausprobiert mit einer Art Online-Tagebuch. Dort habe ich allerdings immer ein besonderes Ereignis oder einen Moment des Tages herausgepickt und mich damit befasst. Es ging also weniger darum, den Tag hinter sich zu lassen und damit abzuschließen. Ich habe festgestellt, dass ich mehr eine Art Projektmensch bin, der eine wilde Idee hat und dann alles daransetzt, diese Idee Wirklichkeit werden zu lassen. Für mich ist Schreiben daher auch zumindest momentan immer ein kleines Erfolgserlebnis, denn ich komme zurzeit jeden Tag ein Stück weiter, überwinde manchmal Trägheit und fehlende Motivation und stelle Fortschritte fest, sobald ich mich vor die Tastatur gesetzt habe. Das ist irgendwie ein tolles Gefühl, völlig unabhängig davon, was aus diesem Vorhaben einmal werden soll.

Der Titel meines Schreibprojekts ist mehr oder weniger eine fatalistische Erkenntnis: „50 Jahre – da hilft nur noch Humor". Was sich jedoch hier nur auf das Erreichen eines gefühlt biblischen Alters und dessen Begleiterscheinungen zu beziehen scheint, gilt in Wirklichkeit für alle Bereiche des Lebens. Und mit dem Schreiben konnte ich genau die Momente festhalten, in denen viele dieser Bereiche einmal ausschließlich durch die humoristische Brille betrachtet wurden.

Kalendersprüche und Aphorismen

Ich habe in dieses Buch schon öfter den einen oder anderen „klugen Spruch" anderer Leute mit eingebracht. Da ich allerdings ein ausgesprochener Fan solcher Sprüche und ihrer Interpretationsfähigkeit bin, habe ich mich entschlossen, ihnen ein eigenes Thema zu widmen. Denn auch das ist eines dieser Themen, die mich mit 50 bewegen (allerdings auch schon zuvor). Es ist nämlich so, dass nicht nur das Schreiben, sondern zuweilen auch das Lesen Balsam für die Seele sein kann. Ich liebe Kalendersprüche von „besinnlich" bis „zum Totlachen" und ich liebe es, nach ausgiebigem Nachdenken darüber, zwischendurch dann auch einmal mit den Worten anderer meine eigenen Denkprozesse zu untermauern. Und ich bin ein ganz großer Fan von Aphorismen, also von geistreichen Sinnsprüchen, die Erfahrungen und Lebensweisheit vermitteln. Manche von ihnen bereichern das Leben, andere erleichtern es. Natürlich gibt es auch Menschen, die es überhaupt nicht leiden können, in jeder passenden oder unpassenden Situation einen passenden oder unpassenden Spruch zu hören, aber mir gefällt es, dass man sich dann und wann einmal auf eine ganz andere Art und Weise bestätigt fühlen kann. Außerdem hat die Beschäftigung mit solchen Sinnsprüchen auch immer etwas mit aktivem Denken zu tun, etwas, das – legt man viele Kommentare in den sozialen Medien zugrunde – offenbar leider nicht jedem gegeben ist.

Damit wären wir gleich bei einem meiner bevorzugten Sprüche angekommen: „Wer nicht gerne denkt, sollte wenigstens seine Vorurteile von Zeit zu Zeit neu gruppieren." Verfasser dieser Erkenntnis ist Luther Burbank. Ich kann kaum glauben, dass seine herausragendste Errungenschaft die gewesen sein soll, die steinlose Pflaume gezüchtet zu haben. Aber so ist es tatsächlich zu lesen. Genau genommen verglich er als Botaniker Vorurteile mit einem Blumenstrauß, der von Zeit zu Zeit neu arrangiert werden solle. Ein kluger Mann zweifelsohne, der dafür plädiert, wenigstens einmal den Blickwinkel zu ändern, wenn man ansonsten gar zu sehr von einer Sache überzeugt ist.

Kommen wir nun zu einem völlig anderen Gedankengang: „Beklage dich nicht über die Dunkelheit. Zünde eine Kerze an." Dieser Spruch stammt von Konfuzius, und es ist überaus bemerkenswert, dass er bereits ein halbes Jahrtausend vor Christus auf recht einprägsame Weise genau das vorschlug, was zweieinhalbtausend Jahre später in Hunderten von Motivationsratgebern zu lesen ist: die Erkenntnis, dass es wenig bringt, herumzujammern, sondern dass man stattdessen doch zumindest die Dinge, die man ändern kann, auch ändern sollte.

Jetzt darf es auch einmal ein Klassiker sein: „Ich weiß, dass ich nichts weiß." Dieser gern zitierte Satz und die vermeintliche Selbsterkenntnis par excellence stammt vom guten alten Philosophen und Denkgenie

Sokrates und ist darüber hinaus so, wie er immer verbreitet wird, falsch übersetzt. Richtig muss es wohl heißen „Ich weiß, dass ich nicht weiß". Der Satz beschreibt demnach nicht die Erkenntnis, dass man blöd ist, sondern dass man die Dinge hinterfragen sollte. In der falschen Übersetzung ist dieser Spruch aber auch immer angebracht für diejenigen, die das, was sie sagen und tun, für das Maß aller Dinge halten.

„Alles, was du sagst, sollte wahr sein. Aber nicht alles, was wahr ist, solltest du auch sagen." So zumindest sah es Voltaire. Ich stimme ihm da absolut zu, denn es ist manchmal schon sehr nervtötend, wenn Menschen tatsächlich zu allem und jedem ihre Meinung und Wertung zum Besten geben, auch wenn diese inhaltlich nicht unbedingt falsch sein muss. Noch schlimmer ist es tatsächlich nur, wenn solche Menschen ihre Mitteilsamkeit ungehemmt ausleben und dabei das, was sie sagen, eindeutig widerlegbar ist. Da kann man dann schon einmal ein wenig ungeduldig werden und auch dann und wann ein wenig unhöflich reagieren, wie beispielsweise Dieter Nuhr es vorschlägt: „Wenn man keine Ahnung hat, einfach mal Fresse halten." Auch ihm kann ich nur bedingungslos zustimmen. Wie häufig gibt es das: sehr viel Meinung bei sehr wenig Ahnung.

Für mich sehr einprägsam, weil so absolut nachvollziehbar, ist ein Ausspruch des Physikers Georg Christoph Lichtenberg (und das nicht etwa, weil ich eine besondere Affinität zur Physik hätte): „Ich weiß nicht, ob es besser wird, wenn es anders wird. Aber es muss anders werden, wenn es besser werden soll." Will heißen: nichts unversucht lassen. Niemand weiß, was vor einem liegt. Doch wenn man mit dem Status quo nicht glücklich ist, muss man daran arbeiten, ihn zu verändern. Man hat dann zumindest die Chance, dass sich eine Situation zum Guten wendet.

Aber es ist nicht so, als würde ich mich nur mit solch bedeutungsschweren Aussagen befassen. Die bereits erwähnten Kalendersprüche haben es mir auch angetan. Mit Blick auf mein vollendetes fünftes Jahrzehnt haben es mir momentan in erster Linie Sprüche mit Bezug auf das Alter angetan. Ganz vorne dabei: „Ich bin zu alt für cool. Ich zieh jetzt dieses PEINLICH durch." Heißt im Klartext nichts anderes, als dass es sich lohnt, man selbst zu sein, auch auf die Gefahr hin, dass man gerade bei der Jugend die eine oder andere hochgezogene Augenbraue oder gar ein Augenrollen riskiert. Man muss jetzt niemandem mehr etwas beweisen. Das musste man zwar vorher auch nicht, aber da wusste man das noch nicht. Ein weiterer Spruch aus dieser Kategorie ist auch noch erwähnenswert: „Alt genug, um es besser zu wissen, jung genug, um es trotzdem zu machen." Das erinnert mich an die Situation neulich, als ich der Jugend unbedingt beweisen wollte, dass ich trotz meines fortgeschrittenen Alters noch in der Lage bin, einen Kopfstand zu machen. Der Kopfstand klappte dann auch einwandfrei, allerdings hatte ich vorher verdrängt, dass mich nachher mein verspannter Nacken schlimmer denn je plagen würde. Aber für den Augenblick des „Oh!" und „Ah!" hat es sich wirklich gelohnt.

Abschließen möchte ich dieses Thema gerne mit einem Zitat von Jeanne Moreau: „Alternde Menschen sind wie Museen: Nicht auf die Fassade kommt es an, sondern auf die Schätze im Innern." Mit dieser Erkenntnis im Gepäck schaue ich nun sehr gelassen auf die nächsten fünfzig Jahre.

Missionieren

Der Begriff leitet sich ab vom lateinischen „missio", was sich mit „Sendung" oder „Auftrag" übersetzen lässt. Bei dem Verb „missionieren" handelt also jemand im Auftrag oder wird gesendet. Im religiösen Kontext geht es bei diesem Auftrag um die Verbreitung des Glaubens. Da es vor allem in der christlichen Missionierungsarbeit auch finstere Zeiten gab, kommt es heute nicht selten vor, dass der Begriff „missionieren" auch im weltlichen Zusammenhang eher negativ besetzt ist. Das ist eigentlich schade, denn grundsätzlich ist es sicher etwas Gutes, wenn sich jemand für eine Sache so sehr begeistern kann, dass er auch andere dafür „entflammen" möchte. Manchmal ist es aber leider so, dass die Begeisterung kippt und in eine Form von Fanatismus mündet, und spätestens dann ist es nachvollziehbar, wenn jemand sagt: „Hör auf, mich ständig missionieren zu wollen."

Jeder von uns ist vermutlich schon solchen Menschen begegnet, deren oberstes Ziel es zu sein scheint, anderen die „Augen zu öffnen", völlig unabhängig, wofür. Manch ein Zeitgenosse praktiziert dies regelrecht zwanghaft. Das zeigt sich zum Beispiel in den letzten Monaten immer wieder innerhalb der Konstellation Corona – soziale Medien. Da kommen einem zum Beispiel gleich wieder die sogenannten Querdenker in den Sinn. Sie versuchen im Dialog der Kommentarspalten häufig auf eher makabre Art und

Weise, zum Beispiel durch Beleidigung oder Verhöhnung, zu missionieren. So bezeichnen sie Menschen, die sich an die Maßnahmen zur Eindämmung der Pandemie halten, weil sie sie als vernünftig erachten, als „Schlafschafe", also als Herdentiere, die mit halb geschlossenen Augen und dem Hirn im Standby-Modus brav dem „Diktat" der Regierung folgen. Umgekehrt wehren sich aber auch manche dieser „Schlafschafe" und bezeichnen die, die sich für die Aufgeweckteren halten, als Covidioten oder Aluhutträger.

Ich gebe zu, ich persönlich verlasse mich auch eher auf Informationen von seriösen Wissenschaftlern als auf Inhalte dubioser selbst gedrehter YouTube-Videos von sich erleuchtet Fühlenden und habe mich ja auch schon ein wenig despektierlich über die Querdenkenden (hier passt das geschlechterneutrale Partizip übrigens gerade mal so richtig gut) ausgelassen. Ich halte aber dennoch nichts von Beleidigungen jeglicher Art. Jeder Mensch hat seine eigene Ansicht über die Dinge des Lebens und die Art und Weise, wie man den Herausforderungen des Alltags am besten begegnet. Das soll auch genau so sein, solange damit niemandem geschadet und es nicht illegal wird.

An diesem Punkt scheiden sich jedoch die Geister. Während ein Teil der Bevölkerung es beispielsweise als großen Segen und Erleichterung empfindet, dass es inzwischen einige freigegebene Impfstoffe und damit die Möglichkeit gibt, sich gegen das Corona-Virus impfen zu lassen, schüren erklärte Impfgegner eine wissenschaftskritische Haltung. Sie tun dies laut und bestens vernetzt über die sozialen Medien und auf

diese Weise wandern auch immer wieder Verschwö-
rungsmythen über die Wege der Kommunikation.

Dieses Phänomen gibt es übrigens nicht erst seit
Corona. Impfgegner gab es schon immer, Menschen,
die die Meinung vertreten, das Immunsystem eines
Kindes werde besser gestärkt, wenn das Kind eine
Krankheit durchmache anstatt dagegen geimpft zu
werden oder Menschen, die davon überzeugt sind,
dass die Begleitstoffe in den Impfseren Krankheiten
wie Autismus hervorrufen könnten. Diese Befürchtung ist übrigens auf das Ergebnis einer Studie zu-
rückzuführen, die inzwischen als gefälscht entlarvt
wurde. Nichtsdestotrotz sind das alles letztlich Glau-
bensfragen.

Wirklich erschreckend ist jedoch, wie sich manche
im Netz oder auch im realen Leben formieren und
Stimmung gegen das Impfen machen mit zum Teil
haarsträubenden Begründungen, die jeglicher Vernunft entbehren. Da ist die Rede von Mikrochips, die
den Menschen mit einer Impfung „eingepflanzt" werden sollen, um sie gefügig zu machen. Angeblich soll
Bill Gates im Falle von Corona einen Impfzwang
durchsetzen wollen, um an den Impfungen dann zu
verdienen (als hätte der nicht schon genug Kohle).
Und dieselben Leute beklagen sich lauthals, sie würden ständig missioniert und durch die Hintertür oder
auf Umwegen letzten Endes zum Impfen gezwungen
werden.

Als absolut erfrischend empfand ich daher die Aktion eines Neu-Ulmer Hausarztes, der eine Art „Merkblatt" veröffentlichte, das Antwort auf alle Fragen, die

ihm im Zusammenhang mit der Corona-Impfung wieder und wieder gestellt werden. Er informiert seine Patienten darüber, dass seine Praxis die Impfung empfiehlt und schreibt über die intensive Erprobungsphase, die dieser Impfstoff durchlaufen hat (kein Wunder, wir sind in Deutschland, die Deutschen sind – zumindest ihrem Ruf zufolge – Erbsenzähler und überkorrekt, da wird also eher einmal zu viel als einmal zu wenig geprüft). Zudem gibt er die Quellen an, bei denen sich jeder seriös informieren kann. Je weiter man sich auf diesem Merkblatt nach unten liest, desto deutlicher wird, was dieser Arzt von dem Geschwurbel hält, was immer noch die Runde macht. Unter Punkt 8 ist beispielsweise zu lesen „Aber da wird ein Chip ... NEIN!", unter Punkt 9: „Und Bill Gates ... NEIN!" und unter Punkt 10 „Aber Sie sind doch von der Pharmaindustrie bezahlt! .... NEIN! Wir sind schon froh, wenn Ihre Krankenkasse gelegentlich mal etwas Geld für Ihre Behandlung rüberwachsen lässt."

Ein sympathischer Mann, finde ich, und sein Merkblatt, das im Übrigen in kürzester Zeit viral gegangen ist, wie das so schön neudeutsch heißt, ist ein guter Beweis dafür, dass man selbst mit den merkwürdigsten Anwandlungen humorvoll umgehen kann, ohne beleidigend zu werden. Hier zeigt sich, dass informieren vielleicht wirklich besser ist als missionieren. Denn im Gegensatz zum christlichen Missionieren des Mittelalters beispielsweise, wo Menschen auch auf eher unfeine Weise zwangsgetauft wurden, kann sich heute jeder frei für oder gegen etwas entscheiden.

Natürlich muss man dann mit den entsprechenden Konsequenzen leben.

Wichtig finde ich, dass man es einfach respektieren sollte, dass höchstwahrscheinlich niemand das Patentrezept für das „richtige" Leben hat und im Zusammenhang damit vielleicht etwas in den Vordergrund treten sollte, was zumindest in unserem demokratischen Grundverständnis einen sehr hohen Stellenwert hat: die Meinungsfreiheit.

Meinungsfreiheit

Wer in Zeiten wie diesen etwas ganz Neues wagt, eine wirtschaftliche Existenz aufbauen möchte, Pioniergeist zeigt, verdient Unterstützung und Anerkennung. Kürzlich wies jemand in einer lokalen Facebook-Gruppe darauf hin, dass er just an diesem Tag ein Restaurant eröffnet habe. Er postete die (im Lockdown etwas reduzierte) Speisekarte, teilte mit, er sei dankbar für jede Unterstützung und freue sich über konstruktive Kritik.

Viele Leute wünschten viel Erfolg und viel Glück, manche kritisierten das Preis-Leistungs-Verhältnis oder fanden sich mit ihrer Ernährungsweise durch das Angebot nicht angemessen vertreten. Und dann kam ein Beitrag, in dem der Verfasser monierte, dass diese Karte ja nun keine Highlights präsentiere, dass es „so etwas" bei ihnen das ganze Jahr über gäbe und man bei diesen Preisen lieber selbst koche. Das ist eine Ansicht, die man durchaus so vertreten kann, zumal der Kommentator auch immerhin dem Betreiber des neuen Restaurants trotz seiner eher kritischen Gesamttendenz dennoch viel Glück wünschte.

Doch offenbar kam er dann so gar nicht mit einer Replik zurecht, in der die Frage aufgeworfen wurde, ob es nicht möglich sei, hin und wieder auf demotivierende Kommentare zu verzichten. In meinen Augen ist das eine vollkommen berechtigte Frage. In den

Augen des „konstruktiven Kritikers" offenbar jedoch nicht. Leicht pikiert erwiderte er, ach ja, er habe vergessen, dass man ja keine Meinung mehr haben dürfe und alles gut finden müsse.

Und genau das ist so typisch: Es gibt so viele Menschen, die nichts anderes können als zu meckern, zu miesepetern und sich destruktiv an anderen abzuarbeiten. Wenn sie dann jedoch auch nur einen Hauch von Gegenwind bekommen, heulen sie gleich rum, ihre Meinungsfreiheit werde beschnitten. Diese Leute haben es einfach nicht verstanden! Natürlich dürfen sie ihre Meinung sagen. Sie dürfen auch kritisieren. Die Frage ist halt, ob es immer und ewig und zu jedem Thema sein muss. Oder, wie eine Frau auf die Feststellung hin, man müsse „alles gut finden" einfach nur sachlich und nüchtern kommentierte: „Nein, aber man kann seine Meinung auch einfach mal für sich behalten." Das ist der kleine, aber feine Unterschied: sich seiner Meinungsfreiheit bewusst zu sein, aber sie nicht bis zum Erbrechen auszureizen.

Es gibt auch Leute, die der Ansicht sind, wenn sie Menschen verbal beschimpfen, sie beleidigen oder sie unmittelbar angreifen, gehöre das ebenso zur Meinungsfreiheit. Sie begreifen aber nicht, dass eine lauthals vorgetragene eigene Meinung nicht nur ein Recht, sondern auch eine Pflicht beinhaltet und dass Meinungsfreiheit da endet, wo die Menschenwürde eines anderen angetastet wird. Dann ist es auch rechtens, wenn Beiträge gelöscht werden, doch vielfach wird dann das Geschrei erst richtig laut: „Mein Beitrag wurde gelöscht, das ist Zensur, nichts anderes." Leider sind sich diese Menschen immer häufiger nicht der Tatsache bewusst, dass ein erheblicher Unterschied besteht zwischen Kritik und Diffamierung.

Es ist daher nicht erstaunlich, dass gerade Menschen, die das Bedürfnis haben, ihre Meinung mit besonderer Vehemenz zu vertreten, sich auf Portalen wie Telegram herumtreiben. Denn dort existiert beinahe schon ein rechtsfreier Raum, in dem jeder vollkommen ungebremst und zügellos unter dem Deckmantel der Meinungsfreiheit alles, selbst den größten Mist, verbreiten kann. Zu diesem Mist gehört zum Beispiel rechtsextremistisches Gedankengut, das ebenso verbreitet wird wie verfassungsfeindliche Symbole, die die Runde machen.

Portale dieser Art sind daher nicht nur Auffangbecken für all diejenigen, die einfach ein bisschen verwirrt auf andere wirken, wie schon in einem der früheren Kapitel beschrieben, sondern auch für solche Gestalten, die ungehindert ihren Hass und ihre extremistischen Positionen verbreiten wollen. Da hört der Spaß dann endgültig auf. Es ist eine Sache, ein paar durchgeknallten Verschwörungstheoretikern ein Publikum zu geben, damit sie sich wenigstens ab und zu ein bisschen geliebt fühlen. Aber wenn Hass und Hetze auf einmal mit Meinungsfreiheit gleichgesetzt werden, finde auch ich keine Möglichkeit mehr, da noch irgendwie humorvoll mit umzugehen.

Und umso lächerlicher mutet es unter diesen Umständen an, wenn immer wieder mit Anmerkungen wie „DDR 2.0" oder Ähnlichem beklagt wird, wie sehr die Meinungsfreiheit doch inzwischen beschnitten werde. Ich denke, so etwas kann nur jemand behaupten, der nicht selbst Opfer von Restriktionen unter dem DDR-Regime geworden ist. Jemand, der grundsätzlich auch immer über „die da oben", die auch „alle unsere anderen Rechte einschränken" schimpft, weil er nichts Besseres zu tun hat. Jemand, der einfach sehr einseitig informiert ist.

Absolut passend finde ich daher in diesem Zusammenhang übrigens den folgenden Spruch, mit dem ich meine Gedanken zu diesem Thema dann auch beenden möchte: „Meinungsfreiheit bedeutet, Schwachsinn behaupten zu dürfen. Meinungsfreiheit bedeutet aber auch, diesen Schwachsinn Schwachsinn nennen zu dürfen." (Quelle: DEBESTE.de)

Lieblingsfilmzitate

Unter dem schlichten Oberbegriff „Filme" haben mich Geschichten und Erzählungen aller Art mein Leben lang begleitet und mich sicher auch ein Stück weit geprägt. Dabei ist es völlig unerheblich, ob es sich um die große Hollywood-Spielfilmproduktion handelte oder um einen „einfachen" Fernsehfilm.

Damit ich einen Film „mag", darf es nicht brutal oder gewalttätig zugehen. Vielmehr sollte ein Film entweder zum Lachen sein oder zum Nachdenken anregen oder beides. Auf jeden Fall sollte er mich wirklich gut unterhalten können. Gerne darf er auch historisches Wissen vermitteln. Ich habe auch kein Problem mit Halbwissen, sofern die Herz-Schmerz-Komponente dann nicht zu kurz kommt (wie zum Beispiel in der „Sissi"-Trilogie). Viele Filme sind zu einem Teil meines Lebens geworden, den ich mir nicht mehr wegdenken kann und möchte.

Der bereits erwähnte Film „Das Leben des Brian" beispielsweise hat mich sehr geprägt. Seit ich die Truppe von Monty Pythons in ihrem wohl größten Werk zum ersten Mal versammelt erleben durfte, ziehen sich Zitate aus diesem Film durch mein Leben. Über „WIR SIND DIE VOLKSFRONT VON JUDÄA!" – „Oh, ich dachte, wir seien die populäre Front" kann ich inzwischen seit über dreißig Jahren immer wieder lachen, und das in dem vollen Bewusstsein, dass dieser schwarzhumorige Film bei sehr kritischen Beurteilungen fast schon in die Kategorie „Blasphemie" fällt. Doch wer in der Lage ist, über diesen Frevel hinwegzusehen, kann sich königlich amüsieren. Das Schöne ist, dass sich mein unmittelbares Umfeld ebenfalls vor Lachen ausschütten könnte. Das liegt vermutlich daran, dass sie alle ein wenig durchgeknallt und überdies immer für groben Unfug zu haben sind. „... und du, Churke, findest du das vielleicht pesonders komich?" Ja. Auch wenn es eigentlich wirklich albern ist. Aber die Mimik ist unbezahlbar und je öfter man sich das ansieht und je mehr Leute das quasi mitsynchronisieren können, desto besser wird es.

Apropos Monty Python: Zwei von ihnen haben ihren Stempel auch einem Film aufgedrückt, den ich mit 17 mit einer Freundin im Kino gesehen habe: „Ein Fisch namens Wanda." Das Kino war vollkommen überfüllt, wir konnten noch nicht einmal mehr nebeneinandersitzen und sie meinte später: „Ich habe dich auch über vier Reihen hinweg lachen gehört." Ich denke, das muss dann wohl die Szene gewesen sein, in der sich Wanda über Ottos fehlende geistige Fähigkeiten aufregt. Otto (der sich für einen großen Denker hält, der eigentlich über den Dingen steht) droht ihr, sie solle ihn niemals mehr „dämlich" nennen. Daraufhin poltert Wanda los: „Genau, du hast recht. Dich dämlich zu nennen, wäre eine Beleidigung für alle dämlichen Menschen. Ich weiß von Schafen, die dich locker austricksen würden. Ich habe schon Pullover mit einem höheren IQ gehabt, aber du denkst, du bist ein Intellektueller, nicht wahr, du Affe?" Und Otto erwidert im Brustton der Überzeugung und vollkommen siegesgewiss: „Affen lesen nicht Philosophiebücher", woraufhin Wanda kreischt: „Doch, das tun sie. Sie verstehen sie bloß nicht."

Ebenfalls zu meinen absoluten Favoriten zählt die folgende Szene aus „Vier Hochzeiten und ein Todesfall", als Charles ein wenig Small Talk mit einem offenbar nicht allzu engen Bekannten beginnt: „John, wie geht's deiner hinreißenden Freundin?" – „Sie ist nicht mehr meine Freundin." – „Ach … schade. Sei nicht zu betrübt, wie man hört, hat sie immer noch mit dem alten Toby Delyle rumgebumst, falls es mit dir nichts wird, haha." – „Sie ist jetzt meine Frau." Peinliche Stille, Hugh Grant als Charles sucht schnellstmöglich das Weite und traktiert ob seiner Taktlosigkeit eine Laterne auf das Allerheftigste mit seinem Kopf.

Auf ewig unvergessen bleibt aber auch einer der ganz alten Hollywood-Schinken namens „Was diese Frau so alles treibt". Was habe ich als Kind gelacht, als Doris Day in ihrer Rolle als angehender Werbestar bei den Drehaufnahmen zu einem Spot für „Happy Seife" von dem zuvor Gesehenen so verwirrt war, dass sie in die Kamera lächelte und voller Überzeugung sagte: „Hallo, mein Name ist Beverly Boyer und ich bin ein Schwein."

Wenn von dem Klassiker „Dirty Dancing" die Rede ist, fällt meistens das folgende Zitat: „Ich habe eine Wassermelone getragen." Doch ein viel eindrucksvollerer Moment war für mich, als der Underdog Johnny das vormals wohlbehütete Töchterlein Baby dem väterlichen Regiment entreißt mit den Worten: „Mein Baby gehört zu mir!"

Unvergessen ist auch die Szene, in der Mick „Crocodile" Dundee im Großstadtdschungel New York ein paar Kriminelle das Fürchten lehrt: Mit den Worten „Das ist doch kein Messer" zeigt er belustigt auf das Werkzeug in der Hand des Gauners und holt ein Gerät hervor, das sich größenmäßig zwischen Machete und Sense befindet: „DAS ist ein Messer."

Manchmal mag ich auch Filme aus der klamaukigen Ecke. Einer davon ist „Die nackte Kanone". Lieutenant Frank Drebbin ist der Fachmann für existenziell-philosophische Gespräche unter Kollegen: „Man geht schon ein Risiko ein, wenn man morgens aufsteht, über die Straße geht und sein Gesicht in einen Ventilator steckt!"

Obwohl mir Fantasy-Filme eigentlich nicht gefallen, gibt es in diesem Genre einen, den ich mag, und das ist „Highlander". Es mag an der von Queen komponierten Filmmusik liegen oder an der fast schon erotischen Synchronstimme von Christopher Lambert, vielleicht ist es aber auch diese anrührende Geschichte, dass jemand seit 450 Jahren auf der Suche nach der Vollendung seines Lebens ist. Zwischendrin gibt es in diesem Zusammenhang dann dieses eine Zitat, das er im Zweiten Weltkrieg seiner späteren Sekretärin, die zu diesem Zeitpunkt ein kleines Mädchen ist, ins Ohr raunt: „Hey, das ist eine Art Magie. Hab keine Angst." Das ist mir ebenso in Erinnerung geblieben wie die Erkenntnis: „Es kann nur einen geben."

Alle Tasten der Gefühlsklaviatur bedient der Film „Forrest Gump". Das liegt nicht nur an der herausragenden Darstellung von Tom Hanks, sondern eben auch an dieser berührenden Geschichte des sehr einfach gestrickten Jungen, der auf immer wieder erstaunliche Weise seinen Weg geht und dabei nur allzu oft unfreiwillig komisch ist. „Kann es sein, dass du dumm bist oder so was?", muss er sich im Bus von der kleinen Jenny fragen lassen. Und er antwortet, weil er es nicht besser weiß: „Meine Mom sagt, dumm ist wer Dummes tut." Ebenso auf seine Mom beruft sich sein Motto „Das Leben ist wie eine Schachtel Pralinen, man weiß nie, was man kriegt", was sich natürlich dadurch ganz klar widerlegen lässt, dass sehr viele Pralinenhersteller zumindest heute auf der Unterseite der Schachtel genau abbilden, was sich darin befindet. Dennoch kann man nicht umhin, in Forrests Äußerung ein besonderes philosophisches Moment zu entdecken.

Bevor er sich zum Ende des Films „Titanic" in die Tiefen des Atlantiks verabschieden muss, sind Leonardo di Caprio in seiner Rolle als Jack glücklicherweise noch einige besondere Momente vergönnt, so zum Beispiel, als er für sich und seinen Kumpel die begehrten Tickets beim Pokern gewinnt und natürlich, als er auf dem Schiff Rose kennenlernt. Und wer kann nicht nachempfinden, dass er sich später, als beide am Bug der Titanic fast schwebend in den Sonnenuntergang gleiten, zu dem Ausruf „Ich bin der König der Welt" hinreißen lässt?

Unvergessen sind natürlich auch die beiden Aufforderungen aus dem absoluten Filmklassiker „Casablanca", von denen wenigstens eine, zumindest im Deutschen, falsch zitiert wird: „Schau mir in die Augen, Kleines." Klingt aber halt so unglaublich lässig, ebenso wie „Spiel's noch einmal, Sam!".

Enden möchte ich mit einem Zitat, das vermutlich nicht so vielen bekannt ist. Ich habe es neulich erst in einem Fernsehfilm gehört, fand es aber irgendwie sehr markant. Richtig wirken kann es aber nur, wenn man es im Zusammenhang mit der Szene auch sieht: „Erfolg hat drei Buchstaben: T U N." Sprach es und fiel vom Fahrrad.

Verantwortungsbewusstsein

An das Thema Verantwortungsbewusstsein kann man sich auf vielfältige Weise herandenken. Da gibt es zum einen die Verantwortung, die man sich selbst gegenüber hat. Irgendwie habe ich das untrügliche Gefühl, dass diese Art von Verantwortung eigentlich mit zunehmendem Alter immer größer werden sollte. Das betrifft so nette Dinge wie das Wahrnehmen von Check-up-Terminen, deren Auswahl umso vielfältiger wird, je größer die Zahl an Jahren wird, die man auf dem Buckel hat. Gesünder leben ist auch so eine Sache, und mit sich selbst ein wenig achtsamer umzugehen, wäre auch nicht die schlechteste Idee.

Verantwortung sich selbst gegenüber bedeutet aber auch, die Verantwortung für sein eigenes Leben zu übernehmen. Damit geht einher, dass man nicht anderen oder ungünstigen Umständen die Schuld gibt, wenn man mit seinem Leben unglücklich oder unzufrieden ist. Natürlich hat man nicht auf alles Einfluss, aber indem man sein eigenes Verhalten ändert, lassen sich auch oft Situationen verändern. Schon Aristoteles hat das gewusst und daher folgenden Spruch geprägt: „Man kann den Wind nicht ändern, aber man kann die Segel anders setzen."

Allerdings kommt es auch immer wieder vor, dass man so etwas in der Theorie zwar ganz genau weiß, weil man es schon Hunderte Male gelesen oder gehört hat, dass man aber praktisch nicht in der Lage ist, es umzusetzen. Ich bin ja nun wahrhaftig kein Freund von Neujahrsvorsätzen, weil ich viel besser darin bin, Ausreden zu erfinden, warum ich sie gerade jetzt leider nicht beherzigen kann. Aber ich nehme mir jetzt und hier rückwirkend zum Jahresbeginn vor, dass ich ab sofort versuchen werde, die Segel anders zu setzen, wenn ich das Gefühl habe, dass mir der Wind zu sehr ins Gesicht weht.

Eine andere Art von Verantwortungsbewusstsein hat man als Muttertier – hier geht es um die engere oder auch erweiterte Familie. Nun ist es so, dass die Jugend ja doch ein gewisses Alter und eine gewisse Reife erreicht hat und weitestgehend in der Lage ist, selbstverantwortlich zu agieren. Trotzdem kommt man natürlich aus der Muttertier-Rolle nicht mal eben so wieder raus. Doch auch hier kann man an sich arbeiten. So kann ich zum Beispiel voller Stolz ein paar Teilerfolge vermelden: Ich kann es mir inzwischen tatsächlich verkneifen, zumindest den männlichen Teil der Jugend zu befragen, ob er auch warm genug angezogen ist, wenn er des Winters das Haus verlässt. Er hingegen würde es mir vielleicht inzwischen sogar nachsehen, weil er weiß, dass ich selbst eine fürchterliche Frostbeule bin und mir nur schwer vorstellen kann, dass jemand anders möglicherweise problemlos ohne mehrere Schichten Beinbekleidung auskommen kann.

Auch beim Thema „Füttern" bin ich entspannter geworden. Ich weiß jetzt einfach, dass niemand bei einem gefüllten Kühlschrank verhungert und dass alle in der Lage sind, sich irgendwie selbst – auch mit einer warmen Mahlzeit – zu versorgen und dass ich mein ewig schlechtes Gewissen in der Hinsicht in die Wüste schicken darf (was wiederum mir selbst guttut).

Dennoch gibt es natürlich immer noch Themen, bei denen mein Verantwortungsgefühl gefragt ist. Das Schöne ist, dass ich meine gut gemeinten Ratschläge niemandem aufdrängen muss, sondern dass die Kommunikation inzwischen postpubertär so entspannt ist, dass man die Dinge ganz normal und vernünftig besprechen kann und dann und wann sogar Wert auf meine Meinung und/oder Erfahrung gelegt wird. In manchen Dingen zumindest, nicht in allen natürlich.

Doch ich bin nicht nur Mutter, sondern auch Tochter, und auch in dieser Hinsicht versuche ich so gut es geht, meiner Verantwortung umfassend nachzukommen. Das betrifft sowohl die manchmal notwendige technische Hilfestellung in Sachen Smartphone-Nutzung als auch eine gewisse Unterstützung hinsichtlich der Mobilität. Und was natürlich auch nicht zu vernachlässigen ist: der Unterhaltungsfaktor. Ihm kommt besonders in Zeiten wie diesen, in denen ältere Menschen noch weniger rauskommen als sonst, eine besondere Bedeutung zu.

Abgesehen von alledem hat man aber auch als Mitglied der Gesellschaft eine Verantwortung. In Krisenzeiten wird dies sehr viel deutlicher als in Zeiten, in denen noch alles möglich war. Jetzt geht es darum, das eigene Verhalten an gesamtgesellschaftliche Bedürfnisse anzupassen. Es geht darum, die Bereitschaft zu zeigen, zur Eindämmung der Corona-Pandemie beizutragen. Da muten Schlagzeilen wie „Hunderte Briten verschwinden über Nacht aus Schweizer Quarantäne" schon eher seltsam an und lassen mich nicht nur am Geisteszustand besagter Briten zweifeln, sondern vor allem auch deren Verantwortungsbewusstsein in Frage stellen.

Ich gebe zu, ich nehme meine persönliche Verantwortung in der Pandemie sehr ernst und tendiere auch schon einmal dazu, dabei „päpstlicher als der Papst" zu sein. Das liegt wohl daran, dass ich den Gedanken unerträglich finde, durch Unachtsamkeit oder Gedankenlosigkeit oder schlicht und ergreifend Blödheit möglicherweise Infektionen anderer Menschen verschulden zu können.

Natürlich ist das mit den Maßnahmen so eine Sache, und nachdem sich das jetzt über viele Wochen hingezogen hat mit teilweise sehr unterschiedlichem Erfolg, kann man ihnen durchaus mit einer gewissen Skepsis gegenüberstehen, aber es ist einfach so, dass der Königsweg noch nicht gefunden ist, und dann bin ich auch eher der Typ „Vorsicht ist die Mutter der Porzellankiste".

Umso mehr nervt es dann, wenn Menschen auf ihren Freiheiten bestehen und alles bis aufs Letzte ausreizen, was gerade noch so „erlaubt" ist. Ich gönne wirklich allen ihr Vergnügen im Schnee, aber mir will nicht in den Sinn, warum es „an der frischen Luft" besser sein soll, wenn man dicht auf dicht aufeinanderhockt. Und worin bitte liegt der Sinn, wenn man am letzten Abend, bevor die Restaurants schließen müssen, noch einmal so richtig die Sau rauslässt? Natürlich hörte man da überall: „Aber wir müssen doch die Gastronomie unterstützen!" Solchen Edelmut würde ich mir dann vielleicht auch gegenüber medizinischem und Pflegepersonal wünschen.

Aber ich muss auch nicht alles verstehen. So erschließt es sich mir auch nicht, warum es möglich ist, dass mein Nachwuchs brav zu Hause sitzt, Sozialkontakte nur online wahrnimmt und – zwar nicht himmelhoch jauchzend, aber in dem Bewusstsein, dass es so sinnvoller ist – abwartet, bis es wieder aufwärts geht, während andere sich in Gruppen spätabends zusammenrotten müssen und ihren „Spaß" offenbar nur dann haben, wenn sie nach dem Besäufnis noch so richtig schön rumrandalieren können. Als Krönung werden dann noch in sozialen Netzwerken „die Jugendlichen" unter Generalverdacht gestellt.

Aber ich will hier jetzt wirklich nicht die Moraltante raushängen lassen. Ich frage mich nur, warum das mit dem kollektiven Verantwortungsbewusstsein manchen so schwerfällt. Denn wenn wir jetzt alle die Backen zusammenkneifen, wird es eher früher als später wieder besser sein. Humor und Verantwortungsbewusstsein schließen sich übrigens nicht gegenseitig aus. Davon zeugen die unzähligen Witze, Sprüche und Cartoons, die in Zeiten von Corona die

Medien fluten. Einen meiner erklärten Favoriten erhielt ich über WhatsApp. „Wenn jetzt alle Amazon-Paketfahrer das Impfen lernen, dann ist die gesamte Bevölkerung Dienstag immunisiert. Mit Amazon Prime schon Samstag."

Stress und Hektik

Im Grunde kann man es auf eine ganz einfache Formel bringen: Zeitdruck führt zu Stress und Stress führt zu Hektik. Man muss also nur Zeitdruck vermeiden und schon ist man frei von Stress und Hektik. Schön wäre es, wenn es so einfach wäre!

Natürlich kann man selbst mit einem geeigneten Zeitmanagement schon viel dafür tun, dass man nicht Tag für Tag in Hektik verfallen muss. Man sollte daher per se schon einmal die Weckzeit richtig wählen und in dem Moment, in dem der Wecker dann klingelt, nicht immer weiter auf die Schlummertaste drücken. Das ist zum Glück etwas, das ich wirklich gut beherrsche: Wenn das fiese Ding den Tag einläutet, braucht es nur eine Schrecksekunde dann bin ich ZACK auch schon raus aus dem Bett. Anders würde es bei mir auch nicht gehen. Jedes weitere „Noch einmal umdrehen" oder „Nur noch fünf Minuten" würde alles nur noch schlimmer machen und am Ende nichts ändern: Man muss ja doch aufstehen, obwohl man eigentlich gerade erst eingeschlafen war.

Okay, durch pünktliches Aufstehen kommt man also schon einmal ein wenig stressfreier in den Tag als durch ständiges Hinauszögern. Es heißt auch, wer gleich nach dem Aufstehen Hektik vermeidet, ist auch später weniger stressanfällig. Hektik am Morgen hingegen soll sich ungut auf den gesamten Tagesablauf auswirken. Das habe ich jetzt so bei mir noch nicht beobachten können, aber das liegt ja vielleicht auch daran, dass ich zumindest das Aufstehen ganz gut im Griff habe. Doch der Tag besteht ja nicht nur aus dem Morgen allein und hält in seinem Verlauf noch viele tückische Momente bereit, in denen man vielleicht ein wenig herumbummelt und dadurch schon wieder neuer Zeitdruck droht.

Auf der anderen Seite könnte man auch denken, dass genau dieses Herumbummeln manchmal möglicherweise auch recht wichtig ist. Denn ebenfalls ist in unzähligen Ratgebern zu lesen, dass man sich eine Auszeit gönnen soll, wenn man effektiv Stress bewältigen möchte. Vermutlich ist damit allerdings eine „richtige" Auszeit gemeint, eine, die man sich ganz bewusst nimmt und nicht eine, in der man einfach nur unmotiviert Löcher in die Luft schaut und sich – Stichwort Prokrastination – von kleinsten Kleinigkeiten sofort ablenken lässt.

Jedem Menschen dürfte inzwischen klar sein, dass das Stressempfinden als solches eine sehr subjektive Angelegenheit ist. Beispielsweise stößt es leicht auf Unverständnis, wenn sich Menschen als sehr gestresst bezeichnen, die auf den ersten Blick einen ruhigen Job haben, der ihnen nicht viel abverlangt. Doch die Frage muss eben sein, was dafür verantwortlich ist, dass sich eine Person seelisch und/oder körperlich angespannt fühlt. Es muss ja nicht automatisch eine große Herausforderung im Job sein, die das Stressempfinden in die Höhe treibt. Vielfach kommen mehrere Dinge zusammen, die auf den ersten Blick gar nicht erkennbar sind und sich vielleicht auch über einen längeren Zeit-raum angestaut haben.

Manche Menschen sind auch einfach etwas weni-ger robust als andere. Sowohl im Nehmen als auch im Geben übrigens. Will heißen, dass vielfach Stress auch durch einen eher unsensiblen Umgang miteinan-der entsteht. Mitunter verbreiten auch Menschen durch ihr Auftreten eine solche Hektik, dass dies vom Umfeld als Stress empfunden wird.

Fest steht, dass dauerhaftes Stressempfinden zu schweren gesundheitlichen Problemen führen kann. Um dem zu entgehen, sollte jeder über ein persönli-ches Einmaleins der Stressbewältigung verfügen. Bei mir äußert sich kurzfristig empfundener Stress sehr schnell in einer deutlich fühlbaren inneren Anspan-nung. Mein Magen krampft sich zusammen und mein Hals fühlt sich an wie zugeschnürt. In solchen Situa-tionen ist es sehr hilfreich, wenn ich schnellstmöglich in die Laufschuhe steigen kann und mich in Richtung Wald aufmache. Gerade jetzt im Winter ist die kalte Luft da draußen das Größte für mich. Man hat das Ge-fühl, endlich wieder richtig atmen zu können und kaum ist man eine gute halbe Stunde oder manchmal auch eine Stunde vor sich hingelaufen, ist wie durch ein Wunder der Kopf wieder frei.

Das, was mir den Stress verursacht hat, ist damit zwar noch nicht bewältigt, aber zumindest ein klein wenig in den Hintergrund gerückt. Ich kenne mich selbst ja nun auch ein bisschen und weiß, dass die

Dinge beim zweiten oder dritten Mal Hinsehen vielleicht gar nicht so dramatisch sind, wie sie mir auf den ersten Blick vielleicht noch vorgekommen sind. Insofern ist es immer gut, ein wenig Zeit verstreichen zu lassen und durchzuatmen. Kann ich nur jedem empfehlen. Sollte es mit dem Jogging aus dem einen oder anderen Grund nicht klappen, wirkt auch ein Spaziergang wahre Wunder. Sollte auch dem etwas entgegenstehen, ist Schokolade zumindest ein wunderbarer Seelentröster, allerdings mit der Einschränkung, dass man sich dann hinterher möglicherweise wieder ärgert, vor dieser Kalorienbombe kapituliert zu haben. Es gibt eben für alles ein Pro und ein Contra.

Vor langer Zeit hatte ich schon einmal etwas zum Thema Stress niedergeschrieben. Damals hat mich der folgende Spruch besonders nachdenklich gemacht: „Stress entsteht, wenn wir leben, um es anderen recht zu machen." Nach wie vor hat dieser Satz für mich eine besondere Gültigkeit. Er hat etwas mit der hier ebenfalls schon beschriebenen Gutmütigkeit zu tun, mit der oftmals fehlenden Fähigkeit, Nein sagen zu können und nicht zuletzt mit der Tatsache, dass man nach Möglichkeit ein guter und hilfsbereiter Mensch sein möchte. Das ist sicher ein löbliches Ansinnen, allerdings besser nicht auf Kosten des eigenen Wohlbefindens.

Humor ist im Übrigen eine der besonders wertvollen Ressourcen im Umgang mit Stress. Er verschiebt kurzfristig die Perspektive und ermöglicht eine gewisse Distanzierung. Auf diese Weise ist es einfacher, mit Spannungen umzugehen und zu einer optimisti-scheren Stimmung zu gelangen. Dadurch wirkt sich Humor letztlich auch positiv auf die Gesundheit aus, eine Erkenntnis, auf die ich in einem früheren Kapitel bereits näher eingegangen bin. Mein Lieblingswitz in diesem Zusammenhang ist übrigens der folgende: „Zwei Faultiere sitzen auf einem Baum. Nach zwei Monaten gähnt das eine. Sagt das andere: ‚Du machst mich krank mit deiner Hektik.'"

Man sieht: Hier wie überall sonst auch ist immer alles nur eine Frage der Perspektive.

Vorbilder ab 50

In jedem Alter kann man Vorbild sein oder Vorbilder haben. Das gilt natürlich auch für das halbe Jahrhundert. Mit dem Vorbild sein ist es so eine Sache. Ich habe bereits schon einmal an anderer Stelle erwähnt, dass ich mit Sicherheit nicht immer das leuchtende Vorbild für meine Kinder war und dass sie natürlich auch lange genug mit mir zusammengelebt haben, um sich unter anderem auch ein Bild von meinen menschlichen Schwächen machen zu können. Dennoch glaube ich, ich habe ihnen einige wichtige Dinge vermittelt und ein solides Werteverständnis mit auf den Weg gegeben. Mein Ziel war eigentlich immer, dass sie zum einen gute Menschen und zum anderen glücklich werden. Schon seit längerer Zeit befindet sich die Jugend nun recht zielstrebig auf ihrem eigenen Weg. Natürlich habe ich den beiden aus meinem reichhaltigen Erfahrungsschatz das eine oder andere mitgegeben, aber natürlich wollen sie auch ihre eigenen Erfahrungen sammeln und natürlich haben sich auch die Zeiten wieder einmal geändert, sodass meine Erfahrungen nicht zwangsläufig relevant sein müssen für das, was sie anstreben.

Anders sieht es beim Vorbilder haben aus. Es gibt vermutlich immer Persönlichkeiten, die in Sachen Stil oder in Sachen Karriere so sehr beeindrucken, dass das allgemein als „nachahmenswert" empfunden wird. Auf der anderen Seite sollte man sich natürlich auch darüber im Klaren sein, dass man vielleicht auch irgendwann einmal zu sich selbst gefunden haben sollte, wissen sollte, was einem guttut und worauf man auf der anderen Seite gepflegt verzichten kann.

In diese Kategorie fallen zum Beispiel begeisterte Zeitungsartikel, die auf einen bestimmten Körperkult abzielen. Da wird Frauen um die 50 auf der einen Seite suggeriert, dass es ein Leichtes sei, mit der richtigen Ernährung und genügend Sport auch im fortgeschritteneren Alter wie ein junger Hüpfer auszusehen. Dazu gibt es dann einen Artikel über Heidi Klum, die, das kann ich neidlos anerkennen, sich wirklich sensationell gut gehalten hat, die aber auch alle Zeit der Welt hat, sich auf jede nur erdenkliche Weise mit ihrer Bodyoptimierung zu befassen und – das muss dann auch erwähnt werden – deren Job das schließlich auch ist.

Gleichzeitig werden aber auch immer wieder Beiträge veröffentlicht, die sich vehement gegen das sogenannte „Bodyshaming" aussprechen. Da ist dann die Rede davon, Frauen sollten doch auf Idealmaße pfeifen und sich einfach nur wohl in ihrer Haut fühlen dürfen. Geradezu als Heldinnen werden dann prominente Frauen stilisiert, die etwas mehr auf den Hüften und den Rippen haben oder auch deutlich mehr und „dennoch" über eine sagenhafte Ausstrahlung verfügen. Merkwürdig nur, dass mit der gleichen Begeisterung vermeldet wird, wenn eben diese Frauen sich mit sehr viel Disziplin und natürlich begleitet von der Beteuerung „Ich hasse Diäten" dann doch noch zwei, drei Kleidergrößen weniger erarbeitet haben.

Auf solche Art von Vorbildern verzichte ich gerne. Bis auf einen Teilaspekt: Ich bewundere den Biss, mit dem die Damen sowohl die eine als auch die andere Herausforderung meistern. Den berühmten Schlendrian gibt es bei ihnen vermutlich nicht. Aber das ergibt sich vermutlich automatisch so, sobald man eine öffentliche Person ist und nicht nur immer damit rechnen muss, dass irgendwo eine Kamera auf einen gerichtet ist, sondern darüber hinaus auch selbst immer mehr liefern muss, weil alle das in den sozialen Medien so machen und weil man ja nicht zurückstehen kann.

Grundsätzlich bin ich allerdings eher jemand, der sich von geistigen Fähigkeiten beeindrucken lässt und vor allem von der Fähigkeit, mich zum Lachen zu bringen durch ein unglaubliches komödiantisches Talent und Wandlungsfähigkeit. Doch auch dann würde ich noch nicht so weit gehen, so jemanden als „Vorbild" zu bezeichnen. Mit Sicherheit als jemanden, der eine unglaublich inspirierende Wirkung ausübt, aber ein Vorbild ist für mich irgendwie doch noch mehr. Vielleicht lässt sich das mit den Worten Erich Kästners erklären: „Bei Vorbildern ist es unwichtig, ob es sich dabei um einen großen toten Dichter, um Mahatma Gandhi oder um Onkel Fritz aus Braunschweig handelt, wenn es nur ein Mensch ist, der im gegebenen Augenblick ohne Wimpernzucken gesagt oder getan hat, wovor wir zögern."

Vorbilder sind also Personen, die für den Umgang mit unserem eigenen Leben wichtige Impulse geben.

Dazu zähle ich auf eine bestimmte Weise Manuela Rousseau. Von ihr habe ich zum ersten Mal auf einer Autofahrt gehört. Sie war zu Gast in einer Radiosendung und erzählte dort von ihrem ungewöhnlichen Werdegang: Mit 14 verließ sie die Schule, weil ihre Mutter der Ansicht war, sie sei „nur ein Mädchen" und benötige daher keine Bildung. Ohne Kontakte, ohne Geld, ohne Abitur schafft sie es dennoch bis in den Aufsichtsrat eines Dax-Konzerns. In ihrem Buch „Wir brauchen Frauen, die sich trauen" schreibt sie über den Mut, authentisch zu sein und über die Notwendigkeit, alte Denkmuster loszulassen und sich eine „große Vorstellung" von sich selbst zu erlauben.

Manuela Rousseau begreift Niederlagen als Wendepunkte und zeigt auf, wie man aus dem eigenen Schatten heraustreten kann. All dies konnte ich während meiner einstündigen Autofahrt erfahren. Und was mir besonders in Erinnerung geblieben ist, ist die herzliche Freundlichkeit, mit der sie auf die Fragen der Moderatorin antwortete.

Mich beeindruckt vor allem die Unbeirrbarkeit, mit der sich Manuela Rousseau offenbar den Widrigkeiten ihres eigenen Lebens entgegengestellt hat. Um es platt zu formulieren: Davon könnte man sich locker eine Scheibe abschneiden. Und das habe ich in gewisser Weise auch getan. Dann und wann erinnere ich mich nun immer mal wieder daran, dass ich mich trauen muss. Insofern könnte man diese Frau tatsächlich als eine Art Vorbild bezeichnen, unabhängig davon übrigens, dass man ihr wohl auch vorwirft, für männerfeindliche Werbespots verantwortlich gewesen zu sein. Das ist jetzt wiederum etwas, das ich – wäre ich ein Mann – mal ganz gepflegt mit Humor nehmen würde. Denn mit dieser Haltung fahren ja auch schon die Frauen seit Jahren am besten.

Rituale und Traditionen

In einem früheren Kapitel sprach ich schon von den Essensritualen im Kindesalter. Einer Studie zufolge können Rituale beim Essen den Genuss steigern und sogar dazu beitragen, dass man sich gesünder ernährt. Bei den Kindern haben Rituale sogar geholfen, dass sie sich überhaupt ernährt haben.

Das gemeinsame Essen als solches ist darüber hinaus ein Ritual, das in Zeiten von Social Distancing und ziemlich übersichtlichen Terminkalendern wieder einen völlig neuen Stellenwert gewonnen hat. Nach einem getrennten Tagesablauf, bei dem jeder irgendetwas „online" gemacht hat, sei es, eine Vorlesung zu hören oder für eine Hausarbeit zu recherchieren oder sich auf das Abitur vorzubereiten bei den Jüngeren und diverse Formen von Home Office bei den Älteren, trifft sich abends tatsächlich zurzeit die ganze Familie zum Essen. Niemand hat heute Fußballtraining, geht morgen zum Volleyball, ist vielleicht Donnerstag zum Essen verabredet oder kommt möglicherweise erst Freitag von einer Veranstaltung zurück – alle sind einfach da und erleben im Essen einen der Höhepunkte des Tages. Das ist tatsächlich etwas, was ich vermissen werde, wenn wir die Pandemie so weit im Griff haben, dass ein halbwegs normales Leben wieder möglich ist.

Rituale und Traditionen sind etwas sehr Wichtiges. Der Begriff Tradition stammt von dem lateinischen

Wort tradere ab, was übersetzt so viel bedeutet wie weitergeben oder überliefern. Damit ist also etwas gemeint, das sich möglicherweise über mehrere Generationen hinweg abspielt. Bei uns ist es zum Beispiel an Heiligabend Tradition, dass die Jugend vormittags in den Wald geht und Moos für die Krippe sammelt. Früher haben sie das mit dem Papa zusammen geholt, der das auch schon in seiner Kindheit so gemacht hat. Seit einigen Jahren gehen sie natürlich alleine. Und meistens schon am Vorabend erinnern sie sich gegenseitig daran: „Denk dran, morgen Vormittag müssen wir noch Moos holen." Ich finde es wundervoll, dass es für sie offenbar nichts daran zu rütteln gibt, egal wie erwachsen sie geworden sind. Traditionen nimmt man eben ernst.

Ebenso ist es eine Tradition, dass wir Heiligabend immer Fondue essen. Bei anderen ist es seit Jahr und Tag Kartoffelsalat mit Würstchen, wieder andere schwören auf die Weihnachtsgans. In meinem Fall kommen Tradition und Ritual zusammen: Das haben wir immer schon gemacht und das ist auch gut so, weil man da entspannt und gemütlich über einen langen Zeitraum zusammensitzen kann.

Ebenfalls ein Ritual in der Weihnachtszeit, genauer in der Vorweihnachtszeit, ist es, bestimmte Filme anzuschauen. Absolut verpflichtend ist da zum Beispiel der Klassiker „Schöne Bescherung". Er erzählt von Clark Griswold, der alles daransetzt, für seine Familie ein schönes, altmodisches Weihnachtsfest auf die

Beine zu stellen und dabei nicht immer nur ein glückliches Händchen beweist. Herrlich komisch! Inzwischen kann wahrscheinlich jeder jede Szene mitsprechen und im Laufe der Jahre wurden komplette Filmelemente in unser vorweihnachtliches Dasein integriert, darunter die atemberaubende Außenbeleuchtung.

Und tatsächlich geschah es just in der gerade vergangenen Vorweihnachtszeit, dass ich Geschenke für meine Lieben so gut versteckt habe, dass ich den Tag vor Nikolaus mit hektischem Suchen verbringen musste. Ich hätte schwören können, dass ich das Päckchen an einem bestimmten Platz sicher deponiert hatte. Doch dort fand ich es nicht. Zunächst. Später dann doch. Das lag nicht daran, dass es plötzlich dort wieder aufgetaucht wäre, sondern daran, dass ich sowohl die Größe als auch die Farbe des Geschenkkartons falsch in Erinnerung hatte. Man mag es auf die adventliche Hektik schieben oder aber auf die bereits erwähnte Vergesslichkeit, die auch für das regelmäßige Verschwinden des Handys verantwortlich ist.

Ein anderer Film steht für ein anderes Ritual: Vor jedem Aufbruch in den Sommerurlaub heißt es am Vorabend „Mamma Mia". Die wundervolle Stimmung auf dieser charmanten, fiktiven griechischen Insel, die tolle Musik von ABBA und nicht zuletzt die fabelhafte Story, die um die Songs der Band herumgedichtet worden ist, sind die beste Einstimmung auf die schönste Zeit des Jahres.

Und wo es schon um Griechisch geht: Ein festes Ritual zum Abschluss der Arbeitswoche ist ein zünftiges Gyros oder etwas anderes „vom Griechen", das seit fast zwanzig Jahren nur unterbrochen wird, wenn dem etwas wirklich Wichtiges entgegensteht. Manch einer hat schon mit leicht ungläubigem Gesichtsausdruck gefragt: „Wirklich jeden Freitag?" und die Antwort kann nur lauten: „Ja." Andere wiederum sind so sehr damit vertraut (passiv natürlich nur), dass sie schon nachfragen, ob etwas nicht in Ordnung ist, wenn nicht am Abend ein Foto des Gyrostellers gepostet wird (auch das könnte man übrigens als eine Art Ritual bezeichnen).

Ein Ritual, das ich erst kennengelernt habe, nachdem ich dem örtlichen Theaterverein als Laienschauspielerin beigetreten bin, ist das angedeutete Spucken über die Schulter des anderen als TOI TOI TOI vor der Vorstellung. Ob wir mit diesem Ritual jemals wieder so unbeschwert wie früher werden umgehen können? Oder ob vor jedermanns geistigem Auge ein riesiges Aerosol erscheint und hartnäckig vermittelt, dass dieses Ritual absolut gesundheitsschädlich sein kann? Wir werden es wohl irgendwann erfahren.

Radio hören

Wenn ich es genau überlege, ist das Radio einer der sehr wichtigen Begleiter in meinem Leben. Zu Hause läuft es eigentlich ununterbrochen und auch eine Autofahrt ohne Radiohören ist für mich unvorstellbar. Wer schon einmal mitten in der Nacht auf einer dann fast einsamen Autobahn unterwegs war, weiß um das tröstliche Gefühl, dass da noch jemand wach ist außer einem selbst. Eine solche Nachtfahrt ist bei mir zwar eher die Ausnahme, aber dennoch finde ich es toll, dass man im Falle eines Falles durchgängig zur vollen und zur halben Stunde Nachrichten hören kann, und dass neben musikalischer Unterhaltung auch live moderiert wird.

Ich weiß nicht, wie andere das handhaben, aber bei mir gibt es für alle passenden Gelegenheiten einen besonderen Radiosender. Wenn ich zum Beispiel morgens sehr früh zur Arbeit fahre, höre ich den Sender, der meinen Musikgeschmack am ehesten trifft. Auf diese Weise bleiben mir die aktuellen Charts weitestgehend erspart. In Sachen Musik weise ich nämlich fossilähnliche Züge auf und mag daher bis auf wenige Ausnahmen die alten Kamellen weitaus lieber.

Außerdem gibt es da immer so ungefähr um die Zeit, wenn ich gerade über die Rheinbrücke gefahren bin, die Gedanken zum Tag, „Anstöße" genannt. Im Wechsel geben dort Vertreter der evangelischen und der katholischen Kirche für die drei Minuten, die bis zur frühmorgendlichen vollen Stunde noch verbleiben, Anregungen zu den unterschiedlichsten Dingen des Lebens. Die sind mal sehr persönlich, mal eher allgemein, aber sie enthalten immer einen bestimmten Tenor und eine Botschaft, die zum Nachdenken anregt. Ein morgendlicher „Denkanstoß" eben. Wie oft schon habe ich mir aus diesen Gedanken zum Tag etwas Gutes mitnehmen können. Man könnte diese kurzen Momente quasi als „Predigt light" bezeichnen. Bei mir zumindest stoßen sie immer auf offene Ohren.

Abgesehen davon gehöre ich zu den wahrscheinlich Hunderttausenden, die immer voller Begeisterung im Auto mitmachen, wenn es darum geht, den ABC-Champion zu küren. Das ist so etwas wie Stadt, Land, Fluss – es geht darum, Begriffe zu erraten, die von den Moderatoren umschrieben werden, und alle beginnen mit demselben Buchstaben. Natürlich feixt man im Stillen, wenn man sicher ist, den Bruchteil einer Sekunde schneller gewesen zu sein, als der Kandidat oder die Kandidatin im Radio. In solchen Momenten fühlt man sich unbesiegbar. Ich möchte allerdings nicht wissen, wie ich abschneiden würde, wäre ich tatsächlich selbst mal „on air". Aber auf die Idee, dort anzurufen oder hinzumailen, bin ich irgendwie noch nie gekommen. Vermutlich, weil ich diesen Sender immer nur höre, wenn ich im Auto unterwegs bin.

Ebenfalls verfolge ich begeistert, wenn sich ein Professor regelmäßig auf Namensforschung begibt. Das ist eine ebenso interessante wie unterhaltsame Angelegenheit und auf diese Weise habe ich erfahren, dass es die Berufsbezeichnung Onomastiker gibt. Radio hören bildet eben.

Zu Hause habe ich wenig Einfluss auf das Radioprogramm. Da läuft dann im Zweifel der Sender mit der höchsten Entertainment-Dichte. Musikalisch geht das für meinen Geschmack häufiger daneben, dafür ist der Spaßfaktor recht hoch und ich fühle mich gut informiert. Und natürlich gibt es da noch den Lokalsender. Witzigerweise lese ich den noch mehr, als ich ihn höre, denn ich folge ihm in den sozialen Medien. Er ist für mich ebenfalls unverzichtbar, denn er hält mich auf dem Laufenden, wenn es um Nachrichten und Berichte aus der Region geht, wenn ich also wissen will, was vor der Haustür so passiert. Zur Karnevalszeit läuft er rund um die Uhr. Mal sehen, wie sich das in diesem Jahr gestaltet – die Zeit ist ja offiziell da, aber Karneval findet ja leider aus nachvollziehbaren Gründen nur theoretisch und als Trockenübung statt.

Schon als Kind war ich ein Radio-Junkie. Da bin ich sonntags am Abend mit meinem tragbaren Radiorekorder zu meiner Freundin rübergestiefelt und dann haben wir eine Stunde lang die Top Ten gehört und auf Musikkassette aufgenommen. Da ich nur im Besitz von 60-Minuten-Kassetten oder 90-Minuten-Kassetten war, musste leider immer mittendrin die Seite gewechselt werden. Wenn man sehr viel Glück hatte, war das gerade zu einem Zeitpunkt, in dem das letzte Lied zu Ende war und das nächste noch mitten in der Anmoderation. Auf jeden Fall war das Ergebnis der

Aufnahmen häufig denkwürdig. Größtenteils wurden die Songs ja noch auf Schallplatten abgespielt, und wenn es da mal einen Patzer gab, hatten wir natürlich alle denselben auf unseren Kassetten aufgenommen. Hach ja, lang ist's her.

Halten wir also fest: Radiohören ist eine Beschäftigung, die sehr angenehm ist und viel Gutes mit sich bringt. Mit einer Ausnahme: Es gibt kaum etwas Nervigeres als Radiowerbung. Ich weiß nicht, ob sich bei der Entwicklung dieser Werbespots all diejenigen Kreativmenschen versammelt haben, die bei Fernsehspots keinen Erfolg hatten. Ich habe aber schon sehr häufig diesen Eindruck. Ob es um Windschutzscheiben geht, deren unproblematische Reparatur angepriesen wird, oder um einen Naturkosthersteller, der neben „Superfood" auch noch „Basisöle" vertickert: Entweder ist das Jingle oder die Titelmusik oder wie immer man das bezeichnen möchte, eine absolute musikalische Zumutung oder die Slogans sind derart bescheuert, dass man voller Aggressionen das Programm wechseln muss, sobald sie beginnen.

Irgendwann in grauer Vorzeit habe ich mal gelernt, dass auch schlechte PR im Gedächtnis bleibt. Tut sie auch. Aber zumindest ich habe mir geschworen, dass ich, sofern es sich vermeiden lässt, niemals eines dieser Produkte kaufen werde, selbst wenn ich im Schlaf aufsagen kann, wo die Vorteile zu finden sind. Was den Naturkosthersteller betrifft, der hat sich jetzt noch einmal selbst ins Knie geschossen und die zweifelhafte Auszeichnung „Mogelpackung des Jahres" erhalten. Der Grund dafür ist in weniger Inhalt bei einem gleichzeitig höheren Preis zu suchen und zu finden. Man stellt auch hier fest: Radio hören und Zeitung lesen bildet.

Aber jetzt würde ich lieber noch einmal auf den Musikgeschmack zurückkommen. Geschmäcker sind ja bekanntermaßen sehr unterschiedlich. Nach meinem Geschmack ist Musik gut, wenn sie mich berührt. Das kann im klassischen Bereich auch schon einmal ganz ohne Texte vonstattengehen, aber natürlich gibt es auch sehr schöne und berührende Klassik mit Gesang. Im Rock- und Pop-Bereich ist mein Geschmack sehr breit gefächert. Wie ich bereits erwähnte, sind es eher die älteren Songs, die mir aus unterschiedlichsten Gründen gefallen. Eine besondere Kategorie ist bei aller Vielfalt die deutschsprachige Musikkultur. Da mag ich es, wenn innerhalb von Liedtexten Dinge beim Namen genannt werden, wie beispielsweise die Ärzte es meisterhaft verstehen. Als Beispiel sei nur „Lasse reden" oder „Schrei nach Liebe" genannt. Übrigens halte ich das für einen sehr geschickten und durchaus zielführenden Weg, Kritik mit humorvollen Texten und melodisch einprägsamer Musik zu äußern.

Ein Meisterwerk ganz anderer Art, das aber seinesgleichen sucht, ist in meinen Augen „Kristallnaach" von BAP. Hier begeistert mich vor allem die bildreiche Sprache und die politische Aktualität (damals schon, heute erst recht) in Kombination mit der sich stetig steigernden Rockmusik – einfach genial, wie ich finde.

Jetzt noch mehr auf einzelne Songs aus meiner persönlichen Bestenliste einzugehen, wäre mir zwar ein großes Vergnügen, würde aber den von mir gesetzten Rahmen deutlich sprengen.

Kürzlich wurde übrigens im Radio gefragt, welcher Song uns (also die Hörer) schon unser ganzes Leben lang begleitet. Ich habe kurz nachgedacht und dann kam mir ein Lied aus längst vergangener Zeit in den Sinn: „Zigeunerjunge" von Alexandra. Ich denke, heute darf das Lied vermutlich nicht mehr gespielt werden, weil sein Titel politisch nicht korrekt ist. Ihn nachträglich in „Junge auf ungarische Art" zu ändern, wäre in diesem Fall auch definitiv keine Lösung. Die Interpretin weilt bedauerlicherweise auch schon sehr lange nicht mehr unter den Lebenden. Sie starb durch einen tragischen Unfall. Wenigstens bleibt ihr dadurch eine mögliche Diskussion erspart. Unnötig zu erwähnen, dass es in dem Text eigentlich nur um Sehnsucht geht und nichts Verwerfliches darin zu finden ist. Aber gut.

Als das Lied bekannt wurde, gab es mich noch nicht. Meine Mama war aber ein Riesenfan dieser ausdrucksstarken Chansonette und benannte mich dann kurzerhand nach ihr, als ich das Licht der Welt erblickte. So zumindest wurde es mir vor sehr langer

Zeit einmal erzählt. Man kann nicht direkt sagen, dass dieses Lied mich ein Leben lang begleitet hat, aber es ist tatsächlich das erste, das in meinen Erinnerungen auftaucht.

Erinnerungen

Ich liebe Hörbücher mit historischem Hintergrund, vor allem Romane, die im 19. oder 20. Jahrhundert spielen, aber auch in die Gegenwart hineinreichen. Beim Hören kommen nicht selten Erinnerungen an meine eigene Vergangenheit auf, auch wenn ich selbst nicht in der Zeit gelebt habe, in der meine Hörbücher im Allgemeinen spielen. Aber es gibt immer irgendwelche Vergleichsmöglichkeiten oder Assoziationen. So z.B. wurde ich kürzlich an meine erste Bahnreise mit meinen Großeltern erinnert, als es in einem meiner Hörbücher um eine Reise nach Paris ging und die Protagonistin am Abend zuvor immer wieder aufgeregt ihr Gepäck kontrollierte.

Genauso ist es mir als Kind auch ergangen. Ich weiß noch, dass ich mich bei meinem ersten Ausflug in die „große weite Welt" (auch wenn es nur über die Bahnhöfe Bonn und Köln ging und dann noch ein Stück weiter mit dem Bus, aber das war alles so viel aufregender, als mit den Eltern im Auto von Tür zu Tür zu fahren) richtig schick machen wollte. Dazu gehörten nach meinem Verständnis unbedingt auch Klackerschuhe. Das war für mich damals das Wichtigste überhaupt. Und eine tolle Tasche wollte ich als waschechte Tochter Evas natürlich auch mitnehmen. Am Abend vorher bin ich dann mit allem, was ich mitnehmen wollte, in unserem Hausflur Probe gelaufen. Wenn mich einer gesehen hätte …

Ich glaube, die Fahrt als solche war für mich insgesamt aufregender als der Besuch bei Tante und Onkel und ihren beiden Kleinkindern. Aber ich erinnere mich, dass die Tante immer sehr leckere Süßigkeiten in ihrem Schrank hatte und diese auch recht freigiebig verteilte, insofern wird der Besuch ebenfalls gut gewesen sein. Ich erinnere mich auch noch, dass ich ganz fasziniert vom Anblick der Wendeltreppe war und davon, dass offensichtlich jemand auf dem weichen, braunen 70er-Jahre-Ledersofa mit Kugelschreiber herumgemalt hatte. Es ist schon erstaunlich, was für Dinge einem im Kopf bleiben.

Denn indem ich gerade von der Wendeltreppe schreibe, erinnere ich mich an die Zeit, als wir gerade in unser Holzhaus gezogen sind und leider weder eine Wendel- noch sonst irgendeine Treppe hatten und stattdessen in der ersten Woche immer eine Leiter hinaufklettern und dann über die Galerie steigen mussten. Das war vielleicht ein Spaß. Zurück bleibt dann lediglich die Frage: Was hätten wir nur ohne eine Galerie gemacht?

Manchmal kommen Erinnerungen von selbst, manchmal nehme ich mir aber auch einfach mein Handy und „surfe" nach dem Zufallsprinzip durch meine Fotodatenbank. Dabei habe ich zum Beispiel kürzlich die Aufnahme einer witzigen Angebotstafel gesehen, die ich unbedingt festhalten musste. Darauf stand geschrieben: „Tagesgericht heute: Obstsalat!" Und darunter: „Mit vielen Trauben!" Und noch eins tiefer: „... eigentlich nur Trauben. Fermentierte Trauben." Und darunter: „Okay, vielleicht ist es Wein." Und dann: „Es ist Wein." Ich erinnere mich, dass ich dieses Schild damals unbedingt fotografieren musste, weil ich es wirklich witzig fand, ganz anders und so originell.

Beim Weiterscrollen auf dem Handy kann es auch schon einmal sein, dass man bei einem Bild ankommt, auf dem man fünf Jahre jünger ist. In solchen Momenten fällt einem dann schon ein wenig der Unterschied zum aktuellen Spiegelbild auf. Aber nur ein wenig natürlich. Und es ist natürlich vollkommen unerheblich.

Geht man dann noch etwas mehr in der Zeit zurück, erinnern die Bilder an die Zeit, als die Jugend noch klein und niedlich war. Manchmal auch weniger niedlich, wie ein Foto zeigt, das eine merkwürdige Szene festhält. Da steht der Filius ganz allein auf weiter Flur am Strand, eine Schaufel in der Hand und brüllt offenbar das Meer an. Nicht etwa, weil er uns nicht auf Anhieb gesehen hätte, wir waren ja da. Aber er – mitten in seiner heftigsten Trotzphase – hatte offenbar entschieden, dass wir jetzt lange genug im Sand herumgelaufen waren. Er wollte einfach nicht mehr weiter, also blieb er stehen. Und brüllte. Und blieb weiter stehen und brüllte weiter. Ich bin heute noch froh, dass mir solche Wutanfälle in Supermärkten erspart geblieben sind. Ich bin aber auch aus gutem Grund, wann immer es möglich war, ohne Kinder einkaufen gegangen.

Aber natürlich gibt es auch noch viele andere schöne Erinnerungen an Strandurlaube, so zum Beispiel auf Fehmarn, als die „Große" sich zum ersten Mal ein paar Meter von uns weg traute, um mit einem Eimerchen Wasser zu holen. Was haben wir diesen Moment gefeiert, als das vormals so ängstliche Kind beschlossen hatte, selbstständig zu werden. Ihr kleiner Bruder hatte wohl einen ähnlichen Entschluss gefasst, denn in diesem Urlaub lernte er laufen – an einem Besen im Wohnzimmer des Ferienhauses. Warum eigentlich nicht, schließlich heiligt der Zweck in diesem Fall eindeutig die Mittel, und sauber wurde auch gleich gemacht.

Als sie älter wurden und einen gewissen Sinn für „Spökes" entwickelten, musste am Strand unbedingt die Langnese-Werbung aus dem Kino nachgestellt werden. Also wurde der Kurze kurzerhand bis zum Hals im Sand verbuddelt und ihm natürlich auch ganz stilecht fürs Foto ein Cornetto-Eis vors Gesicht gestellt. Was für ein Glück, dass wir heute nicht mehr auf solche Ideen kommen. Bei 1,90 Meter Körperlänge würden wir ja bis zum Sankt Nimmerleinstag buddeln!

Und dann ging es irgendwann los mit den Grimassenfotos. Keine Gelegenheit wurde ausgelassen, um irgendwelche Bilder mit schauderhaft verzerrten Gesichtern zu produzieren. Angefangen hat alles mit DEM Foto. Es zeigt das Familienoberhaupt in nicht allzu vorteilhafter Pose und wurde nach gemeinschaftlichem Willen ausgedruckt und in einem Rahmen auf einem Schränkchen positioniert. Da dieses Foto natürlich auf Dauer nicht allein bleiben konnte, kamen nach und nach ähnlich schöne Aufnahmen hinzu. Das Ganze war dann über Jahre hinweg als „die Deppengalerie" im Esszimmer zu bewundern.

Bis zum heutigen Tag entstehen übrigens immer wieder Fotos dieser Art – auf diese Weise produzieren wir jetzt schon die Erinnerungen der Zukunft und außerdem gibt es dadurch selbst in Lockdown-Zeiten immer wieder etwas zu lachen.

Vertrauen

Ich erzähle hier nichts Neues, wenn ich sage, dass Vertrauen etwas existenziell Wichtiges ist. Dabei geht es um das bedeutungsvolle subjektive Gefühl, dass Personen echt, Absichten redlich und Handlungen wahr und aufrichtig sind. Es geht darum, sich grundsätzlich gestatten zu können, auch einmal ein wenig loszulassen und sich ein Stück weit fallen zu lassen, in der guten Gewissheit, aufgefangen zu werden. Ohne ein gewisses Maß an Vertrauen funktionieren zwischenmenschliche Beziehungen nicht. Dabei ist das Selbstvertrauen von ebenso großer Bedeutung wie das Fremdvertrauen. Vertrauen ist zum Teil angeboren und zum Teil erlernte Kompetenz.

Wissenschaftler vermuten, dass hohe Intelligenz mit einer besseren Menschenkenntnis korreliert, dass also intelligentere Menschen eher und besser einschätzen können, wem sie vertrauen können. Ein solches Einschätzungsvermögen kann jedoch empfindlich eingeschränkt werden, wenn ein Mensch vertraut, aber damit schlechte Erfahrungen macht, also in seinem Vertrauen enttäuscht wird. Dieser Mensch erlebt den Verlust von emotionaler Sicherheit, und er verliert im schlimmsten Fall auch die Fähigkeit einer positiven Lebenseinstellung. Darunter leiden sowohl das Selbstvertrauen als auch das Fremdvertrauen.

Ich selbst hatte aufgrund einer solchen Erfahrung, die ich vor langer Zeit machen musste, über einen langen Zeitraum hinweg Zweifel an der grundsätzlichen Aufrichtigkeit von Menschen und war dementsprechend übervorsichtig mit Vertrauensvorschüssen. Wer einmal so richtig enttäuscht worden ist, ist automatisch sehr vorsichtig und leicht einmal misstrauisch. Es dauert dann eine Weile, bis man wieder lernt, zu vertrauen und man verpasst in dieser Zeit durchaus auch sehr viele gute Gelegenheiten und schöne Erfahrungen.

Heute bin ich stolz und froh, dass ich wieder gelernt habe, zu vertrauen, und dass ich mich in einem engen, persönlichen Umfeld bewege, in dem ich weiß, dass das Vertrauen, das ich seinen Menschen entgegenbringe, absolut gerechtfertigt ist und umgekehrt. Das ist ein sehr gutes Gefühl. Ich bin aus dem Alter heraus, in dem ich um Freundschaften buhlen muss. Für diese Einsicht habe ich auch eine Weile gebraucht. Dafür waren wieder neue Erfahrungen notwendig und auch die Erkenntnis, dass „Everybody´s Darling" tatsächlich eher „Everybody´s Depp" ist. Will unter anderem auch heißen, in Grenzsituationen bringt es nichts, herumzueiern, da muss man einfach Position beziehen.

Kürzlich sagte jemand, der sich zurzeit in einer Umbruchphase seines Lebens befindet: „Ich weiß gerade gar nicht, wem ich überhaupt noch vertrauen kann." Ich konnte das in diesem Moment so gut nachvollziehen, dieses Gefühl, dass alles unter einem wegbricht und man den Halt verliert, weil das als natürlich empfundene Sozialgefüge gerade irgendwie auseinanderbricht. Ein schreckliches Gefühl, das man niemandem wünscht. Man kann nur versuchen, dieses Gefühl abzumildern durch Ehrlichkeit und Zuwendung. Vertrauen verbessert die Lebensqualität erheblich und das gilt für alle Bereiche des Lebens. Misstrauen zerfrisst uns und macht uns krank. Es blockiert Energie, und es gibt einen Mechanismus namens „Selffulfilling Prophecy", der besagt, dass negative Erwartungen auch negative Erlebnisse heraufbeschwören.

Vertrauen und Humor gehen übrigens für mein Verständnis absolut Hand in Hand. Wenn ich mit jemandem über alles Mögliche lachen kann, wenn wir beide uns gemeinsam wegschmeißen können über bestimmte Dinge oder Umstände, dann ist für mich auch eher eine vertrauensvolle Ebene möglich. Menschen hingegen, die auf jeden kleinen Spaß verkniffen reagieren oder tatsächlich wirken, als gingen sie zum Lachen in den sprichwörtlichen Keller, sind mir einfach nur suspekt. Mit denen werde ich erst gar nicht richtig warm und dann ist es mit dem Vertrauen natürlich ohnehin Essig. Lachen macht sympathisch und sympathisch wirkt auch eher vertrauenswürdig.

Kürzlich musste ich wegen meines schrottigen Knies zum MRT. Der Radiologe, zu dem ich anschließend zum „Gespräch" gerufen wurde, blaffte mich zur Begrüßung nur an, was ich da denn „gemacht hätte", das sei gar nicht gut und ich solle das gefälligst abstellen. Er war so unfreundlich und so humorbefreit, dass ich froh war, als er mich nach circa zwei Minuten wieder hinausschmiss. Hätte er mir freundlich und in ruhigem Ton gesagt, dass es jetzt besser wäre, auf dies und das zu verzichten und stattdessen eher für dies oder jenes zu sorgen, hätte ich ihm vermutlich das Prädikat „vertrauenswürdig" verliehen. So war ich zutiefst verunsichert. Klar, er ist ein Facharzt und muss keine persönliche Beziehung zu mir herstellen. Aber zwischen Schwarz und Weiß gibt es doch recht viele Graustufen, da hätte er doch die eine oder andere Möglichkeit gehabt, zum Beispiel etwas Empathie zu zeigen oder Ähnliches. Aber Fehlanzeige!

Da lobe ich mir meine Hausarztpraxis. Sachlich, besorgt, wenn Besorgnis angezeigt ist, aber trotzdem immer freundlich und humorvoll. Ich bin glücklicherweise eher selten dort zu „Gast", aber wenn, ist es immer so, dass ich mich sehr angenommen fühle und es auch immer etwas zu lachen gibt – zumindest war das bisher immer der Fall. Auch und gerade in diesem Bereich zeigt sich wieder einmal, dass angemessene und wertschätzende Kommunikation – und ein wenig Humor gehört für mich da auf jeden Fall dazu, auch wenn es um ernste Dinge geht – das A und O ist. Sie schafft auch in Grenzsituationen Vertrauen.

Meine beiden Jugendlichen musste ich natürlich auch zu dieser Angelegenheit interviewen, schließlich will man ja wissen, wie sie zum Thema Vertrauen stehen. Aber es ist müßig, so etwas ohne konkreten Anlass zu thematisieren. Als ich um ein Statement für dieses Buch hier bat, kam auf die Frage, ob sie unser Verhältnis als vertrauensvoll bezeichnen, ein schlichtes „Ja". Als ich sagte, dass ich damit keine Seite füllen könne, wurde mir eine dreistellige Schriftgröße vorgeschlagen. So sind sie, bloß nicht viele Worte machen. Vertrauen ja, Privatsphäre aber auch, bekam ich noch heraus. Na klar, das eine steht dem anderen ja auch gar nicht im Weg. Wir sind hier schließlich nicht bei der Stasi.

Und dann fiel mir doch noch eine Anekdote ein. Es ist schon ein paar Jahre her, da hatten die Kinder zum ersten Mal „sturmfreie Bude". Ich weilte im schönen London und genoss mein nachträgliches Geburtstagsgeschenk, als mich eine WhatsApp-Nachricht ereilte: „Mama, der silberne Engel ist kaputtgegangen. Tut mir total leid." Obwohl der silberne Engel wirklich mein absoluter Lieblingsengel in meiner Weihnachtsdekoration war, gingen mir die folgenden Dinge durch den Kopf: 1) Ausflippen bringt gar nichts, der bleibt kaputt. 2) Immerhin schön, dass sie so ehrlich ist und es gleich zugibt. „Wie ist das passiert?", schrieb ich zurück. „Wir haben im Wohnzimmer Volleyball gespielt." Daraufhin gingen mir die folgenden Dinge durch den Kopf: 1) Ausflippen bringt gar nichts, das Ding bleibt kaputt. 2) Was um alles in der Welt ist in der Erziehung schiefgelaufen, wenn der Nachwuchs auf die Idee kommt, im Wohnzimmer Volleyball zu spielen? 3) Sie muss schon sehr viel Vertrauen haben,

um so ehrlich zu sein, so etwas Bescheuertes zuzuge-
ben. Sie hätte es sich leicht machen und mir weisma-
chen können, dass es ein Windstoß gewesen oder dass
sie gestolpert sei (hätte ich ihr sofort abgenommen,
hätte mir nämlich genauso passieren können – s.
Thema Ungeschicklichkeit). Aber sie hat sich für den
unbequemen Weg entschieden und hat darauf vertraut, dass das so klargeht. Ich habe dann also geantwortet, dass ich es natürlich nicht toll finde, und dass
sie es nicht wagen soll, jemals noch einmal im Wohnzimmer Volleyball zu spielen und dass es dann jetzt
auch okay sei. Bei meiner Heimkehr fand ich das gute
Stück mühsam wieder zusammengeklebt vor – nicht
wirklich so, dass ich ihn heute würde aufstellen wollen, aber so, dass ich ihn auf jeden Fall als Erinne-
rungsstück in einem Schrank verwahrt habe.

Wann ist man glücklich?

Diese Frage stand vor Kurzem einmal in einer abendlichen Unterhaltung plötzlich im Raum. Anlass dafür war die Erkenntnis, dass es sehr zielstrebige Menschen gibt, die unter Umständen auch „über Leichen" gehen, um ihre meist karrieremäßigen oder auch materiellen Ambitionen zu realisieren. Beispiele hierfür konnte jeder von uns tatsächlich aus dem Ärmel schütteln.

Um nicht falsch verstanden zu werden: Ich halte Karrieremenschen nicht per se für unangenehm. Ich bewundere Zielstrebigkeit und ich finde es toll zu sehen, wie im erweiterten Bekanntenkreis auch jetzt im Alter um die fünfzig die Früchte einer langen Arbeit geerntet werden können. Sehr viele Menschen mit beachtlicher Karriere bleiben Mensch. Das macht sie sehr sympathisch. Sie wirken auch meistens glücklich.

Dann gibt es aber auch solche, die durch beruflichen oder anderweitigen Aufstieg schrecklich abheben. Das sind dann die, die beim Klassentreffen die übliche Nummer mit „mein Haus, mein Boot, mein Hund" abziehen. Meistens sind das auch diejenigen, die niemals zugeben würden, dass möglicherweise gleichzeitig etwas anderes im Argen liegt. Ehrlicher sind da vermutlich diejenigen, die als Erstes sagen: „Ich bin jetzt gerade zum dritten Mal von einem Mann verlassen worden." So etwas in der Art habe ich auch schon bei einem Wiedersehen nach langer Zeit gehört, und abgesehen davon, dass mir das unendlich leidtat, hatte ich größte Hochachtung, dass jemand das bei dieser Art von Schaulaufen, zu der solche Veranstaltungen gerne einmal mutieren, so offen erzählen konnte.

All dies beantwortet natürlich noch nicht die Frage, wann man glücklich ist. Kann es auch gar nicht, denn das ist auch wieder einmal eine Sache des sehr persönlichen Empfindens. Man kann nicht pauschal sagen, dass viel Geld glücklich macht. Ebenso falsch ist es zu sagen, Geld mache gar nicht glücklich. Vielfach würde es aber beispielsweise zu großer Beruhigung beitragen, wenn ein wenig mehr Geld vorhanden wäre. Und wer beruhigt ist, ist vermutlich auch glücklicher als jemand, der sehr nervös ist.

Keine Sorgen, genug zu essen und zu trinken, viel zu lachen – das wäre jetzt so meine Quintessenz von Glücklichsein. Vielfach sind es die kleinen Dinge, die glücklich machen in den unterschiedlichen Lebensbereichen. Vielleicht muss es zum Beispiel im Arbeitsleben gar nicht die großartige Führungsposition sein, sondern es würde schlicht und ergreifend genügen, wenn das, was man leistet, grundsätzlich und regelmäßig entsprechende Anerkennung fände. Immer mal wieder ein wenig positives Feedback zu erhalten, macht sehr glücklich. Die Haltung „The only way ist up" hingegen macht nicht zwingend glücklich. Denn da oben warten möglicherweise wieder ganz andere Probleme, die es zu bewältigen gilt. Das kann überaus stressig werden, macht alt und im schlimmsten Fall bekommt man ein Magengeschwür.

Man sollte sich also zwischendurch immer mal wieder fragen, was genau das Leben für einen selbst lebenswert macht. Das beantwortet jeder für sich anders. Kann man glücklich sein, wenn man viel Geld gescheffelt hat, dafür aber möglicherweise andere auf der Strecke geblieben sind? Ist Donald Trump glücklich? Als Ex-US-Präsident vermutlich nicht, aber war er glücklich, als er noch im Amt war? Höchstens dann, wenn ihm seine Anhänger gehuldigt haben und das immer wieder aufs Neue. Aber er hat niemals zufrieden gewirkt oder vielleicht einfach einmal entspannt gelächelt (ich habe es zumindest keinmal gesehen), obwohl er doch offensichtlich alles erreicht hatte, was er hatte erreichen wollen.

Was ist überhaupt Glück? Dazu gibt es unendlich viele Forschungen. Aber ich fürchte, damit kommt man auch nicht weiter. Glück meint per definitionem einen vollkommenen, dauerhaften Zustand intensiver Zufriedenheit und gilt nicht selten als Erfüllung menschlichen Wünschens und Strebens.

Fakt ist, dass man vermutlich zwischen dem großen Ganzen und den vielen kleinen Glücksmomenten unterscheiden muss. Jemand, der zu dem Schluss kommt, ein glücklicher Mensch zu sein, ist definitiv zu beneiden, denn der hat vermutlich das Beste erreicht, was es zu erreichen gibt.

Ein glücklicher Mensch zu werden, funktioniert vermutlich leichter, wenn man in der Lage ist, viele kleine Glücksmomente als solche zu erkennen und im Bewusstsein abzuspeichern. Dann kann man sie auch in Situationen wieder abrufen, wenn es vielleicht nicht gerade hundertprozentig gut läuft.

Spontan fällt mir da eine Begebenheit im vergangenen Spätsommer ein. Aus einer Laune heraus entstand da ein ganz besonderes Picknick auf einer Wiese: Vom Lieblingsitaliener gab es Caprese und eine traumhafte Pasta mit Tomaten, Knoblauch und Meeresfrüchten to go. Das „to go" bezog sich allerdings nur auf den Transportweg. Auf der Picknickdecke angekommen, wurden die Speisen aus der Verpackung gleich auf hübsche Porzellanteller umgeladen, eine feine Flasche Primitivo entkorkt und auf der Transportbox ein hübscher Tisch gedeckt. Dazu gab es Musik von einem Live-Konzert in der Nähe. Ein wahrer Glücksmoment.

Unzählige Glücksmomente kann man natürlich auch auf Urlaubsreisen festhalten. Da gibt es Tage ohne ein Wölkchen am Himmel, die man in vergnügter Gesellschaft mit köstlichem Essen und feinem Wein, bei bester Laune und vorzüglicher Unterhaltung verbringt. An solchen Tagen wird auch immer mal wieder von bestimmten Menschen in meinem persönlichen Umfeld die Frage laut: „Warum kann heute nicht Murmeltier-Tag sein?" Falls jemand nicht wissen sollte, worauf diese Frage anspielt: Im Film „Und täglich grüßt das Murmeltier" ist Protagonist

Phil Connors, ein selbstverliebter, aber etwas gries-grämiger Wettermann in einer Zeitschleife gefangen und dazu verdammt, in einem für ihn fürchterlichen Kaff ein und denselben Tag wieder und wieder zu erleben. Die Botschaft dieses Films lautet: Am Ende wird alles gut und wenn es nicht gut ist, ist es noch nicht das Ende.

Die Frage nach dem Murmeltier-Tag wird bei uns allerdings immer nur vor dem Hintergrund gestellt, dass sich doch ruhig täglich wiederholen dürfe, was quasi perfekt sei. Doch ich denke immer, wäre dies möglich, wüsste man gar nicht mehr zu schätzen, wie gut und toll dieser Tag ist. Das Besondere muss auch irgendwie besonders bleiben. Sonst ist es schließlich nur noch das Normale.

Glücksmomente kann man überdies erleben, wenn Muddi vom Einkaufen zurückkommt und unerwartet Schokolade mitgebracht hat. Man kann sie erleben, wenn man den ganzen Tag vor dem Rechner gehockt hat und abends eine Runde spazieren geht. Die plötzliche Zufuhr von sauerstoffhaltiger Luft kann Glücks-empfinden pur bedeuten. Ebenso kann Entspannung Glück bedeuten. Das weiß jeder, der sich an einem kalten Wintertag nach Stunden der Arbeit endlich in der Sauna ausstrecken darf.

Es gibt aber noch so viele andere Glücksmomente, zum Beispiel wenn „Thank God, it´s Friday" ertönt und das Wochenende vor der Tür steht. Oder beim Abendessen, wenn die Situationskomik dermaßen überhandnimmt, dass wirklich allen die Lachtränen übers Gesicht laufen. Ebenfalls kann große Erleichterung einen Glücksmoment auslösen, so zum Beispiel, wenn man etwas bange ein Untersuchungsergebnis abgewartet hat und sich herausstellt, dass alles in Ordnung ist. Manchmal ist es tatsächlich auch der schnöde Mammon, der Glücksmomente beschert, so zum Beispiel, wenn die Steuerrückzahlung höher ausfällt als erwartet.

Wer Freude am Leben empfindet und wer dem Leben immer wieder eine Chance gibt, erlebt sicher mehr Glücksmomente als jemand, der eher negativ durchs Leben geht. Daher könnte man zum Abschluss tatsächlich zu folgender Erkenntnis gelangen, die im Grunde recht einfach ist: Die besten Chancen, glücklich zu sein, hat man, wenn man die Fähigkeit besitzt, aus allem das Beste zu machen.

Das Beste draus machen

Da sitzen wir nun, mitten im Lockdown, und viele Menschen sind gerade wirklich arg gebeutelt. Ganze Branchen stehen vor dem Abgrund, Menschen leiden an massiver Existenzangst, Eltern werden wahnsinnig, weil sie Home Office und Homeschooling unter einen Hut bringen müssen, während vielleicht noch das Kita-Kind unterbeschäftigt herumbrüllt und gleichzeitig das Netz abkackt. Alte Menschen leiden unter der erzwungenen Isolation, medizinisches und Pflegepersonal weiß nicht mehr, wo ihm der Kopf steht, und ständig werden irgendwelche Maßnahmen erlassen oder verschärft.

Man könnte sich wirklich eine bessere Gesamtsituation vorstellen. Aber es nützt kein Jammern und kein Wehklagen, da müssen eben alle durch (auch wenn einige denken, sie müssten das nicht und auf teilweise sehr wilde Weise darauf aufmerksam machen). Die einzige Möglichkeit, mit dem Elend irgendwie klarzukommen, ist, das Beste aus allem zu machen. Und das fängt im Kleinen an.

Da gibt es besonders kreative Menschen, die in ihrer Modeboutique kurzerhand – ich erwähnte es früher schon – ein „Drive-in"-Fenster öffnen, an dem man zuvor online gekaufte und bezahlte Mode und Accessoires kontaktlos und mit dem nötigen Abstand abholen kann. Ein Einkaufserlebnis der besonderen Art mit einem besonderen Charme. Abends „lese" ich den Status auf WhatsApp und schaue mir Videos auf Facebook an und zack – eh ich weiterklicken kann, habe ich schon wieder eine nette Kleinigkeit ergattert. Natürlich mache ich das nicht, um meiner Konsumgeilheit zu frönen, sondern ausschließlich, um den lokalen Einzelhandel zu unterstützen.

Aus dem gleichen Motiv heraus bestelle ich auch deutlich häufiger als sonst Essen bei der örtlichen Gastronomie, die man ja schließlich auch unterstützen muss. Es geht natürlich niemals darum, dass ich eventuell schon wieder keine Lust aufs Kochen habe oder selbst dem passioniertesten aller Hobbyköche nichts mehr einfällt, was man noch Besonderes zaubern könnte. Vollkommen wurscht warum, wir machen das Beste draus, jeder auf seine Weise.

Auch hier ist Humor wieder ein alltagstauglicher Begleiter. Frei nach dem Motto „Ein bisschen Spaß muss sein", hilft er dabei, Einschränkungen besser zu ertragen. Dazu gehört auch immer ein wenig feine Ironie. „Du meine Güte, ich hatte einen SOZIALKONTAKT. Real, meine ich. Nicht virtuell", erfuhr ich neulich. Das erinnert mich sinngemäß ein wenig an den Gag, der auch gerne und oft geteilt wurde: „Himmel hilf, morgen muss ich die Mülltonne rausstellen. Ich weiß gar nicht, was ich dazu anziehen soll."

Auch wenn viele Menschen über die „Party People" schimpfen oder geschimpft haben (ich im Übrigen auch), so steht völlig außer Frage, dass es die Jugend besonders hart trifft in dieser Pandemie. Der

„Kleine" steht kurz vor dem Abitur und könnte eigentlich gerade die beste Zeit seines Lebens verleben. Und stattdessen? Halten er und seine Freunde sich tapfer an alle Regeln und … machen das Beste draus. Wie neulich, als sie sich online zum kleinen Wochenendbesäufnis verabredeten und daraus eine virtuelle Mottoparty machten. Ich habe es bislang noch nicht erlebt, dass sich zehn oder mehr Jugendliche aufgebrezelt bis zum geht nicht mehr vor dem heimischen Computer niederlassen, aber ich muss sagen, ich fand die Idee wirklich originell. „Mottodaddeln" – das hat das Zeug zum neuen Trendsport.

Im vergangenen Jahr war irgendwie alles anders, und aus eigentlich jeder Situation musste man irgendwie das Beste machen, wenn man seine Zeit nicht mit sinnlosem Herumgemecker vergeuden wollte. Wir haben also im vergangenen Frühjahr eine Überraschungsparty mit Abstand gefeiert, bei der sogar das Besteck corona-konform eingewickelt und säuberlich voneinander getrennt war, sodass es ja keine überflüssigen Berührungspunkte gab. Gläser waren mit Namen gekennzeichnet, alle zwei Meter gab es Desinfektionsmittel, jeder Haushalt hatte seine eigenen Knabberschälchen und das Ganze spielte sich draußen ab. Mehr kann man wirklich nicht für den Infektionsschutz tun, und irgendwie war es auch witzig, von der Vorbereitung bis hin zur Durchführung.

Auch der Urlaub musste im vergangenen Jahr anders gestaltet werden. Fliegen wollten wir nicht, obwohl es „erlaubt" war, aber in den sonnigen Süden wollten wir. Also war die Frage, was mit dem Auto zumutbar war und wo die Zahlen gerade günstig waren und wie es dort mit Unterkünften aussah. Bella Italia war demnach zu dem Zeitpunkt machbar und der Gardasee ist ein überaus lohnenswertes Ziel. In einem Appartement statt im Hotel kamen wir anderen Urlaubern nicht zu nahe. Dass die Klimaanlage defekt war, war halt Pech. Das Beste draus machen! Ein Sonntag als Anreisetag erwies sich als strategisch günstig – unter der Woche war dort wirklich wenig los, man konnte den Schlaf, den man in der Nacht wegen möglicher Überhitzung nicht bekommen hatte, am Tag herrlich nachholen. Kein üppiges Buffet mit sagenhafter Auswahl wie in den Jahren zuvor? Dafür aber einen italienischen Lidl, der beste und frischeste regionale Produkte vorrätig hatte und einen Wein, der seinesgleichen sucht. Das Ganze führte zu einem zauberhaften Nachmittagsimbiss am Pool – auch wieder einer dieser besonderen Momente, an die man sich sehr gerne und sehr lange erinnert. Nur eine Woche Urlaub? Besser als gar nichts. Zwei Tage Regen bei nur einer Urlaubswoche? Nicht verzagen, das Beste draus machen. Ab ins Auto und ab nach Venedig an dem einen Tag und nach Verona am anderen. Niemals zuvor (und vermutlich auch später nie wieder) konnte man diese beiden wunderbaren Städte nahezu touristenfrei erleben. Zum Wochenende hin wurde es dann schon wieder voll, aber da waren wir auch fast schon wieder weg. Alles in allem ein ungewöhnlicher Urlaub, aber eine sehr schöne Erinnerung. Wir haben eben aus der Situation das Beste gemacht.

Sport im Lockdown ist auch so eine Sache: Wer ein begeisterter Läufer ist, hat hier im ländlichen Gebiet noch alle Möglichkeiten. Ansonsten sind aber die Fitnessstudios geschlossen und das Training im Verein ruht. Also nimmt man sich eben eine Yogamatte und absolviert sein Workout wahlweise im „Kinderzimmer", das dann neben Bibliothek, Computerraum, Mensa und Chatroom auch Trainingsraum wird, oder man weicht in den Keller aus. Dort könnte es passieren, dass man anderen Bewegungssüchtigen begegnet, die ebenfalls dem Bedürfnis nachgehen, sich ein wenig auszutoben. Wenn Heavy Metal aus der unteren Etage ertönt, muss man es erst gar nicht versuchen. Dann ist eben Warten angesagt, bis der Keller wieder frei ist. Aber der Tag hat ja 24 Stunden und es gibt genügend Zeitfenster, die man vorher oder nachher nutzen kann.

Zum Hula-Hoop-Reifen und der Yogamatte gesellen sich inzwischen kleine Hanteln und anderes Sportwerkzeug. Selbst Klimmzüge sind im heimischen Fitnessstudio möglich. Das Beste draus machen – auch hier die Devise.

Insgesamt kommt man sich zurzeit manchmal vor wie eine Kreuzung aus Lebenskünstler und MacGyver. Das ist der Protagonist einer Serie aus den Achtzigern und Neunzigern. „Seine auffälligste Fähigkeit ist die praktische Anwendung der Natur- und Ingenieurwissenschaften und damit verbunden die kombinierte, erfinderische Nutzung alltäglicher Ge-

genstände. Mit dieser Begabung findet er eine Vielzahl ungewöhnlicher Lösungen für Probleme [...]" (Quelle: Wikipedia) Not macht erfinderisch, bleibt hier nur zusammenfassend zu sagen. Und natürlich siegt auch bei MacGyver immer die Erkenntnis, dass man besser lebt, wenn man das Beste aus der gegebenen Situation macht.

Was kommt nach dem Lockdown?

Noch habe ich die Hoffnung nicht aufgegeben, dass irgendwann tatsächlich wieder so etwas wie „Normalität" in unser aller Leben einkehren könnte. Doch bis dahin wird es wohl noch eine Weile dauern, und deshalb ist man schon für kleine Schritte dankbar, die irgendwann wieder möglich sein werden. Ich weiß zum Beispiel, dass ich sehr bald wieder schön essen gehen möchte, wenn es wieder machbar und unbedenklich ist.

Abgesehen davon werde ich mich vermutlich daran gewöhnen müssen, dass die Jugend wieder deutlich mehr unterwegs (und später auch ganz aus dem Haus) sein wird und dass gemeinsame Mahlzeiten dann wieder eher die Ausnahme als die Regel darstellen werden. Gleichzeitig werde ich vermutlich sehr beglückt sein, dass ich, wenn ich die Klinke der Toilettentür hinunterdrücke, nicht automatisch ein „Besetzt!" zu hören bekomme, sondern stattdessen tatsächlich eine auf Anhieb freie Toilette vorfinden werde. Ich werde vermutlich die himmlische Ruhe im Haus genießen, wenn ich tatsächlich einmal allein sein sollte. Gleichzeitig wird es mir aber sicher auch merkwürdig still vorkommen.

Eine unendlich wichtige Sache werde ich planen, sobald es wieder geht: einen Besuch im Nagelstudio. Es wird ein besonders erhebendes Gefühl sein, wenn

ich die Vollkatastrophe, als die sich meine Fingernägel zurzeit präsentieren, irgendwann wieder unter
Kontrolle haben werde. Irgendwann wird es nicht
mehr so sein, dass ich in meinem Make-up-Täschchen
nach irgendeinem x-beliebigen Stift wühle und jau-
lend aufschreie, weil ich mir dabei wieder einmal einen meiner völlig ramponierten Fingernägel umbiege.
Und ich habe ja bereits ausgeführt, dass es mir dabei
gar nicht darum geht, perfekt gestylte Glitzerkrallen
zu bekommen. Es genügt mir einfach, dass mich der
Anblick meiner Hände nicht mehr vollkommen krank
macht.

Eine weitere Errungenschaft in diesem Zusammenhang wird sicher der dann wieder mögliche Besuch
bei einem Friseur sein. Das erinnert mich gerade an
einen lustigen Cartoon, in dem ein Kind fragt:
„Mama, wann machen die Friseure wieder auf?" Und
die Antwort, die aus einem Wust von Haaren kommt,
lautet: „Ich bin nicht Mama, ich bin Papa." So etwas
mag ich.

Aber davon abgesehen freue ich mich wirklich darauf, wenn mein Straßenköterblond mal wieder eine
anständige Ansatzfarbe erhält. Zurzeit nutze ich stattdessen ein kleines Helferlein in der Not, mit dem ich
mittels Pinsel und Puder blonde Lichteffekte in mein
Haar zaubere. So zumindest war der Plan. „Keine
Sauerei, kein Frust", verspricht der Slogan, mit dem
für das Produkt geworben wird. Eine innovative Formel soll dabei mit Pigmenten und reflektierenden Par-
tikeln angeblich zuverlässig graue Haare und dunkle

Ansätze wegmogeln. Hier hält das Produkt tatsächlich, was es verspricht. Allerdings ist man darauf angewiesen, dass auch hier die Abstandsregel konsequent eingehalten wird, denn auch wenn man sich beim Auftragen strengstens an die Vorgaben des Beipackzettels gehalten hat, bleibt ein leichter Staubfilm sichtbar, wenn man das Ganze aus nächster Nähe betrachtet und das wirkt zumindest in meinen Augen nicht sonderlich attraktiv. Aber immerhin besser als gar nichts. Man wird genügsamer, stelle ich immer wieder fest.

Ich könnte mir auch vorstellen, dass man einige der Verhaltensweisen, die man während des Lockdowns (oder überhaupt in der gesamten Pandemiezeit) angenommen hat, auch beibehalten wird. So werde ich vermutlich auch künftig Menschen beschimpfen, die mir zu dicht auf die Pelle rücken, obwohl das vielleicht irgendwann überhaupt nicht mehr nötig sein wird. Ich kann mir nicht vorstellen, dass die Sorglosigkeit, die man bis zum Beginn des letzten Jahres noch hatte, so einfach wiederkehren wird. Das bestätigen mir auch Gespräche mit Freunden und Familie. Da wird schon mal die Furcht laut, man könne zuvor noch eine fette Sozialphobie entwickeln. Daher wird es mit Sicherheit so sein, dass man sich erst wieder an all das langsam gewöhnen muss, was früher so selbstverständlich war.

Natürlich wird es Jugendliche geben, die die Clubs stürmen werden, sobald sie wieder geöffnet haben. Aber diejenigen, die sich wirklich akribisch an alle

Vorgaben gehalten haben, kündigen schon jetzt an, erst einmal abwarten und nicht gleich aus dem Vollen schöpfen zu wollen. Offenbar soll bei vielen nicht die erste Amtshandlung sein, zu feiern, dass sich die Balken biegen. Manche sprechen sogar davon, dass sich die gesamte Lebenseinstellung sogar irgendwie verändert haben könnte. Die werden dann wohl eher vorsichtig Schritt für Schritt wieder ins wahre und richtige Leben zurückfinden.

Bei vielen steht ganz oben auf der Wunschliste, eine Urlaubsreise zu buchen, andere wollen einfach wieder spontan ins Kino, Museum oder Theater gehen oder ein Konzert besuchen. Was für ein Luxus, wenn man sich irgendwann wieder spontan mit Freunden treffen kann, ohne vorher durchzählen zu müssen. Und wie freue ich mich darauf, wenn gerade hier im ländlichen Bereich das Dorfleben seinem Namen wieder alle Ehre macht.

Der beste Spruch, den ich in diesem Zusammenhang aber im Laufe der Zeit immer wieder gelesen habe: „Wenn das alles einmal vorbei ist, mache ich mir erst einmal eine schöne ruhige Zeit in meinen vier Wänden. Endlich mal einfach nur entspannen und niemanden hören oder sehen müssen." Sehr gut gefallen hat mir auch ein Wunsch zum Jahreswechsel, den ich irgendwo gelesen habe: „Hoffen wir auf ein besseres Jahr, in dem Corona einfach nur wie früher ein Bier ist und Donald nur eine Ente."

Ein erklärtes Lebensziel

Da dieses Buch auch ein ganz kleines bisschen Seelenstriptease und damit eine quasi autotherapeutische Maßnahme ist (Schreiben befreit, Schreiben tut gut, wir erinnern uns), sollten auch ansatzweise „schwerere" Inhalte nicht völlig außen vor bleiben. Versuchen wir also, auch ein solches Thema mit ein wenig Humor anzugehen.

Viele Menschen nennen sehr hochtrabende Dinge als erstrebenswertes Ziel: eine tolle Karriere, viel Erfolg, mein Haus, mein Auto, mein Boot und so etwas. Ich finde, man könnte tatsächlich etwas kleiner anfangen und etwas anstreben, was vielleicht nicht so viel Eindruck schindet und auch nicht auf den ersten Blick erkennbar ist, was aber vermutlich mit das Wichtigste ist, was es gibt: ein gutes Selbstwertgefühl.

Selbstwertgefühl als Lebensziel? Kann das nicht nur jemand schreiben, der eher eine arme, bedauernswerte Wurst ist? Ich glaube nicht. Es gibt nichts Besseres, als seinen eigenen Wert einfach als gegeben annehmen zu können und nicht infrage zu stellen, ob das, was man ist oder tut, gut oder gut genug oder gar perfekt ist. Jeder müsste eigentlich wissen, wie wichtig es ist, ein positives Selbstbild hinsichtlich der eigenen Fähigkeiten zu pflegen.

Doch offenbar gibt es immer noch gerade sehr viele Frauen, die ihren eigenen Wert nicht erkennen und schon gar nicht an die große Glocke hängen wollen, weil sie zu Bescheidenheit und Zurückhaltung erzogen wurden und gelernt haben, dass es besser ist, eher anpassungs- als durchsetzungsfähig zu sein. Sie stapeln lieber tief, als dass man ihnen möglicherweise Angeben, Prahlen oder Protzen unterstellen könnte.

Leider vergisst man, wenn man das erst einmal verinnerlicht hat, leicht, was das noch gleich mit dem eigenen Wert auf sich hatte. „Bescheidenheit ist eine Zier, doch besser lebt man ohne ihr." So lautet die etwas flapsige Erweiterung einer alten „Weisheit". Aber es ist leichter gesagt als getan, eine Haltung oder ein Verhaltensmuster einfach so abzustreifen.

Noch heute mit nunmehr 50 Jahren verspüre ich ein unangenehmes Ziehen im Bauch bei dem Gedanken, jemand könnte mich für angeberisch oder selbstbezogen halten aufgrund einer bestimmten Äußerung oder Verhaltensweise. Noch heute tendiere ich immer dazu, mein Licht eher unter den Scheffel zu stellen und ich fühle mich sogar gerade beim Schreiben dieses Satzes unwohl, weil man das mit dem „Licht" rein theoretisch als selbstverliebt interpretieren könnte.

Wie ich gelesen habe, ist es wohl immer noch ein weit verbreitetes Phänomen, dass gerade Frauen von ihrem Potenzial auch gar nicht so überzeugt sind. Ich erlebe das auch im näheren Umfeld. Nicht immer ist es ausschließlich eine Frage der Erziehung, doch fast immer spielt sie dabei eine Rolle. Manchmal sind es aber darüber hinaus auch die Lebensumstände, die auf die Selbstwahrnehmung negativ Einfluss nehmen; eine Partnerschaft beispielsweise, die nicht auf Augenhöhe, sondern nach einem veralteten Rollenbild stattfindet. Das kann ich nun von mir nicht behaupten, aber dennoch habe ich das Gefühl, dass das Bild, das ich von mir selbst habe, verbesserungsbedürftig ist und dass ich mich von bestimmten Vor-Urteilen einfach lösen muss.

„Was andere von mir denken, darf mich nicht lenken" – eigentlich ist das ein Buchtitel von Michael Repkowsky. Doch es könnte durchaus zum Mantra meines kommenden Ichs werden. Das bedeutet selbstverständlich nicht, dass man zum rücksichtslosen Egomanen werden sollte, aber man sollte erst recht nicht immer als Erstes grübeln, was andere jetzt denken oder interpretieren könnten. „Das habe ich dir doch immer schon gesagt", höre ich eine wohlbekannte Stimme neben mir aufstöhnen. Stimmt, hat er, aber es hören und es umsetzen können, sind zweierlei Paar Schuhe.

Kürzlich habe ich ein Interview mit der Geschäftsführerin einer Kommunikationsberatungsgesellschaft gelesen, die offenbar in ihrem früheren Leben sehr an Schüchternheit litt. Sätze wie „Früher war ich die Frau, die faule Erdbeeren am Gemüsestand bekommt und sie ohne Beschwerde bezahlt, weil sie keinen Ärger machen will" oder „Mir war es sehr wichtig, nicht egoistisch zu erscheinen" lasen sich dabei, als seien sie meiner eigenen Biografie entsprungen. Wer näher mit mir zu tun hat, wird jetzt sicher laut auflachen und sagen: „Duuuu bist doch nicht schüchtern." Aber ganz ehrlich: Ich habe mich in dieser Frau und ihren Verhaltensweisen wiedererkannt. Bloß nicht negativ auffallen. Bloß nicht unbequem sein. Das bin ich. Meistens zumindest. Bisher.

Wie schön, dass die besagte Frau heute sagt: „Ich möchte jedem, und vor allem uns bescheidenen Frauen, raten: Fangen Sie endlich an, Umstände zu machen!" Oder, wie ich es irgendwo anders gelesen habe: Man soll als Frau durchaus einmal unbequem sein.

Selbst Meghan, Herzogin von Sussex, ruft Frauen und Mädchen dazu auf, unbequem zu sein, denn nur so könne man etwas verändern. Nun gut, sie hat mit dem Megxit ja beinahe eine Revolution angezettelt. Das ist vielleicht eine Nummer zu groß für mich und auch gar nicht mein Ziel. Alice Schwarzer, deren Ansichten ich beileibe nicht immer zustimme, von der ich aber denke, dass sie eine sehr kluge Frau ist, hat gesagt: „Mein eigenes Beispiel zeigt, dass eine Frau auch unbequem sein kann. Sie wird dann zwar nicht immer geliebt, aber auch nicht geköpft." Das nenne ich doch mal eine Perspektive!

Unbequem werden als erklärtes Ziel? Mit dem Risiko leben, wahlweise als zickig oder übersensibel zu gelten? Warum eigentlich nicht? Angepasst war ich lange genug. Und auch teilweise übervorsichtig, immer in dem Versuch verharrend, möglichst diplomatisch zu sein. Ein Beispiel genügt da schon.

Ich habe ja nun wirklich viel mit Texten aller Art zu tun und in diesem Rahmen auch eine gewisse Entscheidungsbefugnis. Jeder Stil ist einzigartig, aber eben auch immer Geschmackssache, manchmal ist er auch quasi nicht vorhanden. Das Textmaterial, mit dem ich arbeite, muss aber bestimmte Voraussetzungen erfüllen und manchmal ist das, was ich lesen muss, auch schlicht und ergreifend nicht so besonders gut. Ist das der Fall, bemühe ich mich immer um äußerste Diplomatie, um dies mitzuteilen. Während ich selbst mich beim Erhalt einer solchen Mitteilung sofort fragen würde, wie ich daran etwas ändern könnte und mich im Zweifel dafür geißeln würde, nicht den richtigen Ton getroffen zu haben, gibt es auch Menschen, die ihre Meinung für das Maß der Dinge und ihre Machwerke mindestens für das Ei des Kolumbus halten.

In solchen Momenten wünschte ich mir manchmal, ich könnte einfach schnörkellos sagen: „Guter Mann, wer soll denn so etwas bitte lesen?" Denn umgekehrt hat der „gute Mann" nicht das geringste Problem, mir auf meine äußerst höfliche Benachrichtigung durch die Blume mitzuteilen, dass er mich nicht für kompetent genug hält, das zu beurteilen. Da wären wir dann wieder beim Thema „Selbstbewusstsein" – der eine hat´s im Überfluss, dem anderen fehlt es zuweilen leider. Der eine ist quasi von Geburt an „unbequem", jemand anderes muss es vielleicht erst lernen. Und so gibt es Menschen, die sich und ihre Kompetenz in einer Weise überschätzen, dass man nur noch staunen kann oder solche, die sich berufen fühlen, ungefragt Ratschläge zur „Verbesserung" zu geben, ohne sich dabei zu fragen, ob das, was sie raten, tatsächlich „besser" ist oder eben nur „anders". Doch auch wenn ich mich über so etwas sehr ärgern kann, bin ich der Ansicht, dass solche Menschen eigentlich zu beneiden sind, denn sie müssen sich nicht mit dem Dilemma herumschlagen, ihr eigenes Potenzial zu unterschätzen.

Aber es ist ja schon sehr viel wert, sich dieses Dilemmas bewusst zu sein oder bewusst zu werden. Erst dann kann man beginnen, daran zu arbeiten. Das geht auch noch mit 50 Jahren. Hilfreich ist dabei vielleicht ein Spruch, den eine Freundin neulich auf Facebook geteilt hat. Leider weiß ich nicht, wer die Verfasserin ist, aber ich finde diesen Spruch einfach nur herrlich: Wenn ich alt bin, will ich nicht, dass die Menschen von mir denken: „Was für eine süße, kleine, alte Frau." Ich möchte, dass sie sagen: „Oh Scheiße! Was hat sie jetzt schon wieder vor?" In diesem Sinne: Packen wir es an. Je oller, je doller!

Nachwort

Dies waren nun gerade einmal 50 der vielen kleineren oder größeren Themen, die einen im zarten Alter von 50 nun so bewegen können. Und egal, womit man sich gedanklich auch befasst: Man stellt immer wieder fest, dass mit Humor alles leichter wird, dass das Leben unbeschwerter ist, wenn man die Dinge nicht alle so bierernst nimmt und dass entspannter lebt, wer auch über sich selbst einmal lachen kann.

Daher finde ich die folgende Erkenntnis, die schon Wilhelm Karl Raabe, ein deutscher Schriftsteller, so treffend formuliert hat, zum Abschluss nicht nur besonders passend, sondern auch besonders schön: „Humor ist der Schwimmgürtel auf dem Strom des Lebens."

Zeitfracht Medien GmbH
Ferdinand-Jühlke-Straße 7
99095 Erfurt, Deutschland
produktsicherheit@kolibri360.de